TAFFIA

I fy ffrind peryglus, Daniel Finch

TAFFIA

LLWYD OWEN

yLolfa

Argraffiad cyntaf: 2016
© Hawlfraint Llwyd Owen a'r Lolfa Cyf., 2016

Ffuglen yw'r gwaith hwn. Er ei fod yn cynnwys cyfeiriadau at
bobl a sefydliadau go iawn, maent yn ymddangos mewn sefyllfaoedd
dychmygol a chyd-ddigwyddiad llwyr yw unrhyw debygrwydd
rhyngddynt a gwir sefyllfaoedd neu leoliadau.

Cynllun y clawr: Steffan Dafydd

Rhif Llyfr Rhyngwladol: 978 1 78461 249 8

Dymuna'r cyhoeddwyr gydnabod cymorth ariannol
Cyngor Llyfrau Cymru

Cyhoeddwyd ac argraffwyd yng Nghymru
ar bapur o goedwigoedd cynaladwy gan
Y Lolfa Cyf., Talybont, Ceredigion SY24 5HE
e-bost ylolfa@ylolfa.com
gwefan www.ylolfa.com
ffôn 01970 832 304
ffacs 01970 832 782

"Nid yw teulu'n bwysig. Mae'n hollbwysig."

Michael J. Fox

RHAN 1

NAWR

1

"Mae'r rhestr yn faith, Det… ect… Mr… Finch. Yn faith ac, yn anffodus i chi, yn dyngedfennol. Does dim modd anwybyddu eich ymddygiad, hyd yn oed os ydych chi wedi newid eich ffyrdd yn ddiweddar, yn bennaf oherwydd i chi droseddu mor aml *ar* ddyletswydd…"

Tawelodd llais DCI Crandon wrth iddo fwrw golwg arall ar y gwaith papur A4 ar y ddesg. Gwyliodd Danny Finch ben ei fòs yn ymgrymu o'i flaen, fel petai'n dweud gweddi ar ei ran. Syllodd y cyhuddiedig ar y pen, y moelni ar ei gopa'n ei ddallu am eiliad wrth i olau'r ystafell adlewyrchu oddi ar ei groen gwelw, gwerog. Roedd gweddill ei wallt yn teneuo hefyd – ynghyd â'i gorff – a hynny ar frys, diolch i sgil-effeithiau'r cemotherapi yr oedd Pennaeth Adran Dditectifs Gerddi Hwyan yn ei gael mewn ymdrech i fynd i'r afael â'r canser oedd wedi'i ganfod yn ei brostad rai misoedd ynghynt. Yn ôl y sibrydion, byddai Crandon yn gwella'n llwyr, ond nid cyn i'r cemegion reibio'i gorff a gwneud iddo ymddangos fel petai ei groen yn rhy lac i'w gnawd. Ni ddylai fod yn agos at y gweithle, ond heb waith, heb bwrpas, byddai Crandon yn digalonni'n gyflym iawn, felly dyma fe o flaen Danny, yn gysgod o'r dyn a fu. Anadlai Crandon yn ddwfn, ei wynt yn atseinio oddi ar furiau'r ystafell. Ac ar wahân i'r cloc ar y wal yn tic-tocian tu ôl iddo, dyna oedd yr unig sŵn.

Wrth ei ochr eisteddai DI Clements, dirprwy'r adran. Dyn rhywle yn ei bumdegau, gyda gwallt cyn wynned â chrochenwaith Portmeirion a mwstásh cyn ddued â chlogyn gwrach. Doedd y peth ddim yn gwneud unrhyw synnwyr i

Danny. Yn wir, roedd yn gwneud iddo deimlo'n annifyr iawn. Yn enwedig heddiw, a'r cymylau'n drwch uwch ei ben. Roedd hi'n hysbys i bawb mai Clements oedd un o'r heddweision mwyaf difrifol, cydymffurfiol ac ufudd ar wyneb y ddaear. Neu o leiaf yng Ngerddi Hwyan, oedd yn newyddion drwg i Danny. Doedd dim gobaith ganddo osgoi'r anochel yn y sefyllfa hon. Gwyddai beth oedd ar fin digwydd, a doedd dim byd y gallai ei wneud am y peth. Roedd yr holl gyhuddiadau'n wir, neu o leiaf yn *rhannol* wir, er iddo'u gwadu nhw i gychwyn. Ond nawr, yn dilyn archwiliad mewnol, dyma fe o flaen ei well; ei yrfa ar fin cael ei difa, a hynny gan ddim byd mwy na'i dwpdra a'i ddrwgweithredu ei hun. Ei unig ddymuniad bellach oedd cael gadael yr orsaf yn ddyn rhydd a dychwelyd adref at ei deulu, yn hytrach na chael ei erlyn mewn llys am yr hyn a wnaeth. Roedd absenoldeb yr archwilwyr allanol yn destun peth gobaith i Danny, o leiaf.

Cododd Crandon ei ben yn araf bach. Craffodd ar Danny trwy lygaid oedd yn prysur gloddio i mewn i'w benglog. Roedd y siom yn boenus o amlwg. Ac yna dechreuodd ddarllen y rhestr o gyhuddiadau.

"Gosod tystiolaeth er budd erlyniad…"

Too right, meddyliodd Danny. Dangoswch heddwas i fi sydd heb wneud hynny…

"Dwyn eiddo unigolyn oedd o dan amheuaeth…"

Gallai Danny gofio'r digwyddiad o dan sylw, er nad oedd yn gallu cofio beth a'i sbardunodd i ddwyn yr oriawr chwaith. Diflastod, efallai… neu fedd-dod, fwyaf tebyg…

"Gweithio o dan ddylanwad alcohol a chyffuriau Dosbarth A, B ac C…"

Bingo! gwenodd yn fewnol, er na ddangosodd unrhyw emosiwn ar ei wyneb.

"Gyrru o dan ddylanwad alcohol. Gyrru o dan ddylanwad cyffuriau Dosbarth A, B ac C…"

Ysgydwodd Crandon a Clements eu pennau mewn cytgord ar hynny. Ond roedd gwaeth i ddod.

"Tyngu anudon…"

Cododd Crandon ei ben a gweld golwg wag ar wyneb Danny.

"Dweud celwydd o dan lw yn llys y goron…"

Trodd at Clements pan welodd nad oedd yr olwg ar wyneb y cyhuddiedig wedi newid dim.

Nid oedd Danny'n deall *pob* gair, ond roedd e'n gallu dyfalu. Er gwaethaf hynny, cyfieithodd Crandon y cyhuddiad.

"To commit perjury… blatantly lying under oath in a court of law…"

Syllodd Danny ar y wal tu ôl iddynt, ei waed yn mudferwi ac yn llifo'n wyllt trwy ei wythiennau. Roedd *pawb* yn gwneud hynny, meddyliodd. *Pawb* ond y ddau yma o'i flaen, hynny yw.

"Camddefnyddio eich pŵer fel heddwas a chael mynediad i gyngerdd y Manic Street Preachers yng Nghastell Caerdydd gyda'ch bathodyn…"

Cyflwynodd Crandon y datganiad hwn yn y fath ffordd fel iddo swnio fel cwestiwn. Fel petai'n cwestiynu *dewis* cerddorol Danny, yn hytrach na'r ffaith iddo wneud y fath beth. A fyddai wedi bod yn llai cyhuddgar petai Danny wedi mynd â'i wraig i weld One Direction yn Stadiwm y Mileniwm ar yr un noson? Wedi'r cyfan, roedd y pum pen sment yn y man hwnnw, yn meimio o flaen torf o filoedd, dafliad carreg o'r castell ac egni perfformiad angerddol y triawd o'r Coed-duon.

"Curo carcharor oedd o dan glo yng ngorsaf heddlu Gerddi Hwyan…"

Bu bron i Danny godi'i lais er mwyn amddiffyn ei hun yn yr achos hwn. Roedd yr unigolyn o dan sylw – gwraig-gurwr drwg-enwog oedd yn byw ar ystad tai cyngor y Wern – yn llawn haeddu'r gweir a gafodd. Ond yna cofiodd fod yr amser i bledio'i achos wedi hen fynd ac, o dan yr amgylchiadau, ac o ystyried y cyhuddiadau blaenorol, beth oedd y pwynt?

Unwaith eto, wrth weld diffyg ymateb y ditectif o'i flaen, trodd Crandon at ei ddirprwy, codi gwydr o ddŵr at ei geg sych a'i yfed ar ei ben.

"Y siom fwyaf yn hyn i gyd, *Daniel*…"

Roedd cael ei alw'n 'Daniel' yn atgoffa Danny o sefyll o flaen y prifathro yn yr ysgol gynradd amser maith yn ôl. Doedd *neb* yn ei alw'n 'Daniel', yn enwedig DCI Crandon. Ond, o edrych yn ôl, ceisio osgoi ei alw'n 'Ditectif Finch' oedd y pennaeth; hynny, a'i chael hi'n amhosib ei alw'n 'Danny', wrth gwrs.

"… yw cofio'n ôl at eich addewid cynnar. Eich brwdfrydedd. Eich gallu greddfol…"

Roedd hi bron yn bosib gweld yr hiraeth yn disgyn fel mantell dros nodweddion gwanllyd DCI Crandon. Roedd Danny Finch wedi ymuno â Heddlu Gerddi Hwyan ar gynllun llwybr carlam, ar ôl iddo fynychu penwythnos preswyl ym Mhen-y-bont rhyw ddeng mlynedd ynghynt. Roedd yn gweithio fel labrwr gyda'i dad ar y pryd, gan geisio cydbwyso ei egin-yrfa fel pencampwr cic-baffio â'r hyn roedd pobl ifanc i fod i'w wneud yn eu hamser sbâr, sef meddwi, ffwcio a mwynhau eu hunain yn gyffredinol. Gwelodd hysbyseb yn y papur lleol am gyfle i ddilyn gyrfa gyda'r heddlu, ac aeth amdani, gan gyrraedd y brig o'r cychwyn cyntaf. Roedd rhagori ar yr ochr gorfforol i'w ddisgwyl, wrth gwrs, gan ei fod yn heini, yn gryf ac yn ystwyth tu hwnt, heb sôn am ei allu i gwffio gyda'r gorau, diolch i ddegawd yn hyfforddi ym myd y crefftau ymladd – jiwdo a tae kwon do i ddechrau, cyn mynd ymlaen i ennill pencampwriaeth cic-baffio Cymru yn ddeunaw oed. Ond, ar ben hynny, dangosodd y gallu i ddatrys posau ac i ofyn y cwestiynau cywir ar yr adeg gywir, oedd yn bwysicach fyth yn y byd hwn. Roedd 'Dangerous' Danny Finch yn destun balchder mawr i Heddlu Gerddi Hwyan, ac i DCI Crandon yn enwedig, ar ôl iddo gael dyrchafiad i'r Adran Dditectifs. Ond ddoe oedd hynny.

"Yn anffodus," parhaodd y pennaeth, "chi'n debycach i Alban Owen nag Aled Colwyn…"

Diolch yn fawr, sgyrnygodd Danny'n fewnol. Teimlad hyfryd oedd cael eich cymharu ag Alban Owen, cyn-dditectif llwgr a full-blown junkie oedd bellach wedi 'ymddeol' i'r Costa del Crime, yn ôl y sôn, yn hytrach na'ch cymharu ag Aled Colwyn, sef eurwas yr adran, a'r pennaeth nesaf, os oedd y sibrydion i'w credu. Er, ac ystyried y cyhuddiadau, nid oedd hi'n gymhariaeth annheg chwaith.

"Mae'r ymchwiliad mewnol wedi dod i ben, fel y gwyddoch, ac fe gytunwyd, ar fy nghais i, i beidio â'ch erlyn ymhellach."

Saethodd llygaid Crandon i'w gyfeiriad, ac yn yr hanner eiliad honno gwyddai Danny iddo wneud y peth iawn rai blynyddoedd ynghynt a mynd trwy'r rigmarôl o ymuno â'r Seiri Rhyddion, a hynny ar awgrym Crandon a chyda chymorth a chefnogaeth y pennaeth fel noddwr. Yn wahanol i'w fòs a'i ddirprwy, nid oedd Danny wedi cymryd y peth o ddifrif ac, ar wahân i'r nonsens cychwynnol, nid oedd wedi gwneud rhyw lawer gyda nhw. Er hynny, rhaid cyfaddef iddo elwa o'r cysylltiad ar fwy nag un achlysur, er mai dyma'r tro olaf y byddai hynny'n wir.

"Wrth gwrs, ni fydd manylion yr ymchwiliad na chynnwys y cyfarfod hwn yn gadael yr ystafell yma…" aeth Crandon yn ei flaen, gan agosáu at y diweddglo anochel, wrth i Danny barhau i syllu'n syth o'i flaen, geiriau ei uwch-swyddog yn treiddio i'w gnawd ac yn gadael eu marc ar ei enaid. "Ond, yn anffodus, *Daniel*, ni fydd Ditectif Finch yn gadael yr ystafell hon chwaith…"

Crogodd y geiriau yn yr ystafell. Ac er ei fod yn disgwyl hyn – yn wir, roedd yn *gwybod* y byddai hyn yn digwydd heddiw – nid oedd hynny'n golygu bod clywed y geiriau'n haws mewn unrhyw ffordd. Roedd ei yrfa ar ben, a'i fai ef a neb arall oedd hynny.

"Dyma ddiddymu eich cytundeb a'ch diswyddo'n swyddogol o luoedd yr heddlu…"

Roedd Danny eisoes wedi cael ei ddiarddel o'i waith, wrth i'r ymchwiliad fynd yn ei flaen, ond roedd clywed geiriau Crandon yn ddigon i dorri ei galon.

Cododd y pennaeth ac estyn ei law i gyfeiriad Danny, ond trodd yntau a gadael yr ystafell heb edrych arni, heb sôn am ei hysgwyd.

"Ti moyn lifft?" gofynnodd DS Richard King gyda gwên wan wrth i Danny gamu o swyddfa Crandon, ei wyneb yn welw a'i lygaid yn wag.

"Fi angen slash."

Gwyliodd Kingy ei ffrind pennaf yn y ffôrs yn agor drws y toiled ac yn diflannu o'r golwg, ei 'sgwyddau llydan a chyhyrog fel petaent wedi sigo yn dilyn y cyfarfod yn swyddfa'r bòs.

Teimlodd Kingy don o euogrwydd yn torri drosto, oherwydd gwyddai ei fod ef yr un mor euog â Danny o bethau tebyg i'r hyn y cafodd ei gyfaill ei gyhuddo o'u gwneud. Roedd yr un peth yn wir amdanyn nhw i gyd, i wahanol raddau. Hyd yn oed Col. Hyd yn oed Crandon a Clements. Erstalwm, ta beth.

Meddyliodd beth fyddai e'n ei wneud petai'n colli ei swydd. Crynodd wrth gloriannu'r opsiynau – gweithio i gwmni adeiladu ei frawd-yng-nghyfraith eto, fel y gwnaethai cyn ymuno â'r heddlu, neu'n fwy tebygol fel swyddog diogelwch ar ryw safle adeiladu anghysbell. Dyna oedd dyfodol y mwyafrif o gyn-heddweision ar ôl gadael o dan gwmwl. Hynny neu hunanladdiad.

Anelodd am y peiriant coffi ym mhen pella'r coridor. Byddai Danny'n gwerthfawrogi paned i'w hyfed ar y ffordd adref, heb os.

Syllodd Danny i fyw llygaid ei adlewyrchiad yn y drych, fel

petai'n herio'i hun i ddod o hyd i ffordd allan o'r hunllef hon. Beth oedd ei ddyfodol, nawr ei fod wedi colli holl sicrwydd a diogelwch ei yrfa? Ni fyddai'n cael ei bensiwn hyd yn oed, ac roedd hynny'n brifo bron cymaint â cholli ei swydd. Roedd yr ansicrwydd yn ddigon i'w barlysu, a rhuthrodd ias oer ar hyd asgwrn ei gefn, fel petai ysbryd ei yrfa eisoes wedi dechrau aflonyddu arno.

Meddyliodd am Julia, ei wraig; ac yna am Owain, ei fab. Heb gyflog Danny i'w cynnal, beth fyddai'n digwydd iddo fe ac iddyn nhw yn awr? Roedd pethau'n ddigon heriol fel roedd hi. Doedden nhw ddim wedi bod gyda'i gilydd yn hir. Yn wir, pe na byddai Julia wedi cwympo'n feichiog ar ôl un noson ym mreichiau'i gilydd, roedd Danny'n amau na fyddai wedi'i gweld hi fyth eto. Ond dyna beth ddigwyddodd. Meddwi, tynnu, cnychu, saethu, beichiogi. Work in progress oedd eu perthynas. Roedd Julia dros ddeng mlynedd yn hŷn na fe ac roedd ganddi ferch o berthynas flaenorol oedd bron yn ugain. Roedd Danny'n ei charu erbyn hyn, ond roedd bywyd gartref yn sialens ddyddiol, diolch i gyflwr Owain a'i anghenion ychwanegol, presenoldeb Justine, merch Julia, a galwedigaeth Danny. Er na fyddai'r olaf o'r rheiny'n ffactor bellach.

Roedd y cyhuddiadau yn ei erbyn yn hen rai. Yn wir, nid oedd wedi gwneud unrhyw beth o'i le yn broffesiynol ers cwrdd â Julia a phlannu ei had – ac roedd hynny bron bum mlynedd yn ôl bellach. Newidiodd ffocws ei fywyd dros nos, yn llythrennol, ond nawr roedd popeth ar chwâl a'r dyfodol yn lle llawn pryder. Doedd dim gwadu ei euogrwydd, ond roedd y ffaith bod y llewpard hwn *wedi* newid ei smotiau yn destun dicter go iawn i Danny yr eiliad honno.

Dyrnodd y wal yn ddirybudd a gadael gwaed ar y teils gwyrdd golau, wrth feddwl am yr ymchwiliad mewnol a arweiniodd at ddiwedd ei yrfa. Fuckin Efrog fuckin Evans! Sgyrnygodd wrth i'r boen saethu i fyny ei fraich. Roedd achos yr

14

hen dditectif, a gawsai ei ladd ar ddyletswydd rai blynyddoedd ynghynt pan oedd Danny newydd ymuno ag Adran Dditectifs Gerddi Hwyan, wedi arwain at graffu manwl a rheolaidd ar holl weithredoedd yr heddlu – hen a newydd – gyda ffocws arbennig ar yr adran honno. Dim ond mater o amser oedd hi tan y byddai rhywun yn cael ei ddal â'i drôns o amgylch ei bigyrnau. Ac, yn anffodus i Danny, fe oedd y bwch dihangol cyntaf, er y byddai mwy yn sicr o'i ddilyn.

Dyrnodd y wal unwaith eto, gan chwalu'r deilsen a gadael gwe pry cop gwaedlyd ar y wal, ar yr union eiliad pan gamodd rhyw iwnifform ifanc i mewn i'r toiled ac edrych i'w gyfeiriad. Cipiodd y staen coch ar y teils glân ei sylw. Syllodd Danny arno'n ddiemosiwn trwy ei adlewyrchiad yn y drych, ei wyneb fel clogwyn wedi'i wneud o'r garreg galetaf, er fod cynnwys ei ben fel petai'n toddi wrth i'r anhrefn ei ddrysu ac i'w waed ferwi a phwmpio o amgylch ei gorff. Yn ddoeth, aeth yr heddwas ifanc i un o'r cuddyglau a chloi'r drws ar ei ôl.

Edrychodd Danny ar ei nodweddion yn y drych. Roedd rhai'n ei alw'n 'Phil' (wel, dim ond Kingy mewn gwirionedd, a doedd hwnnw heb wneud ers oes chwaith) a hynny oherwydd ei fod yn arfer ymdebygu i Phil Collins yn ystod yr wythdegau. Er, soniodd Julia unwaith ei fod yn debycach i Jason Statham, diolch i'w gyhyrau.

Gwyliodd ddeigryn yn dianc o gornel ei lygad chwith a hoeliwyd Danny i'r unfan gan y sioc o weld y fath beth. Fflachiodd wynebau ei rieni diweddar yn y drych, y siom yn amlwg yn eu llygaid. Diflannodd ei rieni mewn amrantiad a dychwelodd ei sylw at y deigryn, ond cyn i'r dafn gael cyfle i ddisgyn i'r sinc, ailafaelodd yn ei synhwyrau. Er hynny, nid oedd modd iddo reoli'r hyn ddigwyddodd nesaf. Fel tswnami o emosiynau'n rhuo tu mewn iddo, plethodd y dryswch, y gwarth a'r hunangasineb ynghyd a ffrwydrodd Danny, gan anelu ei dalcen at y drych o'i flaen a chwalu'r gwydr yn deilchion dros y sinc a'r llawr. Gyda'r niwl coch wedi ei orchfygu'n llwyr, a'r gwaed sgarlad yn llifo i lawr ei wyneb o'r archoll ddofn yng nghanol ei ben, trodd at y peiriant sychu dwylo a'i rwygo o'r wal, cyn troi ei sylw at ddrws cloëdig y cuddygl. Rhoddodd droed yn syth trwy'r pren gwantan a'i hollti'n ddau yn gwbl ddiymdrech. Clywodd sgrech yr heddwas ifanc, oedd wrthi'n ceisio sychu'i din er mwyn dianc rhag yr Hulk croengoch oedd ar fin ymosod arno. Gafaelodd Danny yn ei 'sgwyddau a'i godi o'i gwrcwd fel dyn o'i gof. Hyrddiodd yr heddwas tuag at yr allanfa, yn syth i gyfeiriad DS King a thri heddwas arall mewn lifrai oedd yn dilyn y ditectif.

"Danny! Ffycin callia!" bloeddiodd Kingy, ond ni chafodd Danny gyfle i wneud dim byd o'r fath cyn i'r pedwarawd ei hyrddio i'r llawr a diffodd y goelcerth oedd newydd golli rheolaeth yn llwyr yn y lle chwech.

"Ti'n blydi lwcus nath Crandon ddim dy aresto di!" dwrdiodd Kingy wrth yrru ei ffrind am adref.

Ni ddywedodd Danny'r un gair, jyst eistedd yno'n syllu mas o'r ffenest.

Trodd Kingy ac edrych arno. Roedd Danny – un o'r ditectifs gorau yn y dref, os nad *y* ditectif gorau – yn domen o waed ac anobaith. Heddiw, roedd wedi colli ei hunaniaeth, ac ymddangosai mai dim ond cragen wag oedd ar ôl bellach. Bu Danny, fel Kingy, yn heddwas ers dros ddegawd. Gallod alw'i hun yn 'heddwas' pan fyddai unrhyw un yn gofyn iddo beth oedd ei waith. Byddai'n yngan y gair gyda balchder hefyd; wedi'r cyfan, roedd hwn yn glwb ecsgliwsif iawn i fod yn aelod ohono. Nid *pawb* oedd yn cael mynediad. Dim ond y gorau.

Tristaodd DS King wrth ystyried ffawd ei ffrind. Beth fyddai dyfodol eu perthynas nhw, tybed? Roedd hi'n anodd dychmygu na fyddai'n newid tu hwnt i bob disgwyl. Wrth droi'r gornel ac agosáu at gartref Danny Finch, tyngodd DS King lw i beidio ag ymddwyn mewn ffordd anaddas yn rhinwedd ei swydd byth eto, rhag ofn y byddai e'n gorfod wynebu'r un ffawd â Danny heddiw. Ond yna ailystyriodd, a thyngodd lw arall i beidio â chael ei ddal.

2

Safai Pete Gibson mewn ystafell breifat ar drydydd llawr Ysbyty Tywysoges Cymru ym Mhen-y-bont ar Ogwr, gyda'r drws ar gau. O'i le wrth droed gwely Ranjit Patel, syllai ar wyneb cleisiog cynreolwr bwyty'r Gujarat Palace, yr holl bibellau oedd yn ymwthio ohono yn gwneud iddo edrych fel rhyw groesiad rhyfedd rhwng octopws ffugwyddonol a bwystfil o blaned arall. Ar un ochr y gwely, gwnâi Jac Dannedd, dirprwy Gibson, yr un peth, tra bod tad y dioddefwr yntau hefyd gyferbyn ac yn dynwared ei osgo.

"A chi'n *siŵr* mai Alfie nath hyn, Mr Patel?"

Roedd Pete yn ei chael hi'n anodd credu y gallai hwnnw, un o'i filwyr troed oedd hefyd yn digwydd bod yn nai iddo, wneud y fath beth. Cawsai Alfie ddyrchafiad yn ddiweddar i ofalu am un rhan o ochr golchi arian y busnes, sef bwyty'r Patels. Dechreuodd Pete amau fod y weithred yn ymdrech i wneud 'enw' iddo'i hun. Un ai hynny neu'n gelwydd noeth o gegau'r Patels.

"Ydw, ydw, Mr Gibson," atebodd y tad mewn llais main ag acen oedd yn dal i gynnal ei thinc estron, er i'r hen ddyn symud i Erddi Hwyan dros hanner canrif ynghynt. "Weles i'r holl beth gyda fy llygaid fy hun…"

"Chi'n gwbod *pam* nath e hyn i Ranjit?"

"Diog yw e, yn dyfe…"

"Pwy, *Alfie*?" Ymunodd Jac â'r sgwrs, yn llawn amheuon a'i ddannedd dodi'n disgleirio o dan olau llachar yr ystafell ddiheintiedig.

"O, na, na, na, Jac!" ebychodd Mr Patel, gan wenu ar ei

gwestiwn. "*Ranjit* yw'r diogyn. Fel 'na ma fe wedi bod erioed. Dw i'n beio ei fam, y veshya!"

"Ond so hynny'n esbonio pam nath Alfie hyn iddo fe," dywedodd Pete yn bwyllog.

"Ond gath e ddau rybudd..."

"Am beth?"

"Am y bwyty gwag."

Syllodd Pete a Jac ar Mr Patel, heb yngan yr un gair, er bod y cwestiwn yn amlwg ar eu hwynebau.

"So Alfie'n hoffi gweld y bwyty'n wag a so Ranjit, y behnchoot, yn hoffi gweld bwyty llawn. Alfie sy'n iawn, wrth gwrs..."

"Ond ma popeth yn mynd yn dda gyda'r gwaith o beth fi'n deall..." cynigiodd Pete.

"Ydy. Ond, fel ddwedodd Alfie, bydd bwyty gwag yn denu sylw'r heddlu yn y pen draw, a dyna'r peth ola ni moyn."

"Digon gwir," cytunodd Jac.

"Felly rhoddodd e ddau rybudd i Ranjit, ddwy wythnos ar ôl ei gilydd, wrth ddod draw i weld sut roedd pethe'n mynd. Y tro cynta, ddwedodd e wrth Ranjit am dynnu ei fys mas a denu cwsmeriaid. Yr ail waith, fe rybuddiodd Ranjit y byddai'n gwneud hyn iddo..." – cyfeiriodd Mr Patel at ei fab drylliedig – "os na fyddai'r bwyty'n llawn y tro nesa iddo alw..."

"A?"

"A... wel... doedd y bwyty *ddim* yn llawn y tro nesa i ni weld Alfie..."

Tawelodd y sgwrs. Doedd dim angen esbonio'r hyn ddigwyddodd nesaf. Roedd hynny'n ddigon eglur o edrych ar Ranjit a'i gleisiau. A dyna beth wnaeth y tri. Roedd ei nai wedi synnu Pete ar yr ochr orau. Roedd Alfie'n fachgen tawel ac ufudd oedd wedi gwneud popeth y gofynnodd ei wncwl iddo'i wneud ers ymuno â'r busnes rhyw flwyddyn ynghynt. Roedd e'n ugain oed, yn dal ac yn denau gyda llond pen o wallt cyrliog, yn union fel ei ddiweddar dad. Ond eto, roedd *rhywbeth* amdano oedd yn aflonyddu ar Pete. Efallai mai'r llygaid marmor, a roddai ryw naws dideimlad iddo, oedd wrth wraidd y teimlad hwnnw. Neu'r ffaith ei fod fel atsain, fel ysbryd o'i dad. Doedd dim ots gan Pete am hynny am nawr, beth bynnag. Roedd y bachgen wedi gwneud gwyrthiau gyda'r golchi ers cymryd yr awenau draw yn y Palas, ac roedd yr hyn a wnaeth i Ranjit yn ategu ei werth i'r busnes, yn hytrach na'i andwyo mewn unrhyw ffordd.

"A shwt ma'r busnes nawr, Mr Patel?" Tarfodd Jac ar y tawelwch.

"Da. Gwych, mewn gwirionedd. Ma Sanjit, fy mab ifanca, yn rhedeg pethe, ac ma'r bwyty'n llawn dop ers tair noson. Fydd neb yn amau dim nawr. Ma Sanjit wedi bod i'r coleg, chi'n gweld. BA mewn busnes ac MA mewn marchnata. Dylswn i wedi ei roi e in charge o'r dechrau, ond Ranjit yw'r henaf..."

Edrychodd Pete ar Mr Patel gyda gwên gam ar ei wyneb. "A beth am yr heddlu? Ydych chi 'di gweld nhw o gwbl?"

"O, na, na, na. Gwnaeth Alfie'n siŵr ein bod ni'n mynd â Ranjit i'r ysbyty a dweud bod yr ymosodiad wedi digwydd rhywle arall, yn lle galw ambiwlans i'r Palas."

"So beth yw'r broblem?" gofynnodd Pete.

Trodd Mr Patel at ei fab, cododd ei 'sgwyddau ac yna troi'n ôl at Pete.

"Dim problem, Mr Gibson."

Gyrrodd Jac y Jeep Grand Cherokee SRT newydd sbon allan o faes parcio gorlawn yr ysbyty a'i anelu tua'r gogledd am bencadlys ymerodraeth Pete Gibson ar gyrion Gerddi Hwyan. Roedd Jac wrth ei fodd ag arogl y cerbyd newydd, er y byddai mwg ffags ei fòs yn siŵr o'i ddisodli mewn dim o amser. Roedd y car blaenorol, Mercedes CLS-Class, yn hyfryd i'w yrru o gwmpas y lle ac yn gallu torri'r mur sain petai angen dianc rhag y glas – er nad oedd hynny wedi digwydd ers blynyddoedd maith, diolch i berthynas arbennig Pete â rhai o fawrion y dref, oedd oll yn

Seiri Rhyddion. Ond roedd y Jeep yn fwystfil tra gwahanol. I ddechrau, roedd modd edrych i lawr ar weddill y byd o sedd y gyrrwr. Ac roedd hynny'n gwneud i Jac deimlo'n saffach o lawer am ryw reswm. Heb sôn am deimlo'n hunanbwysig. Ar ben hynny, roedd y seddi swêd yn debycach i soffas a'r opsiwn i'w gwresogi'n help mawr gyda phoenau gwaelod cefn Jac a Pete – un o ganlyniadau mynd yn hŷn. Yn wir, dyna oedd un o'r prif atyniadau wrth ddewis car newydd. Ac er bod Jac wedi gyrru'r Jeep ers wythnos, nid oedd yn gwybod beth oedd swyddogaeth hanner y botymau ar y panel cyfrifiadurol o'i flaen.

Wrth ei ochr, snwffiodd Pete lond ffroen o wynfryn o'i fodrwy fawreddog, sef cuddfan y cyffur ac anrheg arbennig Jac i'w fòs ar ei ben-blwydd yn hanner cant y llynedd. Roedd Jac yn difaru ei phrynu iddo erbyn hyn, achos roedd y fodrwy'n golygu bod gan Pete fynediad at y powdwr dieflig bob adeg o'r dydd, pan oedd rhaid iddo aros i ffeindio man addas a'r amser iawn o'r blaen. Roedd ganddo broblem, heb os, ond nid Jac oedd y boi i dynnu sylw at hynny, o na! Jac oedd yn prynu'r cyffur iddo, a hynny fesul cilo. Ar ôl crynu am sbel a gadael i'r gwyn afael ynddo, gwasgodd Pete fotwm ar y drws wrth ei ochr ac aeth y ffenest i lawr yn dawel. Taniodd sigarét, sugno'n ddwfn ac yna chwythu'r mwg i'r byd tu fas, er i ran fwyaf o'r llygredd gael ei chwythu 'nôl i gyfeiriad Jac. Pesychodd hwnnw. Anwybyddodd Pete ei ddirprwy.

"Fi'n impressed iawn, i fod yn onest…" dechreuodd Pete, er nad oedd Jac yn siŵr am beth roedd e'n sôn i gychwyn.

"Alfie?" dyfalodd, gan agor ei ffenest a chroesawu aer oer y gwanwyn cynnar i gaban y Jeep, ynghyd â'r tarth traffig oedd yn gydymaith parhaus yn y rhan yma o'r wlad.

"Ie, Alfie. Do'n i ddim yn gwbod bod e fel 'na, ti'n gwbod."

"Na fi," cytunodd Jac, er iddo yntau sylwi ar y gwacter yn ei lygaid hefyd. "Ac ro'dd Ranjit yn fucked, chwarae teg…"

"Haeddiannol," oedd ateb dideimlad Pete.

"Edrych yn waeth nag oedd e 'fyd."

"Aye. Bydd e 'nôl yn gwaith erbyn diwedd wythnos nesa. Yn cymryd orders wrth ei frawd bach."

"Swnio fel 'se Alfie 'di neud y peth iawn."

"Ma fe'n deall y gêm, sdim dowt am hynny."

"Jyst fel ei wncwl…"

"Fuck off, Jac, y fuckin crafwr!" Lluchiodd Pete y stwmp trwy'r ffenest ac ysgwyd ei ben yn araf.

Trodd Jac y stereo 'mlaen er mwyn llenwi'r tawelwch a ddilynodd sylw miniog ei fòs, gan adael i nodau lleddfol ôl-gatalog eclectig y cyfansoddwr Roy Budd lenwi'r cerbyd. Rhwng McArthurGlen a Gibson's Garden Village, gwrandawodd y ddau ar brif gân y ffilm *Get Carter*, ynghyd â 'Soldier Blue', 'Mr Rose' ac 'Aranjuez Mon Amour', er na wyddai Jac ddim mwy na'u teitlau am y tair cân olaf.

"Prysur," sylwodd Pete wrth i'r Jeep sleifio'n dawel trwy fynedfa un o'i fusnesau cyfreithlon a gyrru'n araf trwy'r maes parcio llawn, o amgylch yr adeiladau di-rif oedd yn gartref i amryw o gwmnïau oedd yn rhentu'r eiddo ganddo – gan gynnwys siop trin blew cŵn Barkers, Dragon Reptiles, PamPurredPets, Atlantis Fish Supplies a Chaffi Hoffi Coffi ymysg eraill – yn ogystal â Gibson's Garden Village, a dod i stop wrth glwyd ddiogelwch fygythiol yr olwg. Doedd dim hawl gan neb basio'r man hwn heb ganiatâd y porthor. Daf Draenog oedd ar ddyletswydd heddiw – bastard miniog oedd byth yn gwenu. Ceidwad perffaith i'r porth hwn, felly. Cododd ei ben o'i bapur newydd a gwasgu'r botwm er mwyn agor y glwyd. Diolchodd Jac iddo, cyn gyrru'r Jeep i mewn i'r gysegrfan a dod i stop ym man parcio penodol yr arweinydd, drws nesaf i Mini Cooper to clwt ei wraig, Kitty. Hi oedd yn rhedeg y busnes garddio – wyneb cyhoeddus y cwmni, fel petai. Ac am wyneb! Un cwbl ddifynegiant, diemosiwn a syn yr olwg, diolch i'r holl Fotocs a mân lawdriniaethau roedd hi wedi eu cael dros y blynyddoedd, oedd wedi troi ei hwyneb prydferth yn fwgwd rhyfedd ac arswydus braidd. Roedd hi'n codi ofn ar Pete pan welai hi o amgylch y lle, er nad oedd y ddau'n gwneud rhyw lawer â'i gilydd erbyn hyn. Roedd eu perthynas yn un gyfleus iawn i'r ddau ohonynt, a'r cytundebau cyn ac ar ôl priodi yn gwbl gadarn – Kitty'n rheoli ffasâd ymerodraeth Pete ac yn cael ei thalu'n hael am ei hymdrechion, a Pete felly'n cael cario 'mlaen fel a fynno, yn teyrnasu dros y gornel fach yma o'r dref heb fawr o ymyrraeth gan neb. Hyd yn oed ei 'wraig'. Busnes oedd sail eu perthynas, a thra bod yr arian yn parhau i lifo, nid oedd rheswm gan Kitty i ddarfu arno o gwbl.

O'u blaenau roedd warws diwydiannol y busnes, yn llawn deunyddiau adeiladu. Ond ffasâd yn unig oedd hwn oherwydd roedd y lle fel dol Rwsiaidd ddiwydiannol, a thu hwnt i'r warws roedd gwir bencadlys busnes Pete Gibson, mewn caeadle cudd oedd ar gau i'r mwyafrif, ar wahân i'w gylch mewnol ffyddlon.

Roedd y ganolfan hon yn cynnig nifer o bethau i gyfundrefn danddaearol Pete Gibson, gan gynnwys lle busnes a man cyfarfod cudd; storfa llawn gynnau, cyffuriau ac amryw nwyddau amheus eraill; siambr arteithio; swyddfa Pete; bar i'r bois gael ymlacio ynddo; a llety i'r rhai oedd ei angen o bryd i'w gilydd.

Roedd tair ystafell wely y tu hwnt i'r bar, ynghyd â swyddfa Pete. Roedd y bar yn llawn cadeiriau lledr cyffordddus, byrddau derw a golau isel, heb anghofio casgliad eang o chwisgi brag o bedwar ban byd. Tommy Top Shelf oedd meistr y gwirodydd, a Spencer ei fab oedd ei gynorthwyydd. Spencer oedd ar ddyletswydd heddiw, tra oedd Titch a Rodders, dau aelod arall o'r gang, yn chwyrnu ar soffa yr un, heb wneud unrhyw ymdrech i gyrraedd y gwelyau yn dilyn noson reit wyllt neithiwr.

"Be gymrwch chi, Mr Gibson?"

"Coffi," daeth ateb digywilydd Pete, er fod Spencer wedi hen arfer erbyn hyn. Roedd e'n gwybod ei le yn y gyfundrefn a doedd e byth yn cwyno. Roedd ei dad wedi dysgu popeth iddo, a'r wers bwysicaf oll oedd bod yn rhaid *ennill* parch Pete Gibson, a chadw'ch ceg ar gau yn y cyfamser. A doedd Spencer ddim wedi gwneud dim i ennyn ei barch eto. Ar wahân i weini coffis di-ben-draw, wrth gwrs. A hynny heb boeri yn ei fẁg unwaith hyd yn oed.

"Beth amdanoch chi, Jac?"

"Yr un peth, plis Spence," dywedodd Jac gyda gwên glên a winc i'w gyfeiriad.

"Ffonia Alfie i fi, Jac. Fi moyn gair 'da fe," gorchmynnodd Pete ar ôl cyrraedd ei swyddfa ac eistedd wrth y ddesg.

Nid atebodd Jac, ond estynnodd ei ffôn o'i boced ac aeth ati i ddod o hyd i rif Alfie. Syllodd ar y bòs trwy lygaid cul: roedd hwnnw wrthi'n rhochian unwaith yn rhagor, ei fodrwy i fyny ei drwyn a'i lygaid yn rholio tua'r nenfwd. Gwyliodd Jac e'n mynd amdani, gan ddiolch i'r drefn na ddechreuodd e ar yr arfer hwnnw. Byddai'r lle 'ma'n hollol ffycd petai'r ddau ohonynt ar blaned arall.

"Dwed wrtho fe am alw draw prynhawn 'ma. ASAP ar ôl cinio," ychwanegodd Pete ar ôl glanio.

Daeth Spencer i mewn yn cario hambwrdd. Arno, roedd cafetière yn llawn coffi Colombaidd ffres, dau fẁg gwyn, jwg fach yn llawn llaeth, bowlen o giwbiau siwgr a detholiad o hoff fisgedi Mr Gibson – Garibaldis, Jaffa Cakes a Bourbons, yr unig beth roedd e'n bwyta'r dyddiau hyn, bron. Ni ddywedodd y bòs unrhyw beth wrth y gwas bach, dim ond mynd ati i arllwys coffi iddo'i hun, ychwanegu dau giwb o siwgr, bwyta un o'r Bourbons a thanio sigarét.

Eisteddai Jac mewn cadair ledr â chefn uchel, yng nghornel ddarllen yr ystafell, gyda'i ffôn at ei glust. Clywodd y ffôn yn canu mewn stereo, a olygai un peth – roedd Alfie yma'n barod. Ond ble?

Cododd Pete ei ben ac edrych i gyfeiriad ei ddirprwy. Safodd

Jac a dechrau dilyn y caniadau. Mas o'r swyddfa a mewn i'r bar, cyn anelu at ddrws un o'r ystafelloedd gwely. Gosododd ei glust at y drws a chlywodd gynnwrf ar yr ochr draw. Cnociodd. Arhosodd. Ac, o'r diwedd, agorodd y drws. Ond nid Alfie oedd yn sefyll yno; yn hytrach, merch hanner noeth oedd newydd ddihuno.

Anwybyddodd Jac hi, gan hyrddio heibio a chamu'n benderfynol tuag at Alfie, oedd yn dal i bendwmpian yn y gwely. Plygodd Jac uwch ei ben, gafael yn ei wallt a sibrwd yn fygythiol yn ei glust.

"Cer â hi mas o 'ma, nawr! A dere 'nôl yn syth."

Tynnodd Jac y dyn ifanc o'i wâl, a'i wylio'n gwisgo mewn llesmair. Gwnaeth y ferch yr un peth ac yna tywysodd Alfie hi o 'na, wrth iddi wawrio arno ei fod mewn bach o drwbwl gyda'r bòs am adael iddi dreulio'r nos fan hyn, er nad fe oedd y cyntaf i wneud hynny o bell ffordd.

Dychwelodd Alfie a cherdded heibio'r bar, lle gwenodd Spencer arno'n llawn tosturi. Anelodd am swyddfa Wncwl Pete gyda'i ben yn ei blu, yr hangover yn hollbwerus a'r euogrwydd yn gafael. Dyma'r tro cyntaf iddo fradychu ei gariad, Justine, mewn unrhyw ffordd, ac roedd yn difaru, er nad oedd yn gallu cofio *beth* ddigwyddodd chwaith. Dim byd, efallai, er nad oedd hynny'n debygol iawn, mewn gwirionedd. Roedd y siâp ar y bois yn y bar yn awgrymu iddyn nhw gael sesiwn a hanner, tra oedd y dril diwydiannol yn ei ben yn ategu hynny.

Cnociodd ar y drws agored.

"Stedda," gorchmynnodd Pete, oedd yn berwi tu ôl i'w ddesg, o weld lliw ei groen.

Gyda'i ddwylo o'i flaen, cerddodd Alfie i mewn gan ildio'n ddi-ddadl i'w ewythr, er ei fod yn poeni mwy am yr hyn y byddai Justine yn ei wneud iddo petai hithau'n clywed am y digwyddiad.

"Sori, Pete," dechreuodd. "Neith e fyth ddigwydd 'to…"

"Fi'n gwbod," atebodd ei wncwl yn ddiemosiwn, a gwawriodd ar Alfie fod 'na bosibilrwydd bod y ferch mewn trwbwl enbyd hefyd. Tyfodd yr euogrwydd yn fwy fyth.

"Beth sy'n bod arno ti, mỳn?!" cyfarthodd Pete i'w gyfeiriad.

"Sori. Iesu. Wir nawr. Sa i'n gwybod beth ddigwyddodd…"

Cododd Pete ar ei draed, camu o amgylch y ddesg tuag ato a dyrnu ei glust. Canodd y clychau a byddaru Alfie am eiliad neu ddwy, a chododd ei ddwylo at ei ben er mwyn atal unrhyw ergydion pellach. Ond roedd Pete wedi eistedd i lawr unwaith eto, yr ymosodiad ar ben.

"'Na di unrhyw beth fel 'na eto, ac fe newn ni dorri pob asgwrn yn dy goesau o dan dy bengliniau…"

"Digon teg, Pete. Neith e ddim digwydd 'to…"

"Ti'n fuckin lwcus bod ti 'di neud job cystal wrth ddelio 'da Ranjit yn y Palas."

"Oh. Chi 'di clywed."

"Aethon ni i weld e yn y 'sbyty bore 'ma…"

"Wel, do'dd e ddim yn gwrando gair…"

"'Nes ti'r peth iawn. 'Na shwt ni'n delio gyda bastards diog, difaners."

"Jyst treial gwarchod y busnes, Pete. So ni moyn y moch yn stico'u trwynau—"

"Ti'n llygad dy le, Alfie bach. Fi moyn siarad 'da ti am rywbeth arall, ta beth. Ti 'di profi dy hun i ni fan hyn, er gwaetha dy… *gamgymeriad* bach bore 'ma…"

Ond cyn i Pete gael cyfle i ymhelaethu, canodd ffôn Alfie yn ei boced. Rhewodd y tri, ac ar ôl i Pete nodio'i ben, tynnodd y dyn ifanc y teclyn o'i boced a gweld wyneb ei gariad yn syllu arno ar y sgrin. Gwelodd ei groen mewn amrantiad.

"Justine?" Roedd gwên slei yn goglais corneli ceg Pete.

"*Rhaid* i fi ateb, Wncwl Pete. Sori. Wir nawr. Bydda i 'nôl mewn munud…"

"Yn dy amser dy hun, myn yffach i, Alfie! Fi 'ma trwy'r wythnos," oedd ateb nawddoglyd ei ewythr.

"Your secret's safe with us!" ychwanegodd Jac, gan guro cefn Alfie wrth iddo godi a gadael y swyddfa.

Anwybyddodd Alfie'r ddau ohonynt. Roedd yr euogrwydd yn llethol, er nad oedd ganddo gof o'r hyn ddigwyddodd y noson cynt. Beth ddylai e wneud – cyfadde'r cwbl yn y gobaith o gael ei maddeuant, neu gladdu'r gwir a gobeithio na fyddai Justine fyth yn clywed am y digwyddiad? Cerddodd heibio'r bois, oedd bellach yn eistedd wrth y bar yn yfed coffi, smocio ffags a magu pennau tost, a gobeithio na fyddai'r ffaith bod yr helynt yn hysbys i'w ewythr a'i ddirprwy yn dod 'nôl i aflonyddu arno ryw ddydd.

Wncwl neu beidio, nid oedd Alfie'n ymddiried yn Pete o gwbl.

3

"Beth yn y byd ddath drosto ti, Dan? Dim bachgen bach wyt ti, mỳn! Ti'n dri deg tri, dim... dim... fuckin *tri*!"

Bu bron i Danny wenu ar hynny, ond nid nawr oedd yr amser i godi gwrychyn ei wraig. Doedd hi ddim *wir* yn grac chwaith, jyst yn methu credu ei fod wedi gwneud y fath beth mor ddibwrpas â chwalu toiled yr orsaf heddlu, ynghyd â'i wyneb a'i ddwylo yn y fargen. Fel Danny ei hun, roedd Julia'n gwybod beth i'w ddisgwyl o 'gyfarfod' cynharach ei gŵr gyda'i uwch-swyddogion. Roedd Danny wedi cyfaddef popeth wrthi am ei orffennol, a hynny cyn i'r cyhuddiadau lynu ato a gwrthod gadael fynd. Roedd dau reswm iddo fod mor onest o'r cychwyn: yn gyntaf, roedd hi'n feichiog, a hynny ar ôl un noson wyllt yng nghwmni ei gilydd, ac oherwydd hynny roedd Danny eisiau iddi wybod yn union sut fath o foi oedd e, cyn mynd gam ymhellach. Ni fyddai byth yn anghofio'i hymateb chwaith. Syllodd arno'n dawel am gyfnod, fel petai'n cloriannu ei addasrwydd fel darpar dad. "Ma pawb wedi neud pethe twp yn y gorffennol, Danny," dechreuodd, gan bwyntio at ei bola a gwenu arno'n hurt. "Dim dyma'r tro cynta i hyn ddigwydd i fi chwaith, fel ti'n gwbod," ychwanegodd. Roedd Danny'n gwybod am Justine, merch Julia oedd yn ei harddegau hwyr, ac nid oedd hynny'n ei boeni o gwbl. "Ond y peth pwysig yw beth ni'n mynd i neud yn y dyfodol. Fi'n gwbod beth fi moyn, Dan – magu'r babi 'ma orau galla i. Ond beth wyt ti'n mynd i neud? Cario 'mlaen fel wyt ti, neu dod gyda fi a gweld beth ddigwyddiff?" Bu Danny'n meddwl mwy a mwy am 'setlo lawr' wrth iddo agosáu at ei ddeg ar hugain, ond bu'n llawer haws cario 'mlaen fel yr oedd. Tan iddo gwrdd â Julia, hynny yw. Doedd e ddim yn benderfyniad anodd, dyna'r gwir. Diwygiodd bron dros nos ac roedd popeth yn mynd yn dda – priododd Julia o fewn chwe wythnos, ddim oherwydd unrhyw duedd crefyddol na phwysau neu ddisgwyliadau teuluol, ond oherwydd fod arno eisiau gwneud 'y peth iawn', ac roedd priodi mam ei blentyn yn teimlo fel yr union beth i'w wneud.

Ond yna dechreuodd pethau ymddatod, a hynny bron mewn cytgord. Yn gyntaf, cafodd Owain ei eni. Ac er bod hynny'n destun hapusrwydd llwyr, roedd hi'n amlwg o'r cychwyn bod rhywbeth yn bod arno, a bu'n dipyn o frwydr ei fwydo. Ac wrth iddo brifio, nid oedd ei leferydd yn datblygu fel y dylsai. Roedd Julia ac yntau'n ymwybodol o'r peryglon, hyd yn oed yn ystod y beichiogrwydd. Oherwydd oedran Julia, roedd y risg y gallai esgor ar fabi anabl yn uwch, ond gwrthododd gael prawf amniocentesis er mwyn gwneud yn siŵr oherwydd gwyddai mai dyma'r cyfle olaf y byddai'n ei gael, efallai, i fod yn fam unwaith eto. Rhoddodd gynnig i Danny ei gadael os nad oedd yn gallu ymdopi â hynny, ond dewisodd aros, gan ei fod yntau, erbyn hynny, yn edrych ymlaen at fod yn dad hefyd. Roedd y bychan bron yn bedair oed erbyn hyn, ac ar wahân i lond llaw o bobl, nid oedd unrhyw un yn deall gair roedd e'n ei ddweud. Roedd e'n atgoffa'i dad o'r ffordd roedd Kenny o *South Park* yn siarad – roedd y synau i gyd yn gyfarwydd, ond nid oedd y geiriau i'w clywed yn glir. Y broblem oedd bod hanner uchaf ei geg yn ymwthio allan dros ei ddannedd isaf, gan wneud y dasg o siarad bron yn amhosib. Roedd amser bwyta'n heriol hefyd a byddai'r rhan fwyaf o'i fwyd yn cwympo'n syth 'nôl ar ei blât. Roedd Julia, Danny ac Ows wedi treulio llawer o amser yn yr ysbyty dros y blynyddoedd diwethaf, yn ceisio gweld a oedd unrhyw beth y gellid ei wneud i'w helpu. Y penderfyniad yn y pen draw oedd gwneud dim byd tan iddo gael ei ddannedd parhaol. Doedd Danny ddim yn hoff o'r diffyg gweithredu, ond roedd yn deall y rhesymeg. A doedd dim byd arall yn bod ar y bychan chwaith; roedd e fel pob bachgen tair oed arall – yn methu aros yn llonydd am eiliad ac yn pendilio o fod mor hunanol â theyrn o hen hanes un funud i fod y bachgen bach anwylaf ar wyneb daear y nesaf.

Ychydig ar ôl ail ben-blwydd Owain, cafodd Danny ei alw i swyddfa Crandon a'i hysbysu bod yr archwilwyr mewnol yn craffu ar achosion hanesyddol lle roedd Danny'n ganolog i'r gwaith. Cafodd ei gyfyngu i'r adran weinyddol wrth i'r ymchwiliad fynd yn ei flaen, cyn cael ei wahardd dri mis yn ôl. Cydymffurfiodd â'r ymchwiliad yn llwyr, yn y gobaith o gael cadw'i swydd. Unrhyw swydd. Byddai wedi bodloni ar fynd yn ôl i wisgo iwnifform hyd yn oed; unrhyw beth i gael cadw'i hunaniaeth. Er hynny, roedd yn disgwyl y gwaethaf, felly nid oedd newyddion y bore'n sioc, dim ond yn siom.

"O'n i jyst yn gutted, 'na i gyd…"

"Ond o't ti'n disgwyl hyn, Dan. Ti 'di dweud hynny wrtha i dy hun. Mwy nag unwaith, 'fyd."

Cymylodd llygaid Danny, felly canolbwyntiodd Julia ar dendio'r cytiau bach gwaedlyd ar ei dalcen. Taenodd y Savlon yn dyner drostynt, gan wneud pob ymdrech i beidio â dangos ei phryder i'w gŵr. Beth fyddai e'n ei wneud yn awr? Roedd hi'n ddigon anodd bod yn heddwas neu'n dditectif – o ran yr oriau anghymdeithasol a'r diffyg cyfleoedd i gymdeithasu ag unrhyw un nad oedd yn rhan o'r ffôrs hefyd – ond sut fywyd fyddai un *cyn*-heddwas, a hwnnw'n un oedd wedi cael ei ddiswyddo dan gwmwl?

Gwyliodd Danny ei wraig yn y drych ar y bwrdd gwisgo yn eu hystafell wely. Gallai weld y boen a'r pryder yn ei llygaid ac yng nghrychau niferus ei hwyneb. Roedd pob un o'r deng mlynedd a mwy oedd rhyngddynt yn amlwg heddiw, er nad oedd e'n edrych yn rhy arbennig ei hun. Torrodd ei galon. Roedd wedi addo gofalu amdani, a nawr…

Fel petai hi'n synhwyro'i wewyr, cofleidiodd Julia e'n dynn a'i gusanu ar ei ben.

"Sdim angen meddwl am y peth rhagor, though, o's e? Ma fe ar ben. Gallwn ni symud 'mlaen nawr…"

Cusanodd ef eto, ac er nad oedd Danny'n gwerthfawrogi ei geiriau – oedd yn ymddangos yn wag – i gychwyn, ar ôl eu hystyried am eiliad neu ddwy, gwawriodd arno ei bod hi'n llygad ei lle. Bu'r blynyddoedd diwethaf yn hunllef. O leiaf roedd y cwmwl tywyll hwnnw fu'n taflu ei gysgod drostynt wedi mynd. Problem Danny oedd bod y cymylau ar y gorwel yn edrych yr un mor fygythiol. Trodd ei feddyliau at Crandon unwaith yn rhagor; iddo fe roedd y diolch am gadw Danny allan o'r carchar. Byddai'n ddyledus iddo am byth ar ôl heddiw, er nad oedd hynny'n ei boeni cymaint â dod o hyd i swydd er mwyn gofalu am ei deulu bach.

"Reit, ti'n aros fan hyn neu ti'n dod i nôl Ows 'da fi?" gofynnodd Julia, gan godi.

"Beth am hwn?" Pwyntiodd Danny at ei wyneb.

"Beth amdano fe? Ti'n edrych yn reit secsi os ti'n gofyn i fi." Cododd ei haeliau wrth ddweud hynny a gadael yr ystafell heb edrych yn ôl.

. . .

Clywodd Justine ei mam a Danny'n gadael y tŷ ac aeth yn syth i'r toiled gyda'r prawf beichiogrwydd Clearblue yn ei gafael. Roedd hi wedi bod yn cuddio yn ei hystafell wely trwy'r bore, yn aros am ei chyfle. Ac er y byddai ei mam, fel arfer, yn ei dwrdio am fod yn ddiog os na fyddai wedi gwneud ymddangosiad cyn deg y bore, man pellaf, roedd pethau llawer mwy difrifol ganddi i boeni amdanyn nhw heddiw. Bu bywyd braidd yn ddiflas i Justine ers colli ei swydd fel cynorthwyydd mewn salon trin gwallt rai misoedd ynghynt, ond roedd hynny wedi rhoi cyfle iddi weithio ar ei phortffolio. Byw bywyd fel artist oedd ei breuddwyd, er bod hyd yn oed meddwl am hynny'n teimlo braidd yn hurt y bore 'ma. Gwyddai fod Danny wedi colli ei swydd, diolch i welydd tenau eu cartref briciau coch, ond chwarae bach oedd hynny, yn nhyb Justine, o'i gymharu â'r hyn roedd hi'n amau oedd yn gwreiddio ynddi ar hyn o bryd. Clodd y drws ar ei hôl, rhag ofn y byddai ei mam yn dychwelyd, ac eistedd ar yr orsedd. Roedd ei meddwl ar ras, ond nid oedd yn symud yn rhy gyflym iddi beidio ag ystyried rhai o ddeilliannau posib y dyfodol agos. Yn gyntaf, Alfie. Beth fyddai ei ymateb ef? A fyddai'n ei gadael, neu'n cynnig talu am erthyliad? A fyddai'n gandryll ynteu'n gogoneddu? Doedd hi ddim eisiau dychmygu, er mai fe fyddai'r cyntaf i gael gwybod. A beth am ei mam? Hyd yn oed yn ei chyflwr presennol, roedd hi'n gwybod nad oedd angen poeni am hynny, mewn gwirionedd. Ei mam oedd y person mwyaf cytbwys a cŵl yr oedd hi'n ei adnabod. Doedd dim byd yn aflonyddu arni. Bron. Meddyliodd am Owain. Sut fyddai hi'n ymateb petai'r meddygon yn dweud wrthi bod ei baban yn anabl? Anadlodd yn ddwfn. Un peth ar y tro.

Safodd ar ei thraed a chodi'r sedd, gan wag-gyfogi wrth weld diferion melyn Danny wedi hanner sychu ar geg y toiled. Aeth ati i dynnu ei jîns, gyda chryn drafferth, diolch i'r ffaith bod y denim fel petai wedi cael ei baentio ar groen ei choesau. Cyn dechrau'r ddefod, oedodd. Dim ond pum diwrnod yn hwyr oedd hi. Efallai mai camgymeriad oedd hwn. Pryder merch ifanc yn cael y gorau arni. Efallai ei bod wedi gwastraffu ei harian yn prynu'r prawf o'r fferyllfa. Ond, beth bynnag am hynny, roedd *rhaid* gwybod, un ffordd neu'r llall.

Daliodd y ffon blastig yn llif ei dŵr a gwylio'i hun yn y drych o'i blaen. Roedd ei gwallt hirsyth mor goch â'i gwaed, a'i llygaid gwyrdd golau yn gallu hudo dynion dwywaith ei hoed. Byddai'n ugain mewn mis, ond roedd hi'n teimlo'n llawer hŷn na hynny heddiw. Gorffennodd. Fflysiodd. Sychodd. Arhosodd. Tynnodd ei jîns i fyny ac eistedd eto ar ôl cau'r clawr dros y dŵr. Nid oedd hi'n gallu edrych ar y prawf i gychwyn, ond gwyddai nad oedd modd ei osgoi chwaith. O'r diwedd, trodd ei phen a syllu arno. Gwelodd ddwy linell gadarn. Dechreuodd grio ar unwaith.

∎ ∎ ∎

Ar ôl iddo dreulio hanner awr dda yn y gawod, lle ceisiodd Alfie olchi'r euogrwydd ynghyd â phob atgof o'r flonden o'i gof – heb lwyddiant – canodd ei ffôn. Roedd newydd daenu'r ffôm eillio dros ei wyneb a difarodd beidio â gwneud hynny cyn camu i'r gawod, ond roedd ei ben ar chwâl diolch i'r cywilydd a deimlai a'r sgwrs ryfedd a gafodd ar y ffôn gyda Justine yn gynharach. Roedd ei gariad yn hollol annelwig, fel petai ar blaned arall, er nad oedd ei baranoia yntau'n helpu chwaith. Gwrthododd bendroni ymhellach ar y 'Pam?' a'r 'Sut?' a'r 'Beth yn y byd sy'n bod arna i?', gan dyngu llw i beidio â gwneud unrhyw beth mor hurt eto. Roedd e'n caru Justine, ac roedd antur fach neithiwr wedi llwyddo i ategu hynny ymhellach, yn hytrach na gwneud iddo amau.

Gyda'r eilliwr pum-llafn yn barod i dorri trwy'r ewyn a'r mân-flew yn ddiymdrech, cododd y ffôn a gweld gwallt fflamgoch a llygaid gwyrdd-loyw ei gariad yn syllu'n ôl arno eto o'r sgrin fach. Anadlodd yn ddwfn, gan ddifaru ei fodolaeth, cyn gwasgu'r botwm gwyrdd a gwneud pob ymdrech i swnio'n normal. Ac er na lwyddodd i wneud hynny o gwbl, doedd dim angen poeni, oherwydd roedd Justine yn ddigysur o ddagreuol ar ben draw'r ffôn. Y peth cyntaf a aeth trwy feddwl Alfie oedd ei bod hi, rywsut, wedi clywed am yr hyn a wnaethai y noson cynt, ond wedi oedi am eiliad daeth i'r casgliad cywir nad oedd hynny'n bosib.

Ceisiodd dawelu Justine a chael rhyw synnwyr ganddi, ond

pan fethodd, addawodd adael y tŷ y funud honno. Eilliodd yn gyflym a gwisgo fel dyn gwyllt, gadael heb ffarwelio â'i fam, neidio i'w gar a gyrru mor gyflym ag y caniataodd y traffig iddo wneud i dŷ Justine a'i theulu ar ystad briciau coch Bryn Glas. Parciodd a rhedeg at y drws a chnocio ar y porth tan i Justine ei agor.

Camodd ati a'i chofleidio'n dynn. Sibrydodd yn ei chlust ei fod yn ei charu. Swsiodd ei bochau gan flasu'r dagrau hallt.

"Beth sy'n bod, babes?" gofynnodd yn dyner.

"Fi'n disgwyl."

Camodd Alfie'n ôl a syllu ar ei gariad yn syn. Sychodd ei geg. Taranodd ei galon. A beichiodd Justine yn uwch mewn ymateb i'r olwg daer ar ei wyneb.

"So pam ti'n crio, 'te?" gwenodd o'r diwedd, gan ddrysu Justine yn llwyr.

"Ti'n pissed off…"

"Pam fydden i'n pissed off? Ma hwn yn newyddion gwych! Sa i erioed 'di bod mor hapus. Gewn ni symud mewn 'da'n gilydd. Ffeindio fflat neu rywbeth. Dyma'r esgus perffaith…"

Er nad oedd yn sicr o'r hyn roedd yn ei deimlo mewn gwirionedd, cododd ei gariad oddi ar ei thraed a gafael ynddi'n dynnach nag y gwnaethai o'r blaen. Ar hynny, dechreuodd hithau grio unwaith eto, ond nid dagrau o bryder a thristwch oedd y rhain ond diferion llawn hapusrwydd, gobaith ac, yn bennaf, rhyddhad.

■ ■ ■

Ar ôl casglu Ows bach o ddosbarth meithrin yr ysgol leol – lle na siaradodd unrhyw un â Danny, er i nifer fawr o rieni syllu arno o bell – anelodd Julia'r car am adref, heb wybod yn iawn beth i'w wneud nesaf. Roedd heddiw'n ddiwrnod rhyfedd, diolch i'r hyn a ddigwyddodd i'w gŵr ben bore. Er hynny, gwyddai fod rhaid iddyn nhw wneud *rhywbeth*, a hynny'n rhywbeth llawn hwyl. Felly, pan ddechreuodd Owain swnian ei fod eisiau 'hu-hen iâ', gwyddai Julia'n iawn ble i fynd.

Gyda Julia'n gyrru i gyfeiriad Porthcawl, trodd Danny a wynebu ei fab, oedd yn llawn straeon am ei fore yn yr ysgol. Ac wrth i'r bychan barablu'n aneglur am baentio llun o roced, chwarae môr-ladron, cael stori am arth fach ddrwg a sbectols ei dad, yfed llaeth, bwyta ffrwythau a'i fwriad i briodi merch o'r enw Syfi, gwawriodd ar Danny y gallai pethau fod yn llawer gwaeth. Fel hud a lledrith, effeithiodd brwdfrydedd di-ben-draw Owain arno mewn ffordd gadarnhaol, gan wneud iddo werthfawrogi'r hyn oedd ganddo yn hytrach na phendroni am yr hyn roedd wedi ei golli'r bore hwnnw.

Wedi mwynhau pysgod, sglods a phys stwnsh ardderchog arferol siop Beales, ymlwybrodd y teulu bach trwy siopau a stondinau lliwgar parc pleserau Traeth Coney, cyn cyrraedd y tywod a'r môr tu hwnt. Gyda'r haul yn tywynnu uwch eu pennau, aeth Owain ati'n syth i balu twll. Ymunodd Danny ag ef, yna ailystyriodd, codi a rhedeg yn ôl i gyfeiriad y stondinau er mwyn prynu dwy raw a dau fwced a llogi cadair blygu i'w wraig.

"U-och, ahh," meddai Ows, gan droi'n ôl at y gwaith gydag angerdd.

"Ti werth y byd," ategodd Julia, gan blannu sws ar ei foch.

Gyda pheth trafferth, agorodd Danny'r gadair i'w wraig, cyn ymuno â'i fab i adeiladu castell a hanner – ei lu o dyrau wedi'u haddurno â chregyn, gwymon a phlisgyn crancod meirw. Wedi gorffen, aeth Danny i brynu hufen iâ yr un iddynt, ac i lawr â nhw at y môr i drochi eu traed yn llif rhynllyd y gwanwyn. Er ei bod yn ddiwrnod braf, byddai'n cymryd misoedd i'r môr dwymo digon i allu mynd am ddip.

Yn anochel, syrthiodd Owain i'r dŵr, ond chwarae teg i'r boi bach, ni sgrechiodd na chrio na dim. Yn hytrach, gwelodd ei gyfle i flasu rhyddid, felly cododd, tynnodd ei drowsus ysgol a'i bants a rhedodd yn wyllt yng nghwmni ei rieni, y wên yn amlwg ar ei wyneb, er ei nodweddion anarferol.

Gwyliodd Danny a Julia eu mab bach rhyfeddol yn neidio yn y dŵr bas, a phan ddechreuodd ei wefusau droi'n las oherwydd yr oerfel, gafaelodd Danny ynddo a'i gario fel baban bach yn ei freichiau, ei got wedi'i lapio'n dynn amdano er mwyn ei gadw'n dwym. Rhedodd Julia o'u blaenau, estyn ei ffôn a thynnu llun o'r tri ohonynt. Gwenodd Danny ar ei deulu bach ar y sgrin. Er iddo golli ei hunaniaeth fel ditectif, ni fyddai byth yn rhoi'r gorau i fod yn dad. Yr unig beth pwysig nawr oedd ei deulu, ac roedd yn benderfynol o ofalu amdanynt am weddill ei oes.

RHAN 2

BLWYDDYN
O NAWR

4

Gyda'r sêr yn disgleirio fry ar noson fwyn yn gynnar ym mis Mawrth, safai Danny tu fas i gaban porthor warws Gibson's Garden Village yn gwylio'r cadno'n cerdded ar draws y maes parcio tuag ato ac, fel bob tro, cyflymodd ei galon wrth iddo lenwi â rhyw gyffro plentynnaidd nad oedd modd ei reoli. Bu'n bwydo'r anifail ers dros fis bellach, wedi iddo ddod ar ei draws yn chwilio am sborion yn y biniau ac yn gadael llanast mawr ar ei ôl. Roedd e'n cerdded yn dalog heno, ac mewn munud byddai'n bwyta'r bwyd ci o'r fowlen yn hamddenol braf, yn hytrach na sleifio draw a llenwi ei fol ar frys, cyn diflannu'n ôl i'r cysgodion, fel y gwnaethai am dros wythnos ar gychwyn y berthynas. 'Mulder' roedd Danny'n ei alw, ar ôl cymeriad David Duchovny yn yr *X-Files*, er nad oedd yn gwybod ai gwryw ynteu benyw ydoedd. Benyw, roedd yn amau, er nad oedd modd bod yn siŵr. Nid oedd pâr o geilliau yn y golwg, ond nid Iolo Williams mo Danny, felly doedd dim syniad ganddo go iawn. Oedodd Mulder rhyw bymtheg llath o'r caban, arogli'r aer a moeli'i glustiau. Ar wahân i furmur cefndirol parhaus yr M4, nid oedd sŵn i'w glywed yn y gymdogaeth. Dim seiren yn gwichial na cherddoriaeth yn pwmpio yn y pellter. Dim tylluan yn hwtian na chi'n cyfarth. Eisteddodd Danny ar drothwy'r caban er mwyn ymddangos yn llai bygythiol, ac ar unwaith, fel petai'n aros am yr union beth hwnnw, nesaodd Mulder a bochio'r cig a'r grefi o'r fowlen yn farus. Yn ogystal â'r bwyd, roedd Danny wedi gosod bowlen o ddŵr glân i'w gyfaill, ac ar ôl clirio'r cig mewn dim o amser, llarpiodd y cadno y dŵr claear a throi ei olygon at Danny, ei wyneb doeth yn gwestiynau i gyd. Ceisiodd Danny ddyfalu oed y creadur, heb ddod i gasgliad boddhaol unwaith eto, cyn i'w ddychymyg grwydro at un o hoff lyfrau ei blentyndod, sef *Fantastic Mr Fox*. Yn reit ddiweddar, roedd wedi gwylio'r ffilm yng nghwmni Owain, ac er i'w fab golli diddordeb rhyw hanner ffordd drwyddi, gwyliodd Danny hi tan y diwedd, gan fwynhau pob eiliad. Trodd Mulder i adael, ond cyn iddo fynd, tynnodd Danny becyn o drîts siâp esgyrn o boced ei got a gwneud sioe o'i agor, gan hawlio sylw'r cadno ar unwaith gyda'r sŵn. Daliodd un rhwng bys a bawd a'i gynnig i Mulder.

"Dere, mỳn," anogodd Danny'r cadno. "Os ti moyn un, rhaid i ti ddod draw fan hyn…"

Roedd Danny wedi taflu'r trîts ato neithiwr a'r noson cynt, ond roedd e'n benderfynol o'i ddenu'n agosach heno. Ond pan arhosodd Mulder yn ei unfan, heb symud, gosododd Danny'r asgwrn ar lawr wrth ei draed.

"Os ti moyn hi, dere 'ma," meddai Danny mewn llais meddal. Er fod sgwrsio gyda chadno'n teimlo'n chwithig braidd ar adegau, heb sôn am fod yn fenter unochrog ar y diawl, y gwir oedd bod Danny'n falch o gael *unrhyw un* i siarad ag ef yn ystod oriau unig y shifft nos. Bu'n gweithio fan hyn ers tri mis bellach, ac roedd y diolch am hynny i Alfie a neb arall. Ar ôl naw mis o chwilio am swydd, ac o gael ei wrthod gan bawb, daeth y Diafol, o bawb, i'w achub, a hynny pan oedd Danny'n ystyried symud i ffwrdd i ddod o hyd i gyflogaeth. Ar ôl colli ei swydd gyda Heddlu Gerddi Hwyan a methu dod o hyd i un arall, er iddo gnocio ar ddrws bron pob busnes yn y dref yn gofyn am gyfle, bu'n rhaid i Julia ddechrau gweithio yn y pen draw er mwyn cadw'r blaidd o'r drws. Daeth hi o hyd i swydd mewn delicatessen lleol. Dim byd mawr, jyst gweini bwyd a diod i gwsmeriaid, ond diolch byth am hynny, oherwydd roedd pethau'n dynn uffernol ar ôl colli cyflog Danny.

Ar ben hynny, roedd Alfie, cariad Justine, bellach yn byw

gyda nhw, heb anghofio eu mab bach, Noa, oedd yn rhyw bedwar mis oed bellach. Bwriad cychwynnol y cariadon oedd symud i fflat yn y dref, ond oherwydd oriau anghyson Alfie a'r cymorth roedd Julia'n ei roi i'w merch wrth fagu Noa, newidiwyd y cynllun hwnnw. Bu Alfie'n cyfrannu at y biliau a'r rhent hefyd, ac roedd hynny'n gwneud yn iawn am yr holl straen oedd yn mynd law yn llaw â byw o dan draed ei gilydd mewn bocs bach briciau coch gyda babi newydd yn sgrechian bob awr o'r dydd.

Daethai Danny ar draws Pete Gibson, ei gyflogwr newydd, droeon yn rhinwedd ei swydd fel ditectif. Ac er i'r dihiryn gael ei gyhuddo o nifer o bethau ar hyd y blynyddoedd, nid oedd wedi cael ei erlyn mewn llys ar un achlysur hyd yn oed. Roedd Pete yn casáu cops, ond roedd e'n hoff iawn o frolio bod ganddo un ar y gyflogres, ac yn meddwl am Danny fel rhyw drôffi dynol. Ni fyddai Danny'n ei weld yn aml, gan mai ei filwyr troed oedd yn gweithredu gyda'r nos, yn hytrach na'r bòs ei hun. Roedd Pete yn ofalus tu hwnt o ran ei weithgareddau amheus, ac roedd ganddo garfan o ddilynwyr ffyddlon oedd yn fodlon cymryd y bai ar ei ran os oedd angen. Roedd y ffaith bod Alfie'n un o'r rheiny yn achosi pryder i Danny, yn enwedig gan eu bod nhw'n rhan o'r un teulu nawr, ond roedd y dyn ifanc yn taro Danny fel un doeth a chytbwys, yn enwedig o'i gymharu â'i gyfoedion yn gang Pete Gibson. Diolch i waliau papur sidan eu cartref, roedd Danny a Julia wedi gwrando ar Alfie a Justine yn trafod eu dyfodol ar fwy nag un achlysur. Roedd y ddau ohonynt yn ysu am adael Gerddi Hwyan ac Alfie'n benderfynol o droi ei gefn ar y bywyd proffesiynol oedd ganddo ar hyn o bryd. Yn y cyfamser, byddai Danny'n cadw llygad arno fan hyn os byddai angen.

Gyda meddwl Danny ar grwydr, agosaodd Mulder a chodi'r asgwrn bach mewn un symudiad sionc. Camodd yn ôl a'i lyncu heb ei gnoi, felly tynnodd Danny un arall o'r pecyn a'i ddal o'i flaen.

"Dere 'ma," sibrydodd.

Crychodd y cadno ei drwyn a chymryd cam ansicr tuag at y trît. Oedodd eto, ei ffroenau fodfeddi'n unig o law Danny, ac yna cipiodd yr asgwrn, troi a ffoi, gan ddiflannu i'r gwrych ym mhen draw'r maes parcio. Gwyliodd Danny fe'n mynd. Nid oedd wedi teimlo'r fath hapusrwydd pur ers amser maith. Ers cwrdd â Noa bach am y tro cyntaf, mwy na thebyg.

Cododd a chloi'r drws, cyn mynd am dro o amgylch ffens derfyn y warws a'r ganolfan arddio. Gallai fod wedi gwirio'r teledu cylch cyfyng yn y caban, ond roedd hi'n noson braf a byddai ymestyn y coesau'n bleser heno. Nid oedd unrhyw un yng Ngerddi Hwyan yn ddigon twp i dorri i mewn a dwyn eiddo Pete Gibson, felly mynd trwy'r mosiwns roedd Danny nawr. Osgoi gwaith, a dweud y gwir. Roedd ganddo draethawd i'w ysgrifennu ar gyfer ei gwrs BA Daearyddiaeth. Roedd e'n astudio trwy'r Brifysgol Agored a'i uchelgais oedd cymhwyso fel athro yn y pen draw. Ni fyddai hynny'n digwydd am sbel, wrth reswm, ond roedd rhaid cychwyn gyda gradd. Roedd wedi penderfynu astudio Daearyddiaeth am un rheswm: ei hen athro, Mr Hayes. Wrth gofio'n ôl i'w amser yn yr ysgol, dim ond dau bwnc roedd Danny'n eu mwynhau, sef Daearyddiaeth a Chwaraeon, ond am ryw reswm nid oedd treulio'i amser ar y cae chwarae yn apelio cymaint â sefyll o flaen bwrdd du a llond dosbarth o ddisgyblion.

Dychwelodd i'r caban a llenwi'r tecell. Tra'i fod yn berwi, cododd Danny'r dumb-bells pymtheg cilogram hanner cant o weithiau, nes bod ei feiseps yn llosgi. Nid oedd yn cadw'n heini rhyw lawer y dyddiau hyn, ond nid oedd angen lot o waith cynnal a chadw ar ei gyhyrau, diolch byth.

Gwnaeth goffi iddo'i hun ac eistedd wrth y ddesg. Dihunodd ei liniadur a throi at y llyfr roedd wedi ei fenthyg o'r llyfrgell, *Understanding Cultural Geography: Places and Traces*. Ond cyn iddo gael cyfle i ddarllen gair na theipio llythyren, clywodd gerbyd yn agosáu. Ffliciodd trwy'r sianeli cylch cyfyng tan iddo ddod o hyd i'r camera cywir a gwelodd fan gyfarwydd y cwmni'n gyrru tuag at y glwyd. Cododd a gadael y caban unwaith eto, gan gamu i'r nos ar yr union bryd y daeth y cerbyd i stop o'i flaen. Rodders oedd yn gyrru, a Titch a Spence yn gwmni iddo.

"Iawn, bois?" gofynnodd Danny'n gyfeillgar.

"Agor y iet, chop-fuckin-chop," atebodd Rodders, yn mwynhau'r cyfle i gael siarad fel hyn gyda chyn-gopar.

Eisteddodd y ddau arall yn dawel wrth ei ochr, yn syllu ar eu ffonau gan anwybyddu Danny'n llwyr. Gwyddai Danny ei fod yn lwcus tu hwnt i gael swydd o gwbl, ond ar adegau roedd yn casáu bod ar ris isaf yr ysgol. Roedd cael ei drin fel hyn gan y fath ffyliaid yn gwneud i'w waed ferwi, ond gwenodd ar Rodders a gofyn:

"Beth sydd yn y fan?"

"Dim o dy fuckin fusnes di! Nawr agor y iet, nei di?"

Camodd Danny o'r ffordd ac agor y glwyd i'r fan allu mynd i mewn. Ond yn lle parcio yn y man arferol, gyrrodd Rodders rownd y gornel. Gwyddai Danny beth roedd hynny'n ei olygu, ac felly clodd y drws unwaith eto a cherdded ar eu hôl i gael gweld beth oedd yng nghefn y cerbyd heno.

Cyffuriau ynteu ynnau? pendronodd, wrth sleifio fel Mulder gynt yn y cysgodion, cyn dod i stop wrth y gornel a phipo i gael gweld.

Roedd y fan wedi'i pharcio'n flêr wrth ddrws ochr agored y warws ac wedi'i gwarchod ar bob ochr gan un ai waliau brics neu goed bythwyrdd trwchus. Gwyliodd Danny'r triawd yn gwagio'r cefn a chario bocsys cadarn wedi'u selio i mewn i'r adeilad. Cyfrodd ddeg blwch i gyd. Deg blwch yn llawn cyffuriau. Dyna roedd e'n dyfalu, ta beth. Gwyddai fod Pete yn hoff o'r powdwr gwyn, a dyma'r trydydd tro yn ystod y mis diwethaf i'r bois ymddangos yng nghanol nos fel hyn.

Fe gâi Danny gweir a hanner petai'n cael ei ddal. Byddai'n

colli ei swydd hefyd, heb os. Mewn gwirionedd, doedd dim ots ganddo beth roedden nhw'n ei wneud chwaith, cyn belled nad oedd e'n gorfod cymryd rhan. Gallai anwybyddu'r holl beth yn gwbl ddidrafferth, achos ei unig ddiddordeb oedd ei gyflog a'i astudiaethau. Roedd Alfie wedi sôn am gyfle posib i gael 'dyrchafiad' i fod yn rhan o gang Pete Gibson, ond chwerthin wnaeth Danny ar hynny. Ni allai ddychmygu gwneud unrhyw beth gyda'r ynfytiaid hyn, ar wahân i oddef eu sarhad a chasglu ei becyn pae ar ddiwedd y mis.

Roedd ar fin troi'n ôl am y caban pan deimlodd ddur oer ar groen ei wddf. Llifodd y chwys o'i dalcen a sychodd ei dafod ar yr un pryd – fel petai'r holl leithder wedi dianc o'i geg trwy ei groen. Rownd y gornel, ger y fan, gallai weld y triawd wrthi o hyd, felly trodd Danny'n araf er mwyn gweld pwy oedd ei wrthwynebydd a theimlo ton o ryddhad yn torri drosto wrth weld cyrls Alfie a gwên groesawgar ei sort-of mab-yng-nghyfraith yn disgleirio yn y gwyll.

"O'n i'n meddwl bo dim diddordeb 'da ti yn beth sy'n mynd mlân fan hyn," meddai Alfie wrth ostwng ei wn a'i osod y tu ôl i'w gefn.

"Ti'n iawn 'fyd…"

"So pam ti'n cripian rownd y cefn a gwylio'r bois yn dadlwytho'r fan, 'te?"

"Sa i'n gwbod…" cyfaddefodd Danny. "Force of habit, falle…"

"Jyst bydd yn ofalus, mỳn. Paid ffwcio lan, neu bydda i mewn trwbwl hefyd. Gorffes i weithio'n galed iawn i berswadio Pete i roi'r job 'ma i ti…"

"Fi'n gwbod, Alfie. Ond wir nawr, gewch chi neud fel chi moyn. Sdim cariad rhyngdda i a'r heddlu."

"Fi'n gwbod hynny, ond dim *fi* yw'r bòs, ife Dan? A sa i'n meddwl bydd Pete yn dy gredu di rywffordd, yn enwedig os gei di dy ddal yn busnesu fel hyn."

"OK, OK. Ers pryd ti'n cario gwn eniwe?"

Dechreuodd y ddau gerdded yn ôl i gyfeiriad y caban.

"Cwpwl o wythnosau. Sa i'n hoffi'r peth o gwbl, ond ma Pete yn mynnu. Ma fe *mor* paranoid dyddie hyn…"

"Ac o ble des di, ta beth?"

"O'n i'n dilyn y fan a weles i ti'n mynd ar ei hôl hi, felly barces i a dilyn ar droed."

"Sneaky bastard!"

"Jyst bydd yn ofalus, Danny. So ti moyn colli dy swydd." Neu waeth, ychwanegodd yn ei ben.

. . .

Cyrhaeddodd Danny adref jyst ar ôl wyth y bore. Roedd y tŷ fel ffair, gyda Julia'n troi a throi wrth dreial sorto brechdanau Ows a'i helpu i fwyta'i frecwast ar yr un pryd, tra oedd Alfie'n magu Noa yn y lolfa a Justine yn ceisio cysgu i fyny'r grisiau, er nad oedd lot o obaith ganddi ac ystyried y sŵn. Cusanodd Danny ei wraig ar ei thalcen a chipio'r llwy o'i gafael. Gallai synhwyro ei hwyliau tywyll ar unwaith, er na ddywedodd hi unrhyw beth i awgrymu hynny. Greddf gŵr. Dim byd mwy. Gwyddai fod Julia'n digio am ei absenoldeb, a gwyddai mai blinder oedd wrth wraidd ei hanniddigrwydd y bore yma. Hynny a'r pen tost cefndirol, canlyniad hanner potel o win nosweithiol ei wraig. Roedd Julia'n joio gwydraid neu ddau o Chardonnay haeddiannol ar ôl i Ows fynd i gysgu. Ond pwy a ŵyr faint o gwsg gafodd hi dros nos? Llai na Danny, fwyaf tebyg. Eisteddodd wrth y bwrdd ac edrych ar ei fab yn ei wisg arth. Roedd e'n prifio ym mhob ffordd, ond roedd ei broblemau wrth fwyta a mynegi ei hun yn parhau. Nid ei fod ef yn sylwi go iawn. Nhw, ei rieni, ac oedolion eraill oedd yn gweld y gwir ac yn poeni am y dyfodol. Nid oedd Ows na'i gyfoedion yn y dosbarth derbyn yn ei weld yn wahanol. Dim eto, ta beth.

Diflannodd Julia heb air ar ôl gorffen sorto'r brechdanau, gan adael Danny ac Ows yn y gegin fach.

"Pam yn y byd wyt ti 'di gwisgo fel arth?" gofynnodd Danny, ac ar ôl i Owain orffen malu'r Coco Pops a phoeri hanner yr hyn oedd ar ei lwy dros y bwrdd ac yn ôl i'r fowlen, atebodd.

"Ah-in uh aff."

"Ie, Alun yr Arth. Ond pam? Diwrnod fancy dress yn yr ysgol heddiw, yw hi?"

"W-o uh llyh-frrrr."

"Wel, wel. Gobeithio bod ti'n mynd i fihafio'n well yn yr ysgol ar Ddiwrnod y Llyfr nag Alun…"

"A-uh!" ochneidiodd Owain, a chwarddodd Danny.

Yn yr amser a gymerodd hi i Owain orffen ei rawnfwyd, bwytaodd Danny bedwar darn o dost, oll wedi'u gorchuddio â Primula, neu 'gaws fel mwydyn' fel roeddent wedi bedyddio'r cynnyrch. Gwnaeth baned o goffi yr un iddo fe ac Alfie, oedd yn edrych fel petai angen galwyn arno er mwyn goroesi'r dydd. Gwyddai Danny pa mor anodd oedd ceisio cydbwyso oriau anghymdeithasol eich swydd â bywyd cartref oedd yn bell o fod yn baradwys, a theimlai dosturi llwyr tuag at y dyn ifanc.

Dychwelodd i'r gegin a gweld bod Alun yr Arth wedi gwisgo'i sgidiau.

"Ni off," meddai Julia. "Ti'n dweud ta-ta wrth Dad, Ows?"

"Ah-ah," meddai Owain, heb edrych i'w gyfeiriad, ac yna allan â fe i awyr iach y bore.

"'Na i ddod 'da chi," penderfynodd Danny, gan estyn ei got.

Roedd y wâc i'r ysgol yn rhialtwch llwyr, gyda'r plant i gyd wedi cyffroi'n lân yn eu gwisgoedd ffansi. Gwelodd ddegau o Harry Potters, balerinas a thywysogesau lu, a llawer gormod o fechgyn diddychymyg yn gwisgo citiau pêl-droed. Owain oedd yr unig arth o'r hyn welodd Danny, ac roedd yn falch o hynny.

Ar ôl ffarwelio â'i fab yn iawn y tro hwn, a'i wylio'n mynd yn llon ei fyd ar ôl ei athrawes ac yng nghwmni ei gyd-ddisgyblion, cerddodd Danny ei wraig i'w gweithle hi, gan wrando arni'n cwyno am ei merch a'i hŵyr yr holl ffordd. Roedd ei llygaid yn goch a'r bagiau du yn bolio oddi tanynt. Ni ddywedodd Danny unrhyw beth am ei fwriad i fynd i'r gwely ar ôl cyrraedd adref.

5

Am ffordd gachu o dreulio nos Wener, meddyliodd Alfie wrth
wrando ar y glaw yn hoelio cragen wen y fan trwy un glust,
a hanes concwest gnawdol ddiweddaraf Rodders trwy'r llall,
wrth i arweinydd answyddogol y criw sgowtio hwn adrodd
pob manylyn o'r hyn ddigwyddodd, yn honedig, rhyngddo fe
a rhyw ferch o'r enw Rosie yn y Roxy, unig glwb nos Gerddi
Hwyan, yr wythnos cynt. Er bod Rod, heb os, yn un da am
ddweud stori, teimlai Alfie ar wahân i'r criw heno. Ers geni
Noa, roedd ganddo bethau llawer gwell, a llawer pwysicach, i'w
gwneud ar nos Wener. Ar unrhyw noson, mewn gwirionedd.

Gyda'r glaw'n strempio ar hyd y winsgrin, gwyliodd
unig ddrws yr uned ddiwydiannol ddinod trwy'r diferion,
gan feddwl am ei gariad a'i fab ac am fod yn eu cwmni ar
yr union eiliad hon. Yn fwy fyth yn ddiweddar, daethai Alfie
i'r casgliad fod bywyd gangster yn anghydnaws â bywyd tad
newydd. Gartref oedd ei le gyda'r nos, nid mewn fan ar ystad
ddiwydiannol ar gyrion Castell-nedd, yn aros i Barry Tomos
ymddangos.

Nid oedd Alfie'n hoff o'r agwedd hon o'i fywyd proffesiynol.
Carwr oedd Alfie, nid ymladdwr. Yr ochr fusnes oedd o
ddiddordeb iddo. Roedd bod yn gyfrifol am olchi arian brwnt
y gyfundrefn trwy gwmnïau cyfreithlon yn gwneud i Alfie
deimlo fel gŵr busnes dilys, bron, tra oedd eistedd mewn fan
yn aros i roi crasfa i ryw foi tew oedd wedi ceisio twyllo Pete
trwy gyflenwi amffetaminau rhad yn lle'r cocên drud roedd
y bòs wedi talu amdano yn gwneud iddo deimlo fel ffŵl. Ble

47

roedd yr urddas yn hyn? Roedd Alfie eisiau i'w fab fod yn falch ohono, ond nid fel hyn roedd ennyn parch.

"Lan y gary?" clywodd Alfie lais Titch yn gofyn yn llawn cyffro o gefn y fan, er nad oedd ganddo syniad pwy oedd 'Gary' na beth ddigwyddodd i Rosie.

"'Na'r unig le o'dd hi moyn e…" atebodd Rodders.

"Filth!" ebychodd Spence.

Trodd Alfie'n ôl at y drws, gan adael i sŵn y glaw foddi lleisiau ei gyd-gynllwynwyr unwaith eto. Gafaelodd yn yr olwyn yrru a gwirio bod yr allwedd yn ei lle, er mai fe oedd wedi ei gosod yno ac wedi gyrru yma o Erddi Hwyan. Roedd yr uned rhyw ganllath i ffwrdd ac roedd y cynllun yn un syml. Pan – os – fyddai Barry'n gadael a gwneud ei ffordd tuag at ei gar, oedd wedi ei barcio rhyw ugain llath o'r drws, byddai'r bois yn gafael ynddo, ei daflu i gefn y fan, yn ei dawelu yn y ffordd draddodiadol ac yn mynd â fe 'nôl at Pete a Jac, oedd yn aros amdanynt yng Ngerddi Hwyan. Syml iawn, mewn egwyddor. Ac os na fyddai'r bastard tew yn ymddangos cyn canol nos, byddai'r bois yn mynd mewn i'r uned ac yn llusgo Barry allan, yn unol â chyfarwyddyd Pete.

Gyrru oedd swyddogaeth Alfie heno, ac roedd yn falch o hynny. Nid oedd yn hoff o gwffio. Yn wir, roedd yn dal i gael ôl-fflachiadau a hunllefau cyson am y gweir a roddodd i Ranjit Patel rhyw flwyddyn yn ôl. Ac er bod yr hyn a wnaeth y noson honno wedi gwneud gwyrthiau o ran dilysrwydd y busnes fel ffasâd o barchusrwydd i fasnachu ysgeler Pete Gibson, nid oedd Alfie wedi gosod bys ar unrhyw un ers hynny.

Peth arall oedd yn mynnu sylw Alfie fwyfwy ers geni ei fab oedd yr ysfa i ffoi. Troi ei gefn ar Erddi Hwyan a Pete Gibson a'i gang a mynd i fyw ym mhen draw'r byd gyda neb ond Justine a Noa. Wrth gwrs, gwyddai nad oedd hi mor syml â hynny. Roedd crafangau Pete yn gafael ynddo'n dynn, a sgiliau Alfie eisoes yn ganolog i'r gwaith o olchi arian. Ond doedd dim amheuaeth nad ei brif nod mewn bywyd bellach oedd ffeindio ffordd o ddianc rhag ei ewythr.

Parhau i barablu wnaeth y tri yn ei gwmni. Pêl-droed oedd y pwnc bellach – rhywbeth arall nad oedd gan Alfie unrhyw ddiddordeb ynddo. Gwelodd ddrws yr uned yn agor a phen Barry Tomos yn pipo mas. Symudodd Alfie ei law at yr allwedd, er na thaniodd yr injan eto, achos edrychai Barry braidd yn betrus am adael ei loches a chamu i'r glaw. O'r diwedd, penderfynodd fynd amdani, ond cyn brasgamu ar draws y concrid tua'r car roedd yn rhaid iddo droi ei gefn er mwyn cloi'r drws ar ei ôl ac, oherwydd hynny, ni welodd y fan yn agosáu, na'i chlywed chwaith, diolch i'r glaw trwm…

. . .

"Sori, bỳt, ond so Dad yn gallu sdopo'r glaw," esboniodd Danny gyda gwên, fel y byddai'n gwneud bob tro y byddai'n cyfeirio ato'i hun yn y trydydd person. Roedd hi'n noson fochedd tu fas, a'r glaw'n taranu yn erbyn ffenest ystafell wely Ows.

Roedd Danny a'i fab yn gorweddian o dan y dŵfe ac newydd orffen darllen *Alun yr Arth yn yr Ysgol*. Roedd y bychan braidd yn obsessed, i fod yn onest, ond doedd hynny ddim yn poeni Danny. Gallai gofio teimlo'r un peth am *Where the Wild Things Are*, er na allai gofio'i dad na'i fam yn darllen iddo erioed, ac roedd hynny'n ei dristáu. Oherwydd hynny, roedd e'n benderfynol o dreulio pob cyfle posib yn helpu ei fab i ddatblygu, ac roedd hi'n neis cael nos Wener yn rhydd i ymlacio yng nghwmni ei deulu. Roedd e'n gwerthfawrogi help Alfie i ddod o hyd i swydd, ond roedd y shifftiau nos, heb os, yn rhoi straen ar ei fywyd cartref.

"Ti'n barod i gysgu?" gofynnodd Danny.

"Na," oedd ateb Owain, er fod ei lygaid ar gau a'i fod yn cwtsho'i gadach crychlyd a'i hoff dedi-bêr yn dynn.

Llithrodd Danny'n dawel o'r gwely a diffodd y lamp, ond cyn

iddo gau'r drws, canodd cloch y tŷ ac eisteddodd Owain i fyny ar unwaith, ei lygaid bach yn pefrio mwyaf sydyn. Rhegodd Danny o dan ei anadl. Typical Kingy – roedd y bastard yn gynnar i bopeth.

"Ti moyn dweud helô wrth Wncwl Dickie?"

Gyda'i fab yn ei freichiau, camodd Danny i lawr y grisiau a chyrraedd y drws yr un pryd â Julia.

"Ti fod yn cysgu!" dywedodd ei wraig, gan dynnu wyneb dwl ar ei mab.

"Ickie!" gwaeddodd Owain mewn ymateb.

"Owsie!" gwaeddodd Kingy ar ôl i Julia agor y drws.

Camodd Richard a Lucy King i'r tŷ, eu gwalltiau a'u cotiau'n disgleirio gyda diferion y dŵr.

Heb aros am wahoddiad, neidiodd Owain draw at Kingy. Roedd y ddau wrth eu bodd yng nghwmni ei gilydd, diolch yn bennaf i allu greddfol y ditectif i siarad â'r crwt heb ei drin yn nawddoglyd mewn unrhyw ffordd, fel y byddai rhai pobl yn ei wneud yn hollol ddifeddwl.

"Gîîb!" ebychodd y bychan.

"Too right, fi'n wlyb! Ti 'di gweld y glaw?"

"Eh-go, eh-go!" cyffrôdd Owain a phwyntio tuag at ei ystafell wely, felly helpodd Danny ei ffrind i dynnu ei got.

"Diolch," meddai Kingy, cyn troi'n ôl at Ows. "Beth?"

"Eh-go!" ebychodd.

Edrychodd Kingy ar Danny. Roedd angen cyfieithydd arno'r tro hwn.

"Lego," meddai Danny.

"Lego?" gofynnodd Kingy.

"Ie! Eh-go!"

"Dere, 'de," ac i ffwrdd â'r ddau i fyny'r grisiau, gan adael Danny yng nghwmni'r merched.

"Helô, Lucy, shwt wyt ti, lyfli?"

"Fi'n blydi knackered, Dan. Ac yn marw eisiau ffag a G&T!"

Gosododd Danny ei law yn dyner ar ei bol. "Faint sydd i fynd nawr?"

"Tair wythnos tan y due date, ond the sooner the better os ti'n gofyn i fi. Fi mor bored o deimlo fel hyn…"

Cydymdeimlodd Danny, nes i Julia ei thywys tua'r lolfa er mwyn i Lucy gael eistedd ac ymlacio cyn bwyd.

Dringodd Danny'r grisiau ac, o'r landin, gallai glywed ei fab yn ceisio esbonio i Kingy beth roedd e wedi ei adeiladu o'r briciau amryliw.

Gwyliodd Danny ei fab o'r drws. Roedd Kingy ar ei bengliniau yn edrych i lygaid Owain wrth siarad ag e. Roedd e'n ffugio diddordeb fel rhiant profiadol, chwarae teg.

"Reit o, Ows, amser gwely nawr," meddai Danny.

"Tho-i," atebodd ei fab.

"Dim gobaith, gwboi bach! Ti 'di cael tair stori'n barod."

"Tho-iiiiii," plediodd.

"Gwely. *Nawr*," gorchmynnodd Danny, gan godi ei lais y mymryn lleiaf.

A dyna ddiwedd arni. Aeth Kingy i'r toiled i bisio, ac oedodd Danny wrth ddrws yr ystafell wely er mwyn gwneud yn siŵr fod ei fab yn mynd i gysgu. Gafaelodd Owain yn dynn yn Llew, ei hoff degan meddal, ac fe wawriodd ar Danny ei fod yn hollol fodlon â'i fywyd ar yr union eiliad honno. Cafodd ei synnu gan y sylweddoliad i gychwyn, ond dyna oedd y gwir, a doedd dim gwadu hynny y noson honno.

. . .

Sgrialodd y fan a dod i stop tu fas i fynedfa'r uned ddiwydiannol. Rodders oedd y cyntaf allan, gyda Spence a Titch yn dynn ar ei sodlau. Trodd Barry Tomos ei ben a'u gweld nhw'n dod, ond doedd dim byd y gallai'r bolgi ei wneud i osgoi'r ymosodiad. Dyrnodd Rodders ef yn ei aren, ond rhaid bod yna ormod o fraster yn ei hamddiffyn, achos ni wingodd Barry o gwbl mewn ymateb, felly trodd Rod ei olygon tua'i wyneb a thorri ei drwyn gyda'i ymdrech nesaf.

Gwyliodd Alfie'r cyfan o'r cerbyd, y weipers yn gwneud eu gwneud ac yn ei alluogi i weld trwyn Barry Tomos yn ffrwydro mewn cawod sgarlad ysblennydd o dan rym dwrn Rodders. Ond yn lle camu'n ôl a gwylio Barry'n cwympo i'r llawr, tarodd Rodders ef ag ergyd arall, yr un yma'n ei waldio ar draws ei glust, a dyna'n union pryd y cyrhaeddodd y marchoglu. Yr unig beth roedd angen ei wneud mewn gwirionedd oedd llusgo Barry i gefn y fan, ond roedd yr adrenalin yn pwmpio a'r niwl coch wedi cwympo fel mantell dros eu synhwyrau, felly i mewn â'r pengliniau a'r sgidiau yn ddigyfaddawd, a gadael Barry yn y gwlybanwch fel doli glwt ordew.

Canodd Alfie ei gorn gan wneud i'r triawd stopio a throi i edrych arno.

"C'MON! DEWCH!" gwaeddodd Alfie ac ystumio at gefn y fan.

Plannodd Titch un gic arall yn asennau Barry. Yna, gafaelodd ef a Spence yng ngwar a thraed y dioddefwr a'i gario at gefn y fan. Agorodd Rodders y drws a'u helpu i godi'r llwyth. Roedd Barry allan ohoni'n llwyr, a'i ddeunaw stôn yn teimlo fel dwbl hynny.

Pan glywodd Alfie ergyd arall yn glanio, trodd a gweiddi ar Titch.

"GAD E FOD, MỲN!"

"Fuck off, Alfie, ma fe'n haeddu hyn…"

"Falle wir, ond ma Pete a Jac moyn gair 'da fe, so gad e fod ac eistedd lawr."

Clywodd Titch yn ei regi o dan ei anadl, ond ni frathodd Alfie'r abwyd y tro hwn, dim ond gyrru'n ofalus yn ôl i Erddi Hwyan, ac ail rownd gornest olaf Barry Tomos.

. . .

Ar ôl cyrri blasus a llond bol o gwrw Kingfisher, roedd Danny a Kingy wedi dechrau clirio'r ford pan ymddangosodd Justine a Noa o nunlle, gan wneud i Lucy glochdar yn uchel ac i'r sgwrs droi'n ôl at ei beichiogrwydd a phrofiadau diweddar Justine a Julia. Yn y gegin, llenwodd Danny'r sinc â dŵr a diferyn o Fairy, a mynd ati i olchi'r sosbenni, tra aeth Kingy i'r afael â'r peiriant golchi llestri.

"Ti 'di clywed am Crandon?" gofynnodd Kingy wrth osod y platiau yn eu lle.

"Na, beth?" Nid oedd Danny wedi meddwl am ei hen fòs a'i fentor ers misoedd, ac nid oedd yn siŵr a oedd e eisiau meddwl amdano heno chwaith.

"Ma fe yn Cartrefle."

"Shit," meddai Danny, gan deimlo'n euog. "Dyna hi, 'te?"

"Aye."

Cartrefle oedd hosbis canser Gerddi Hwyan. Ystafell aros y byd nesaf. Yr arhosfan olaf ar daith bywyd. Dim ond un ffordd oedd yna i adael y lle, a hynny mewn arch.

"Sut ma pethe yn gwaith?"

"Diflas. Ma Clements ar goll, er ei fod in charge am nawr..."

"Dim ond am nawr?"

"Ie. So fe moyn y job, ma fe 'di dweud hynny ei hun. Dylse fe ymddeol ar unwaith – so fe'n gwbod beth sy'n digwydd hanner yr amser."

"Beth am Col – ti'n meddwl bod diddordeb 'da fe?"

"Fuckin reit! Ma fe a dau arall wedi mynd am y job."

"Pwy?"

"Neb ti'n nabod. Ymgeiswyr allanol. Ma'r tri ohonyn nhw ar y rhestr fer a'r cyfweliadau mewn rhyw bythefnos."

"Ma'n anodd dychmygu Col yn y rôl rywffordd..."

"Ti'n meddwl?"

Nid atebodd Danny'r cwestiwn. Roedd hi'n anodd dychmygu

unrhyw un arall yn y swydd, oherwydd mai Crandon oedd yr unig arolygydd i Danny weithio oddi tano erioed.

"Fi'n gobeithio geith e'r job," aeth Kingy yn ei flaen. "Ma fe wastad yn well penodi'n fewnol, I reckon. Sdim byd gwaeth na rhywun yn dod mewn i adran a cheisio rhoi ei stamp ei hun ar y lle…"

Doedd dim byd gan Danny i'w ddweud am hynny. Brathodd yr hiraeth a gwelodd eisiau ei yrfa fel ditectif. Roedd y boddhad a'r bodlonrwydd cynharach wedi diflannu bellach, ac roedd yn falch o glywed llais Julia'n galw arno o'r ystafell drws nesaf.

∎ ∎ ∎

Gwyliodd Alfie'r gwallgofrwydd o gornel yr ystafell gan wingo mewn cytgord â phob ergyd oedd yn glanio ar gorff a wyneb Barry Tomos. Roedd e'n hongian o'r to, ei arddyrnau wedi'u clymu at ei gilydd a'r rhaff wedi'i thaflu dros un o'r trawstiau dur a'i chlymu i fachyn ar y wal. Roedd ei wyneb ar goll o dan y cleisiau, y gwaed a'r clwyfau agored. Ond er y grasfa a'r boen annioddefol, nid oedd wedi datgelu unrhyw beth ynghylch ble y cafodd y swp diwethaf o gyffuriau. Roedd Pete a Jac yn rhy grac i sylweddoli'r gwir, sef bod Barry Tomos yn ofni ffynhonnell y cyffuriau yn fwy nag yr ofnai yr un ohonyn nhw, ond gwelodd Alfie hynny'n syth.

Hyd yn oed gwta bythefnos yn ôl, roedd popeth yn mynd mor dda o ran y trefniadau. O'r hyn a ddeallodd Alfie, Barry ddaeth at Pete gyda'r cynnig – sef deg cilo o gocên o ansawdd uchel am bris cystadleuol iawn. Yr unig beth amheus am yr holl beth oedd nad oedd Barry'n fodlon datgelu o ble roedd yn cael y cynnyrch. Ond ta waeth am hynny, roedd y cynnig yn un rhy dda i'w anwybyddu, ac ar ôl mynd trwy'r mosiwns o brofi, prynu a gwerthu'r llwyth cyntaf, trefnwyd cyfarfod arall wythnos yn ddiweddarach. Yn yr un modd, aeth popeth yn ddidramgwydd bryd hynny hefyd ac roedd Pete ar ben ei ddigon, yn bennaf achos yr arian newydd oedd yn llifo i goffrau'r busnes, ond hefyd oherwydd ansawdd digamsyniol y cyffur. Roedd trwyn Pete yn brysur iawn, a'i orffwylltra'n tyfu gyda phob llond ffroen.

Felly, pan dderbyniwyd llwyth Barry am y trydydd tro, palodd Pete yn syth i mewn i'r pentwr o bowdwr gwyn, gan sylwi ar y twyll ar unwaith. Gyda'r amffetamin rhad yn llosgi ceudod ei drwyn ac yn gwneud i'w lygaid ddiferu, gorchmynnodd Pete i'w gatrawd ffyddlon ffeindio Barry.

Treuliwyd pum diwrnod yn dod o hyd iddo, a llai na dwy awr yn ei guro tu hwnt i adnabyddiaeth. Roedd hi ar ben ar Barry, a phan estynnodd Pete ei law tuag at Jac a phoeri "MORTHWL!" dros bob man, trodd Alfie ei lygaid tuag i lawr, er nad oedd modd cau ei glustiau nac osgoi clywed yr ergydion.

. . .

O'r diwedd, roedd y glaw wedi peidio a Danny a Kingy'n sefyll ar y patio'n smocio Benny lungbuster yr un. Roedd Danny wedi rhoi'r gorau i'r arfer ers blynyddoedd, ond roedd sigarét wastad yn neis gyda chwrw. Roedd Kingy, ar y llaw arall, yn ddyn deg-bob-dydd. Ac er nad oedd Danny'n ei gredu – roedd e'n smocio lot mwy na hynny mewn gwirionedd – roedd Lucy yn, a dyna oedd y peth pwysig.

"Sut ma'r *job* newydd?" gofynnodd Kingy.

Roedd rhywbeth yn nhôn ei lais nad oedd Danny'n ei lico, ac roedd wedi cael digon o gwrw i dynnu sylw at y ffaith.

"Paid bod fel 'na, mỳn. Jyst dweud dy ddweud, fi'n fachgen mawr, ti'n gwbod."

"Sori, Dan, ond fi'n cael hi'n anodd delio â'r ffaith bo ti'n gweithio i un o gangsters mwya'r dre, ti'n gwbod."

"Aye. Fi'n gallu deall hynny, ond doedd dim lot o ddewis 'da fi, oedd e? In fact, doedd *dim* dewis 'da fi. Pete oedd yr *unig* foi oedd yn fodlon rhoi job i fi…"

"Fi'n gwbod hynny, ond sa i'n lico'r peth o gwbl."

"Jyst security guard ydw i. Sa i'n rhan o unrhyw beth dodgy, ti'n gorfod credu 'ny."

Chwythodd Kingy lond 'sgyfaint o fwg i'r nos ac edrych i lygaid ei ffrind.

"Fair enough. Ond ma Pete Gibson yn ddyn peryglus. Peryglus iawn. A ti'n gwbod hynny 'fyd."

"Ydw. Ond sa i 'di gweld dim byd dodgy'n digwydd draw 'na, a dyna'r gwir."

"Mater o amser, Dan. Jyst mater o amser."

∎ ∎ ∎

Mewn tawelwch anghyfforddus, eisteddai Alfie wrth y bar yng nghwmni Rodders, Titch a Spence, yn gwrando ar Pete yn ei cholli hi'n lân tu ôl i ddrws caeedig ei swyddfa. Roedd amharodrwydd Barry i ddatgelu unrhyw beth wrthynt am darddle'r cyffuriau consesiynol wedi arwain y bòs at ddibyn, a'r powdwr oedd bellach yn britho'i ffroenau yn awgrymu mai un ffordd yn unig oedd yna i gyrraedd y llawr. Cymerodd lymaid o'r Stella ac, unwaith eto, trodd ei feddyliau at ei deulu bach. Diolch i 'styfnigrwydd Barry, roedd y noson yma'n bygwth mynd yn ei blaen am byth; yn wir, roedd hi eisoes yn teimlo'n hir uffernol. Ysai Alfie am gael troi am adref, llithro i'r gwely wrth ochr ei gariad, ei dal hi'n dynn a gloddesta ar ei mwsg llaethog, cyn cwympo i gysgu i gyfeiliant anadliadau ei fab.

Yfodd Alfie ei gwrw wrth i Pete weiddi ar Jac yn y swyddfa, gan sgrechian a chwyno am gael ei dwyllo gan Barry a'r golled ariannol ac ati. Roedd Alfie o'r farn bod y bòs yn gwneud môr a mynydd o bethau, ond un fel 'na oedd ei ewythr. Efallai nad cocên oedd wedi'i storio yn y warws, ond byddai modd gwerthu'r speed yn ddigon hawdd. Wedi'r cyfan, roedden nhw *yn* byw yng nghymoedd de Cymru, waeth beth roedd crach y dref yn lico meddwl. A phwy yng Ngerddi Hwyan oedd yn gallu fforddio prynu cocên ta beth? Pobl fel Pete, a fawr o neb arall. Roedd smack yn dal yn boblogaidd, a phobl yn smocio sgync a hyd yn oed sebon o amgylch y lle. Byddai symud y speed yn haws o lawer na gwerthu'r gwynfryn, er y byddai'n rhaid iddo fe a'r bois wneud y gwaith caib a rhaw, fel arfer. Wrth gwrs, byddai hynny'n golygu hyd yn oed llai o amser yng nghwmni Justine a Noa, felly wfft i'r syniad hwnnw.

Ar ôl i Pete chwalu pengliniau Barry gyda'r morthwyl, a gorffen gydag un ergyd greulon i'w glust, roeddent wedi'i adael e'n hongian yn ddifywyd o'r trawstiau. Gwingodd Alfie wrth gofio a chododd ei law at ei foch, lle tasgodd cawod o waed Barry dros bawb ychydig ynghynt. Aeth yn syth o'r arteithfa i'r toiled i olchi ei wyneb. Fe oedd yr unig un i wneud ac roedd wyneb Titch, oedd yn eistedd wrth ei ochr, yn smotiau bach sgarlad o hyd.

Eisteddodd y pedwar ohonynt mewn tawelwch, yn syllu i nunlle yn y gobaith na fyddai'n rhaid dychwelyd at Barry maes o law. Parhau i weiddi wnaeth Pete ac, yna, ar ôl iddo chwalu rhyw ddodrefnyn gwydrog gyda'i droed neu'i ddwrn neu'i dalcen, ffrwydrodd y drws ar agor gan daro i mewn i'r wal gyda chlec. Trodd pawb yn eu seddi er mwyn gwylio Pete yn agosáu. Ac yntau â gwn yn ei law, y peth cyntaf a aeth trwy feddwl Alfie oedd o leiaf y câi fynd adref rywbryd heno... ar ôl claddu'r gelain, wrth gwrs.

Ond, yn anffodus, nid oedd dihangfa ddidrafferth o fewn ei afael y noson honno. Cerddodd Pete yn syth at Alfie a dal y gwn o'i flaen, gerfydd y baril. Roedd y gwaed yn llifo o'i dalcen, a'i lygaid yn pefrio trwy'r cochni. Roedd Wncwl Pete yn un am golli ei ben, ond nid oedd Alfie erioed wedi'i weld fel hyn o'r blaen. Am y tro cyntaf, roedd e *wir* ofn ei ewythr, felly pan waeddodd Pete arno i "Orffen y job!", doedd dim dewis gan Alfie ond cymryd y gwn a cherdded yn araf tuag at Barry Tomos yn yr ystafell drws nesaf.

I mewn â fe a chau'r drws ar ei ôl. Curodd ei galon yn wyllt ac ystyriodd ei opsiynau wrth iddynt ruthro trwy ei ben. Yn go glou, daeth i'r casgliad mai dim ond un dewis oedd ganddo – roedd *rhaid* iddo ladd Barry, er nad oedd arno eisiau gwneud y fath beth. Nid oedd Alfie wedi saethu unrhyw beth byw o'r blaen, er fod ei ewythr yn ei orfodi i gario gwn. Ond ni allai droi'n ôl a dweud "Sori, Wncwl Pete, sa i'n gallu neud hyn", yn enwedig o gofio pa mor wallgof oedd e y foment honno.

Cerddodd draw at lle roedd Barry'n hongian. Nid oedd Alfie erioed wedi gweld y fath lanast ar ddyn. Roedd pwll o waed wrth ei draed a nodweddion ei wyneb bron wedi diflannu o dan effaith yr ergydion.

Cododd Alfie ei law a gafael yng ngarddwrn Barry er mwyn gwirio curiad ei galon. Dim oedd dim. Gwiriodd eto, a cheisio'r un arall, gyda'r un canlyniad. Nesaf, ceisiodd ddod o hyd i'w byls o dan ei ên, lle roedd y gwaed wedi cronni o amgylch ei goler. Dim. Roedd Barry eisoes wedi marw.

Trodd ei gefn a cherdded tuag at y drws, ond cyn dychwelyd at y bar cafodd syniad. Wynebodd y gelain unwaith yn rhagor, codi'r gwn a'i saethu deirgwaith. Gyda sŵn yr ergydion yn atseinio oddi ar welydd brisbloc yr ystafell, ac yn gwneud i'r clychau ganu rhwng ei glustiau, dychwelodd Alfie at y bar, lle roedd Pete a'r bois yn aros amdano, a golwg falch ar wyneb pob un.

"Gwboi!" ebychodd ei ewythr, gan osod ei law yn dadol ar ei ysgwydd.

Gosododd Alfie y gwn ar y bar, gafael yn ei beint a'i orffen mewn un llymaid. O gornel ei lygad gwelodd Jac yn rhoi decpunt i Rodders.

"Ye of little faith, Jac," gwenodd Alfie ar y dirprwy ar ôl gorffen ei ddiod.

"Wna i byth dy amau di eto, Alf," atebodd hwnnw braidd yn chwithig, ond doedd dim ots 'da Alfie am Jac na Pete na'r un o'r lleill; yr unig beth oedd ar ei feddwl o hyd oedd ei gariad, ei fab a ffoi rhag y bywyd barbaraidd hwn.

6

"Diolch, bŷt," meddai Danny wrth gymryd y botel Stella rynllyd o afael Alfie a'i chodi'n syth at ei geg. "'Na welliant," ychwanegodd, ar ôl llyncu'n farus a thorri ei syched. Rhwbiodd ei dalcen â chefn ei law, a gwthio ambell ddiferyn o chwys i'w lygaid nes iddo wingo. Gwelodd Alfie fe'n gwneud a chynigiodd fwslin Noa iddo er mwyn gorffen y job.

"Ti moyn hand fan hyn, neu be?" gofynnodd Alfie, gan gyfeirio at y barbeciw gorlwythog oedd yn tasgu ac yn mygu ar y patio o'u blaen wrth i'r byrgers a'r selsig, y cebabau a'r cig iâr, heb anghofio cynnyrch Quorn Justine, goginio ar y cols crasboeth oddi tanynt.

"Dere â Noa i fi, 'te, ac fe ewn ni i ôl y salad. Ma popeth bron yn barod."

Cymerodd Danny'r bychan, a synnu ar bwysau'r cewyn, oedd fel pêl fowlio yn llawn pi-pi. Roedd 'na ryw arogl sawr-felys yn codi ohono hefyd.

"Ma angen clwt glân arno fe 'fyd," meddai Alfie gan wenu, cyn troi at y bwydach a dechrau procio'r cig ar hap gyda'r gefeiliau.

Tolltodd Danny ychydig o'i gwrw dros gyrls gwyllt ei sort-of mab-yng-nghyfraith, gan wneud iddo chwerthin fel dyn o'i go. Ond doedd dim ots gan Danny newid Noa mewn gwirionedd. Roedd Ows wedi hen ffarwelio â'i glytiau erbyn hyn, ond gallai ei dad gofio cymaint roedd yn casáu gorfod newid ei glwt pan oedd ei fab yn fychan, ac yn cachu'n ddiddiwedd rai diwrnodau, neu o leiaf dyna sut roedd e'n teimlo ar y pryd. Ar wahân i ambell ddamwain yn ystod y nos, roedd Ows yn feistr ar ei bledren heddiw, ond doedd dim modd dweud yr un peth am Noa eto.

Gyda Noa yn ei freichiau a'r botel Stella yn ei law, cerddodd Danny o waelod yr ardd yn ôl tua'r tŷ, gan daclo Owain, oedd wrthi'n chwarae pêl-droed yn erbyn gwrthwynebwyr ei ddychymyg, ar y ffordd. Roedd ei fab fel ysbryd o dan orchudd trwchus yr hufen haul, a'i egni'n ddiwyro, er gwaethaf tanbeidrwydd y pelydrau. Prynhawn dydd Sul oedd hi, a hynny ddechrau mis Awst, ac roedd Gerddi Hwyan a gweddill y wlad ym merw un o'r cyfnodau hiraf o dywydd crasboeth ers nifer fawr o flynyddoedd. Roedd Danny'n dal i weithio fel swyddog diogelwch yn warws Pete Gibson, a dyna'r unig gwmwl du oedd ar y gorwel. Soniodd Alfie wrtho'n ddiweddar fod Pete yn holi mwy a mwy amdano, ac felly roedd cyfarfod yn anochel a Danny'n gwybod beth i'w ddisgwyl. Gwyddai hefyd beth fyddai ei ateb. Yn wir, yr unig beth nad oedd Danny'n ei wybod oedd sut y byddai Pete yn ymateb. Ddim mewn ffordd gadarnhaol na goddefgar, roedd hynny'n saff, er nad oedd arno eisiau ystyried y peth y prynhawn 'ma. Roedd ganddo deulu i'w fwydo, a chlwt cachlyd i'w newid.

"E-eh chwa-eh," meddai Ows, gan glatsio'r bêl i gefn y rhwyd unwaith yn rhagor.

"Ar ôl bwyd, iawn byti bach? Cer i gŵlo lawr yn y pwll am funud. Bydda i 'nôl nawr…"

Heb oedi, rhedodd Owain at y pwll padlo bach a neidio i mewn heb feddwl ddwywaith. Gwyliodd Danny fe'n gwneud. Gwenodd.

Cerddodd ar hyd y lawnt at gefn y tŷ, lle gorweddai Julia a Justine ar wely haul yr un. Roedd corff ei wraig yn disgleirio – cyfuniad o olew a chwys – yr haul yn ei chrasu a'i choginio, ac yn troi ei nodweddion gwelw arferol yn dywyll a dwyreiniol. Treuliasai Julia oriau maith yn gorwedd yn yr ardd dros yr wythnosau diwethaf, ac roedd y canlyniadau'n drawiadol ar y diawl. Roedd Danny wrth ei fodd â'r trawsnewidiad, yn enwedig pan gâi weld ei phatsys gwyn. Am fenyw oedd yng nghanol ei phedwardegau, roedd ei wraig mor siapus â merch hanner ei hoed. Eto, llenwodd Danny â balchder a boddhad, a bu'n rhaid iddo ailosod ei ddyndod yn ei drowsus byr, cyn i'r egin-godiad fynnu sylw'r merched. Yn ffodus, roedd y ddwy'n gorwedd ar eu boliau, felly nid oedd rhaid poeni'n ormodol. Yn wahanol i'w mam, roedd Justine yn ymorffwys yng nghysgod ymbarél a'i chroen cyn wynned â'r dydd pan gafodd ei geni. Dyna realiti bod yn sinsir. Chwe wythnos ynghynt, ar gychwyn y gwres mawr, treuliodd rhyw hanner awr yn yr haul, gan losgi'n binc a dioddef deuddydd o boen aruthrol. Ers hynny, y cysgod oedd ei chuddfan.

"Ti moyn hand, babe?" gofynnodd Julia wrth i Danny basio.

"Ie, Dan, 'na i fynd â Noa," cynigiodd Justine, er na wnaeth yr un o'r ddwy godi a gwneud.

"Arhoswch chi ble y'ch chi. Ma popeth bron yn sorted. Bydd bwyd yn barod mewn rhyw chwarter awr."

Mwmiodd y merched eu hymateb, heb fawr o frwdfrydedd, ac i ffwrdd â Danny a Noa i newid clwt y Bwda bach, ac i estyn y salad a'r platiau a'r cyllyll a'r ffyrc ar y ffordd yn ôl. 'Domestic Dan' y byddai Alfie'n ei alw, oherwydd fod Danny'n ceisio gwneud cymaint i helpu o amgylch y lle. Ond euogrwydd oedd wrth wraidd y cartrefgarwch. Euogrwydd am golli ei swydd, ei gyflog a'i bensiwn a'r sicrwydd a'r diogelwch roedd hynny'n eu darparu, iddo fe ac i'w deulu. Euogrwydd am orfod gweithio'r shifft nos. Euogrwydd am ei absenoldeb o fywydau bob dydd y ddau oedd yn golygu fwyaf iddo. O ganlyniad, pan fyddai'n gallu, byddai Danny'n cymryd yr awenau ac yn gwneud pob dim i wneud bywyd Julia ychydig yn haws, er y gwyddai nad oedd hynny, hyd yn oed, yn ddigon mewn gwirionedd. Edrychai ymlaen at gymhwyso fel athro a dod o hyd i swydd deidi, lle byddai pob penwythnos yn rhydd a phob gwyliau'n gyfle i ddianc o dde Cymru a gweld ychydig bach o'r byd. Nid oedd Danny'n un i segura ta beth ac roedd yn ei chael hi'n anodd iawn ymlacio a rhoi ei draed lan, felly doedd dim ots ganddo helpu. A gorau oll os byddai ei ymdrechion yn rhoi gwên ar wyneb ei wraig.

Ymhen hanner awr roedd y teulu cyfan yn eistedd o amgylch y bwrdd picnic yn yr ardd, yng nghysgod y goeden afalau. Fel bob tro, roedd llawer gormod o fwyd o'u blaenau, yn bennaf oherwydd fod archwaeth pawb wedi pylu yn y gwres.

Wedi brwydro trwy ddwy fyrger, un hot dog a dau ddarn o gyw iâr anhysbys, eisteddodd Danny'n ôl yn ei gadair a gadael i'w fol ymlacio. Gwyliodd ei deulu wrth yfed ei gwrw oer. Roedd pob un oedd yn eistedd o amgylch y bwrdd – heb anghofio Noa yn ei grud – yn golygu cymaint iddo erbyn hyn. Roedd Alfie fel brawd iddo bellach. Un lot iau a braidd yn annoying ar adegau, ond dyna'n union sut roedd brawd bach i fod i wneud i chi deimlo. Roedd Justine, ar y llaw arall, yn golygu'r byd iddo, yn bennaf am ei bod yn ei atgoffa gymaint o Julia. Roedd y ddwy'n rhannu'r un natur dyner ac anhunanol, ac yn rhoi anghenion pawb arall gyntaf o hyd, beth bynnag oedd y sefyllfa. Dwy fam *go iawn*. Dyma ei deulu. Dyma ei fywyd. Nid oedd y cwmwl du yn mynd i chwalu'r cysylltiad a'r cariad roedd Danny'n ei deimlo tuag atynt.

Canodd ffôn Alfie a tharfu ar y tawelwch. Trodd pawb i edrych arno, gan wybod yn iawn pwy oedd yno.

"Sori," dywedodd a chodi ar ei draed ar unwaith, gan anelu am y tŷ er mwyn ateb yr alwad mewn preifatrwydd.

Trodd Danny ei sylw at Ows, oedd yn anymwybodol o'r newid yn yr awyrgylch, tra llenwodd Julia'r tawelwch â sylw arall am y tywydd, a rhoi ei llaw ar ysgwydd ei merch, oedd bellach yn syllu i'r wybren yn brudd.

Ymhen dwy funud, dychwelodd Alfie gan ddatgan bod yn rhaid iddo fynd. Ni ofynnodd neb iddo ble na pham na phryd fyddai e 'nôl. Byddai Alfie'n dychwelyd pan fyddai Pete yn fodlon. Roedd pawb yn gyfarwydd â'r trefniadau erbyn hyn, er nad oedd neb yn hoff iawn ohonynt, yn enwedig Justine.

Ar ôl cusanu ei gariad ar ei thalcen chwyslyd ac anwybyddu ei hymateb oeraidd, cerddodd Alfie 'nôl i'r tŷ a rhedeg lan stâr i estyn ei waled o'r bwrdd wrth y gwely a'i warfag o'r wardrob. Gwisgodd grys blodeuog a chap pêl-fas, ac oedi am eiliad wrth grud ei fab. Gwyliodd y bychan yn cysgu'n braf, gan addo na fyddai'n ei amddifadu fel hyn yn y dyfodol agos. Addewid gwag ar yr argraff gyntaf, ond roedd Alfie wedi dechrau cynllunio ar gyfer dianc rhag crafangau ei ewythr, ac roedd darn cyntaf y jig-sô newydd lithro i'w le, yn ddiarwybod i'w deulu yn yr ardd gefn. Roedd Justine yn deall y sefyllfa ac wedi cytuno, yn y pen draw, i ddod gyda fe. Nid oedd arni eisiau gadael ei mam, wrth reswm, ond nid oedd arni eisiau colli Alfie chwaith. Alfie enillodd y frwydr honno, er mawr syndod iddo. Roedd e'n barod i fynd ar ei ben ei hun, yn fodlon aberthu ei berthynas â'i gariad a'i fab er mwyn dianc rhag y gwaith oedd yn ei gaethiwo, a theimlodd don o lawenydd a rhyddhad yn torri drosto pan gytunodd Justine i'w gynllun.

Gadawodd y tŷ trwy'r drws ffrynt. Roedd pawb yn meddwl ei fod yn mynd at Pete a'r bois, ond nid dyna'r gwir y prynhawn hwn. Cefnodd ar Erddi Hwyan, teithio i gyfeiriad y de a chyrraedd maes parcio canolfan fanwerthu McArthurGlen ymhen rhyw ugain munud. Er y tywydd crasboeth, roedd y lle'n llawn ceir. Efallai fod y gwres yn effeithio ar chwant bwyd pobl, ond nid oedd hynny'n wir am eu chwant i brynu dillad.

Ar ôl gyrru o gwmpas am bum munud, daeth Alfie o hyd i le parcio o'r diwedd. Diffoddodd yr injan, estyn ei ffôn a galw'r rhif diweddaraf ar y rhestr alwadau.

"Ti 'di cyrra'dd?" gofynnodd y llais yn gwbl ddiseremoni.

"Do."

"Ti'n gweld yr arwydd mawr 'na i GAP?"

Cododd Alfie a chamu o'r car. Roedd yr arwydd o dan sylw ym mhen pella'r maes parcio.

"Ydw," atebodd, wrth i'r tonnau o wres oedd yn morio uwchben toeon y cerbydau ei hudo.

"Fi 'di parco reit o'i flaen e."

"Cŵl," atebodd Alfie, cyn ychwanegu, "Pa gar?"

"Ford S-Max, seven seater. Du, gyda sticer Mudiad Meithrin ar y ffenest gefn…"

Synnwyd Alfie gan hynny, cyn iddo ailystyried a gwerthfawrogi symlrwydd ac effeithiolrwydd y cuddliw cyhoeddus. Fel ergydiwr yn gyrru VW Polo neu heddwas cêl yn gwisgo Burberry i gêm bêl-droed, roedd car teulu reit grand yn guddwisg berffaith i'r math o foi roedd Alfie ar fin cwrdd ag e.

Daeth yr alwad i ben heb air pellach a dychwelodd Alfie at y car, estyn ei warfag o'r sedd gefn a cherdded trwy'r ceir i gyfeiriad yr arwydd. Yr unig beth yn ei fag oedd amlen yn cynnwys tair mil o bunnoedd, sef ail hanner y taliad. Arian mawr, heb os, ond roedd newid byd yn fusnes drud. Roedd Alfie wedi talu'r hanner cyntaf rai wythnosau ynghynt, ac ar ôl heddiw ni fyddai'n gweld y gŵr yn y cerbyd saith-sedd byth eto.

Os rhywbeth, roedd hi'n dwymach yn y maes parcio nag oedd hi yn yr ardd. Roedd yr holl ddur yn adlewyrchu'r pelydrau, gan greu rhyw fath o ynys wres leol oedd yn ddigon i lethu dyn. Roedd siop hufen iâ Sidoli's siŵr o fod yn gwneud elw mawr, meddyliodd Alfie wrth iddo agosáu at yr arwydd ac edrych o gwmpas am y car â'r sticer Mudiad Meithrin ar y ffenest gefn.

Gwelodd y cerbyd ac anelodd yn syth amdano. Heb oedi na chnocio ar y ffenest, agorodd ddrws ochr y teithiwr ac eistedd, gan werthfawrogi'r aer oer oedd yn aros amdano. Caeodd y drws ar ei ôl ac ysgwyd y llaw oedd wedi'i hymestyn tuag ato.

Eisteddai Mike Elis tu ôl i olwyn y gyrrwr, ei ganol oed

yn bolio dros wregys ei siorts Marks & Spencer. Er yr aer oer croesawgar, roedd Mike yn chwys drabŵd. Ar wahân i'w enw a'r math o gar roedd yn ei yrru, nid oedd Alfie'n gwybod dim amdano. Daethai ar ei draws ar hap rai misoedd ynghynt, pan aeth i gasglu dogfennau ffug ar ran Pete. Trwy lwc, rhoddodd Pete rif i Alfie, rhag ofn, ac felly cysylltodd â'r dyn bach rhyfedd pan eginodd ei gynllun. Roeddent wedi cwrdd o dan amgylchiadau tebyg fis yn ôl, y tro hwnnw ym maes parcio sinema Nantgarw, lle talodd Alfie flaendal am ei wasanaeth a chytuno ar yr hyn oedd ei angen arno. Nid oedd Mike yn rhad, ond roedd yr hyn roedd ar fin ei roi i Alfie yn amhrisiadwy.

Estynnodd Mike ddogfenfag o'r sedd gefn a'i agor ar ei gôl.

"Checkia i neud yn siŵr fod popeth 'na a bo ti'n hapus â nhw," gorchmynnodd, gan basio amlen A4 drwchus i Alfie. "Sdim returns policy 'da fi, t'wel."

Gwnaeth Alfie hynny'n union, gan orfoleddu wrth weld proffesiynoldeb a pherffeithrwydd gwaith llaw y ffugiwr.

Roedd yr amlen frown yn cynnwys tri phasbort – un yr un iddo fe, Justine a Noa – tystysgrifau geni bob un, tystysgrif briodas a dwy ddogfen yn rhoi manylion rhifau Yswiriant Gwladol.

Llithrodd Alfie'r dogfennau yn ôl i'r amlen a diolchodd yn daer i Mike. Yn chwithig braidd, wfftiodd hwnnw'r ganmoliaeth, ac ar ôl rhoi'r arian iddo ac ysgwyd dwylo chwyslyd, gadawodd Alfie gysegr oer y cerbyd a chael ei chwydu allan i uffern yr awyr agored unwaith yn rhagor.

7

Tu fas i ffenest y caban lle treuliai Danny gymaint o'i amser, roedd golau llachar arferol sgrin y gliniadur yn dechrau pylu wrth i'r wawr ddylyfu'i gên a thorri dros doeon llwydlas Gerddi Hwyan. Roedd e bron â gorffen y traethawd Daearyddiaeth diweddaraf, ac roedd y swyddog diogelwch yn ffyddiog y byddai'r ymdrech yma'n cynnal ei siawns o orffen y flwyddyn gyntaf gyda chyfle go iawn i fynd ymlaen i sicrhau gradd dosbarth cyntaf o'r Brifysgol Agored. Ar gyfartaledd, roedd marciau gwaith Danny gydol y flwyddyn yn yr wythdegau, a'i diwtor, nad oedd wedi ei gyfarfod, yn ei ganmol yn gyson dros e-bost. Dyna natur astudio o bell. Ac er iddi gymryd peth amser i Danny ddod i arfer â'r drefn, roedd yn gwbl gyfforddus bellach. Wrth gwrs, byddai'n rhaid iddo barhau i weithio mor galed ag yr oedd e wedi bod yn gwneud am weddill y cwrs, ond diolch i oriau anghymdeithasol ei swydd a'i benderfyniad pendant i gymhwyso fel athro yn y dyfodol agos, roedd e'n gobeithio y byddai'n llwyddo.

Caeodd glawr ei gyfrifiadur. Rhwbiodd ei lygaid. Cododd ar ei draed ac ymestyn ei gorff cyhyrog nes bod ei fysedd yn cyffwrdd â'r nenfwd. Trodd at y tecell a gwasgu'r botwm er mwyn berwi'r dŵr ac estynnodd y coffi o'r oergell ac arllwys swp go dda i'r cafetière. Roedd Julia a Justine yn hoff o gyhuddo Danny o fod yn snob yng nghyd-destun coffi. Ni fyddai'n cyffwrdd â choffi parod a phan fyddai rhywun yn cynnig paned o goffi iddo byddai'n gofyn pa fath oedd ganddynt. Y rheswm am hynny oedd bod y powdwr parod yn codi cramp difrifol ar ei stwmog ond, wrth gwrs, nid fel 'na roedd y merched yn ei gweld hi. Ar ôl arllwys y dŵr dros y crisialau cras, plygodd i lawr a gosod ei ffroenau dros ochr y cynhwysydd er mwyn arogli persawr cymhleth y coffi. Fanila oedd fwyaf amlwg y bore hwn, er bod yna islif pupur cefndirol yna'n rhywle hefyd. Caeodd ei lygaid a gadael i'w ddychymyg ei dywys i lethrau llosgfynydd wedi'u gorchuddio â choed dail llydan yng nghrombil rhyw gyfandir pell. Bron na allai gyffwrdd â'r rhisgl a theimlo'r lleithder ar ei groen, tra bod synau'r anifeiliaid a'r adar estron yn atseinio yn ei ben.

Agorodd ei lygaid yn araf a dychwelyd i'r byd hwn, gan wenu wrth weld Mulder a'i chenawon drwy'r ffenest, yn agosáu at y caban o gyfeiriad y cloddiau gyferbyn. Roedd y cadno'n ymddiried yn llwyr yn Danny bellach, a'r ymweliadau'n digwydd bob tro y byddai ar ddyletswydd, yn ogystal â phan nad oedd yma, mae'n siŵr. Oddeutu ddeufis yn ôl, diflannodd y cadno am rhyw bythefnos a dechreuodd Danny amau bod Mulder wedi cael damwain angheuol wrth grwydro strydoedd a gerddi'r dref gyda'r nos. Ond yna, pan oedd bron ag anobeithio ac wedi lluchio'r bwyd ci i'r bin, ymddangosodd y gadnöes un dydd ar doriad gwawr, gyda dau genau bach fflwffog yn gwmni iddi. Wrth reswm, roedd y cenawon yn amheus ohono i gychwyn ond, gyda'u mam yn arwain y ffordd, daethant yn gyfarwydd â Danny yn go glou, yn enwedig ar ôl iddo rannu ei frechdanau ham a chaws gyda nhw. Roedd un cwpwrdd yn y caban yn llawn bwyd ci unwaith eto, a'r creaduriaid bron mor ddof â Scooby-Doo a hyd yn oed yn gadael iddo'u mwytho wrth iddynt fwyta cig a bisgedi o'r bowlenni plastig.

Estynnodd dun o Earls o'r cwpwrdd a'i agor ar unwaith, cyn gafael mewn fforc a chamu i'r bore bach i'w bwydo. Cyrcydiodd a gwagio'r cynnwys i'r dysglau, yna camodd yn ôl ac eistedd ar stepen drws y caban i wylio'r ddau gadno ifanc yn bochio'u brecwast. Neu swper, fwyaf tebyg. Yn ôl ei harfer, eisteddodd Mulder a gadael iddynt, gan gadw llygad rhag ofn bod unrhyw beryg ar y gorwel. Gwyliodd Danny'r fam, ei galon yn llawn gobaith o weld ei greddfau gofalgar ar waith. Yn sydyn, sythodd ei chlustiau wrth glywed injan car yn agosáu. Cyfarthodd yn ffraeth ar ei hepil, a'u harwain ar frys yn ôl at ddiogelwch y prysgwydd, wrth i Jeep Grand Cherokee Pete Gibson nesáu.

Camodd Danny i'r caban er mwyn gwasgu'r botwm ac agor y glwyd. Doedd dim syniad ganddo beth roedd y bòs yn ei wneud yma yr awr hon o'r dydd, a doedd dim diddordeb ganddo chwaith. Roedd meddyliau Danny eisoes yn troi am adref; at ei wraig, ei fab a'i wely. Teimlodd bwl o euogrwydd cyfarwydd am esgeuluso ei deulu bach. Byddai'n teimlo'r emosiwn yn aml, ond nid oedd modd gwneud unrhyw beth am ei sefyllfa. Roedd e'n gaeth. Am nawr.

Yn hytrach na gyrru 'mlaen heb yngan gair, stopiodd y cerbyd, diflannodd y ffenest dywyll i berfedd y drws a daeth wyneb Jac i'r golwg. Wrth ei ochr, yn sedd y teithiwr, eisteddai Pete yn llwyd ei groen a choch ei lygaid. Nid oedd Jac yn edrych fawr gwell chwaith.

"Bore da," cyfarchodd Danny'n gwrtais a chyda gwên. Er nad oedd ganddo ddiddordeb yn yr hyn roeddent yn ei wneud, doedd dim bwriad ganddo wneud unrhyw beth i beryglu ei gyflogaeth chwaith.

"Iawn, Danny?" meddai Jac, ei lais yn dawel a digyffro. "Der draw i'r swyddfa ar ddiwedd dy shifft. Ma Pete moyn gair 'da ti."

A heb aros am ateb, llithrodd y ffenest yn ôl i'w lle a gyrrodd y cerbyd i'r maes parcio.

■ ■ ■

Teimlodd Alfie'r dwrn yn trywanu ei aren ar doriad gwawr. Griddfanodd heb agor ei lygaid, gan chwifio'i law i gyfeiriad ei gariad gerllaw. Clywodd Noa yn ei grud yn mwmian yn hapus iddo'i hun. Unwaith eto, prociodd Justine ei gefn â'i bysedd main.

"Alfie!"

"Beth?"

"Cer â Noa o 'ma, *plis*? Fi heb gael wincad o gwsg ers bwydo fe am dri."

"Iawn," atebodd Alfie, er na symudodd.

"*Plis*, Alfie," erfyniodd Justine arno, y dagrau'n bygwth bosto, fel y byddent yn gwneud yn reit aml ers genedigaeth eu mab.

Yn araf, agorodd Alfie ei lygaid. Doedd dim rhyfedd fod y bychan ar ddihun. Roedd yr ystafell mor olau â chrombil popty ping hanner ffordd trwy gylchred.

Eisteddodd Alfie gan agor ei lygaid i'r eithaf mewn ymdrech i gyfarwyddo â golau toriad gwawr.

"Ma angen blackout blind arnon ni," datganodd.

Ond tro Justine oedd hi i fwmian ei hymateb y tro hwn. Trodd Alfie i edrych ar y cloc digidol ar y bwrdd bach. Pum munud i chwech. Blydi grêt.

Cododd ei fab a'i gusanu ar ei foch, cyn i'r gusan droi'n rhech ac i fwmian y mab droi'n wichian llon.

"Blydi hel, Alfie! Cer â fe o 'ma!" gwaeddodd Justine ar ei chariad.

Cydiodd Alfie mewn pâr o siorts a chrys-T o gefn y gadair ac allan â nhw o'r ystafell, gan gau'r drws yn dawel ar eu holau.

Ar flaenau ei draed, cariodd Alfie ei fab bach i lawr i'r gegin. Rhoddodd Noa i eistedd yn ei gadair uchel a thynnodd ei ddillad amdano'n gyflym. Aeth i'r iwtiliti a dod o hyd i bâr o sanau iddo'i hun a dillad i Noa o'r pentwr parhaus oedd byth fel petai'n pylu. Pâr o jîns, sanau, fest goch a hwdi. Dychwelodd i'r gegin a gafael yn ei fab, cyn ei osod ar y soffa yn y lolfa er mwyn newid ei gewyn – oedd yn drwm fel pelen canon, yr amonia'n llenwi ei ffroenau ac yn denu dŵr i'w lygaid. Ar ôl gwisgo'i fab, trodd Alfie ei olygon at yr oergell, lle daeth o hyd i gompot blas banana ac afal Cow & Gate ar y silff uchaf. Gafaelodd yn y potyn, ynghyd â bicer llawn dŵr, llwy blastig a banana ffres o'r fowlen ffrwythau, a gosod popeth yn y fasged ar waelod y bygi. Rhoddodd Noa i eistedd yn y goets a gosod blanced drosto. Er ei bod hi'n fore braf tu fas, roedd Alfie wedi dysgu o brofiad i beidio â gadael y tŷ mor gynnar heb sicrhau bod Noa'n ddigon cynnes. Dagrau a sterics oedd pen draw gwneud hynny, a doedd Alfie ddim yn bwriadu profi hynny heddiw. Gwisgodd ei sbardiau a thop tracwisg, eto o'r pentwr ger y peiriant golchi, ac allan â nhw gan agor a chau'r drws mor dyner ag oedd yn bosib, rhag dihuno'r rheiny oedd yn cysgu i fyny'r grisiau.

Fel y byddai'n gwneud ar bob achlysur tebyg, anelodd Alfie am y parc a'r coed cyfagos. Er nad oedd dihuno a gadael ei wely ar yr adeg yma o'r dydd yn fawr o hwyl, roedd Alfie wrth ei fodd unwaith ei fod allan o'r drws. Roedd e fel camu i fyd cudd; byd nad oedd pawb yn cael yr anrhydedd o'i weld. Ddim yn aml iawn, ta beth. Roedd yr adar eisoes yn brysur ac yn uchel eu cloch bore 'ma, a'r tro diwethaf iddo orfod mynd â Noa mas o'r tŷ er mwyn rhoi cyfle i Justine gysgu ar ôl noson galed gwelodd gadno ar gyrion y coed, yn cerdded yn hyderus ar hyd y gwair, heb dalu sylw i Alfie, oedd yn eistedd ar fainc rhyw ganllath i ffwrdd, na Noa chwaith, oedd wrth ei ochr yn ei goets. Roedd Alfie'n hapus tu hwnt yn cael rhannu'r foment gyda'i fab, ac er na fyddai Noa'n cofio gweld y cadno, ni fyddai Alfie byth yn ei anghofio.

Rhyw hanner canllath o fynedfa'r parc, clywodd anadlu trwm tu ôl iddo. Trodd yn disgwyl gweld lonciwr mewn Lycra yn torri chwys, ond cafodd ei synnu wrth weld Justine yn agosáu.

Trodd Alfie'r bygi er mwyn i Noa wynebu ei fam. Cododd y bychan ei ddwylo'n fuddugoliaethus a gwenu wrth ei gweld.

"Ti'n iawn?" gofynnodd Alfie, ond nid atebodd Justine ar unwaith. Nid oedd wedi rhedeg mor bell ers amser maith – os o gwbl – ac roedd anadlu'n her ynddi ei hun yr eiliad honno. Pwysodd ei dwylo ar ei chluniau a phlygu yn ei hanner. Anadlodd yn ddwfn gan lenwi ei hysgyfaint i'r eithaf, ac ymhen dim roedd hi'n iawn, er bod ei bochau mor goch â'i gwallt.

"Methu cysgu," esboniodd. "Gormod yn mynd 'mlân yn fy mhen…"

Troellodd ei bys wrth ochr ei thalcen i ddynodi hynny, ac roedd Alfie'n gwybod yn iawn am beth roedd hi'n sôn. Dros yr wythnos ddiwethaf roedd y ddau ohonynt wedi bod yn ceisio dysgu a chofio eu manylion personol newydd, yn barod ar gyfer eu diflaniad.

Ymlaen â nhw i mewn i'r parc. Doedd neb ar gyfyl y lle. Neb o'r ddynol ryw, hynny yw, oherwydd roedd y coed yn fyw o adar a gwiwerod.

"Aros!" ebychodd Alfie.

"Beth?" Agorodd llygaid Justine led y pen.

"Shh." Cododd Alfie ei fynegfys at ei wefusau. "Dyna fe 'to."

Cnoc-cnoc-cnoc-cnoc-cnoc!

"Cnocell y coed," gwenodd Alfie, wrth i'w gariad nodio'i phen.

Mwyaf sydyn, dechreuodd Noa gwyno.

"Shit!" ebychodd ei fam. "Ma fe moyn brecwast."

"Mas â nhw, 'te. Amser godro!"

Pwniodd Justine ef yn chwareus.

"Sa i'n meddwl y galla i. Fe wagiodd e nhw pan ddihunodd e am dri."

Roedd amser Noa bach ar y fron yn prysur ddirwyn i ben. Roedd ei archwaeth yn ormod i gyflenwad ei fam erbyn hyn, a'r diddyfnu wedi hen ddechrau.

"Paid poeni, des i â supplies o gytre."

Gwthiodd Alfie'r goets i gyfeiriad mainc gyfagos, a gafaelodd Justine yn dynn yn ei fraich a cherdded wrth ei ochr. Roedd Alfie'n foi a hanner, gwyddai Justine hynny, hyd yn oed cyn i Noa gael ei eni. Ond nawr, fel tad, roedd e'n ffynnu fwy fyth, a dyna pam y cytunodd hi i'w gynllun, heb orfod meddwl gormod am ei gynnig, ar wahân i'r hyn y byddai ei diflaniad yn siŵr o'i wneud i'w mam. Roedd hi'n ffyddiog mai dim ond dros dro y byddai hi a'i mam ar wahân, ac felly roedd hi'n fodlon gadael Gerddi Hwyan er mwyn achub Alfie rhag bywyd o dan adain ei ewythr. Yn wir, roedd ganddi freuddwyd, egin-gynllun ei hun, a fyddai'n gweld ei mam a hi yn ôl yng nghwmni ei gilydd mewn blwyddyn neu ddwy, man pellaf, er nad oedd Alfie'n gwybod am hynny. Eto. Ar ben hynny, roedd Justine ei hun yn teimlo'n gaeth i'w bywyd ac i'w milltir sgwâr. Roedd hi eisiau bach o antur ac roedd hi'n siŵr bod unrhyw gyfle am hynny wedi diflannu ar ôl dyfodiad ei mab. Tan nawr. Dyma oedd ei siawns i gael bywyd gwell ac i fyw bywyd gwahanol, ac roedd hi'n bwriadu mynd amdani, yn gwmni ac yn graig i Alfie. No offence i Julia, ond roedd hi eisiau bod gyda'i chariad a'i mab yn fwy nag oedd hi eisiau aros gyda'i mam. Am nawr, o leiaf.

Eisteddodd y cwpwl ar y fainc, gan droi'r goets er mwyn i'w mab eu hwynebu. Roedd y fainc wedi'i gosod wrth ochr y llwybr, a'r gwair yn gostwng i lawr o'u blaenau i gyfeiriad y goedwig fach ar waelod y llethr, a'r nant oedd i'w chlywed yn llifo gerllaw.

Agorodd Justine y compot ffrwythau a dechrau bwydo Noa, oedd wrth ei fodd â'i frecwast melys.

"Fi'n gwbod pob ateb erbyn hyn," meddai Justine, heb edrych i gyfeiriad Alfie.

"A fi. Ti moyn arholiad?"

"Go on, 'te."

"Enw?"

"As if fi ddim yn gwbod yr enw!" ebychodd Justine.

"Fair enough. Dyddiad geni, 'te?"

"Hawdd. Y nawfed o Fawrth, un naw naw saith. Ti?"

"Dau ddeg wyth o Fedi, naw deg pump. Man geni?"

"Caerdydd. Ti?"

"Ditto. Enw dy fam?"

"Nerys. Ti?"

"Anthea. Dy dad?"

"Geoff. Ti?"

"Iorwerth. Ond ma pawb yn ei alw fe'n 'Iori'. Dyddiad priodas?"

"Pedwerydd o Fehefin, dwy fil un deg pump," cydadroddodd y cwpwl gan wenu ar ei gilydd.

"Enwau'r tystion?"

"Siân Donovan a Simon Bates."

"Enw ein mab?"

"Harri Llyr. Dyddiad geni?"

"Pedwerydd o Ragfyr, twenty sixteen. Man geni?"

"Caerdydd."

"Beth yw dy swydd, yn ôl tystysgrif geni Harri?"

Oedodd Justine, gan 'sgota yn ei phen am yr ateb.

"Freelance beauty therapist."

Gwenodd Alfie ar amwysedd yr alwedigaeth.

"A ti?" gofynnodd Justine, gan barhau i chwarae'r gêm.

"Labrwr."

Tawelodd y ddau a gwrando eto ar y gnocell yn curo yn y coed. Ar ben yr atebion du a gwyn, roedd y cariadon wedi dyfeisio ôl-stori go gymhleth i'w hadrodd petai rhywun yn busnesa ar ôl iddynt ddechrau eu bywydau newydd, er mai gwaith ar y gweill oedd yr ôl-stori. Y ffeithiau oedd bwysicaf ar hyn o bryd.

Rhoddodd Alfie ei fraich am ysgwydd Justine a'i thynnu'n agos ato.

"Ti'n *siŵr* ti moyn neud hyn, babe?"

"Stopia ofyn hynny, Alf!"

"Sori. Fi jyst moyn neud yn siŵr. Bydd hi'n rhy hwyr—"

"Fi'n gwbod!" torrodd Justine ar ei draws. "*Rhaid* i fi ddod gyda ti, Alfie, achos sa i moyn i Noa dyfu lan heb dad… fel fi."

Palodd Alfie ei drwyn i wallt fflamgoch ei gariad. Anadlodd yn ddwfn, gan ei gwerthfawrogi mewn cymaint o wahanol ffyrdd.

"Fi'n caru ti, Just."

"Caru ti 'fyd."

Roedd y pot yn wag a hanner ei gynnwys dros ên a hwdi Noa. Sychodd Justine ei wyneb gan esbonio i Alfie wrth wneud.

"Fi'n gwbod bod *rhaid* i ti fynd, Alfie. Fi'n gwbod mai dyna'r *unig* ffordd i ti ddianc…" Roedd Alfie wedi datgelu bron popeth wrthi dros y misoedd diwethaf – y golchi arian, y cyffuriau a hyd yn oed yr hyn y gorfodwyd iddo'i wneud i Barry Tomos – yn y gobaith y byddai Justine yn cytuno i ffoi yn gwmni iddo. A diolch byth, bu'n ddigon iddi ddeall. "Ac os oes rhaid i fi, i *ni*, ddod gyda ti, wel dyna ddiwedd arni…"

Cofleidiodd Alfie ei gymar eto.

"Diolch," sibrydodd yn ei chlust. Teimlai mor ffodus o gael Justine yn bartner iddo. Byddai ar goll hebddi. Yr unig beth oedd angen iddo'i wneud yn awr oedd goroesi'r tair wythnos nesaf o dan adenydd anhrefnus Wncwl Pete a Jac Dannedd. Roedd Justine eisiau aros tan hynny er mwyn dathlu pen-blwydd ei mam am y tro olaf. Byddai Alfie wedi mynd yfory, ond nid fe oedd bòs y berthynas hon. "'Drych!" ebychodd, gan bwyntio i gyfeiriad y goedlan ar waelod y llethr, lle roedd cadno'n eistedd yn y gwair tal, gwlithog, a dau genau fflwffog yn rholio ac yn ymladd wrth ei hochr. Trodd Alfie'r goets er mwyn i Noa gael eu gweld, ond roedd mwy o ddiddordeb gan y bychan yn ei fîcer o ddŵr nag yn y creaduriaid cochlyd.

. . .

Am bum munud wedi wyth y bore, ar ôl i Daf Draenog ddod i gymryd ei le, ac yn lle gyrru am adref, cerddodd Danny o'r caban am swyddfa Pete Gibson gan geisio peidio â dychmygu beth oedd ar fin digwydd iddo. Roedd ganddo syniad go lew, diolch i awgrymiadau niferus Alfie dros y misoedd diwethaf. Roedd Pete eisiau i Danny 'ymuno' â'r gang. Ym meddwl y bòs byddai'r ffaith bod cyn-heddwas yn ei wasanaethu yn rhyw fath o orchest bersonol. 'Marquee signing' y byddai'r wasg yn galw'r fath beth yng nghyd-destun y campau, ond 'hunllef a hanner' oedd y sefyllfa yn llygaid Danny. Roedd ganddo gynllun ac roedd yn benderfynol o'i weithredu. A doedd hwnnw ddim yn cynnwys ymuno â chriw o droseddwyr, dim ots beth fyddai gwerth y cynnig mewn telerau ariannol. Dyna fu dechrau holl drafferthion Danny, wedi'r cyfan – anonestrwydd, anfoesoldeb, trachwant – a doedd dim bwriad ganddo ddychwelyd at y llwybr hwnnw.

Dim ond unwaith o'r blaen y bu Danny yng nghrombil tywyll pencadlys Pete Gibson, a hynny pan gafodd gynnig y swydd y llynedd. Roedd y lle fel rhywbeth o gyfres deledu. *The Sopranos* neu *Sons of Anarchy*. Byd o fewn byd. Roedd hi'n anodd credu bod y fath le'n bodoli mewn tref fel Gerddi Hwyan, ond doedd dim gwadu'r hyn roedd ei lygaid yn ei weld.

Roedd Tommy Top Shelf eisoes yn brysur yn mopio tu ôl i'r bar ac arogl y coffi yn llenwi'r aer. Yn ogystal â'r coffi, roedd yr hylif diheintio o dan draed yn brwydro â mwg sigarennau'r bòs am oruchafiaeth ar y synhwyrau.

Agorwyd un o'r drysau i'r chwith o'r bar ac ymddangosodd Rodders, yn rhedeg ei law trwy ei wallt tywyll ac yn edrych mor sâl â chlaf ar ward ysbyty, er mai dros dro y byddai ei symtomau'n para. Gallai Danny weld gwely tu ôl iddo, a daeth i'r casgliad cywir iddo fod yno trwy'r nos. Pendronodd a oedd Rodders yn ddigartref, cyn ysgwyd ei ben a chofio nad oedd ganddo ots un ffordd neu'r llall.

Nodiodd Danny ar Tommy yn gyntaf ac yna ar Rodders, er mai Tommy'n unig a gydnabyddodd ei bresenoldeb. Wrth i Danny gnocio ar ddrws swyddfa'r pennaeth, taniodd Rodders sigarét ac archebu Mari Waedlyd wrth y bar.

"Der mewn," gorchmynnodd Pete o'r tu ôl i'w ddesg.

"Stedda," ychwanegodd Jac, ac er nad oedd Danny eisiau gwneud, parciodd ei din a dod i lawr i'r un lefel â'r dihirod, â'r un ohonynt yn ymdrechu i godi ar eu traed.

Roedd y ddau'n pori trwy gatalogau diwydiannol yr olwg heb gymryd unrhyw sylw o Danny, felly cymerodd y cyfle i edrych o'i gwmpas. Y peth cyntaf a gipiodd ei sylw oedd bod Pete yn edrych yn llawer gwell o'i gymharu â phan gyrhaeddodd rai oriau ynghynt. Efallai iddo gysgu am awr neu ddwy er mwyn adfywio, er bod yr arlliw o bowdwr gwyn ar ffroen chwith ei drwyn yn awgrymu nad Huwcyn Cwsg oedd wedi ei sirioli.

Crwydrodd llygaid Danny at y wal o ffotograffau y tu ôl i ben Pete. Arni, roedd degau o luniau ohono gydag amryw enwogion a wynebau cyfarwydd eraill. Yn eu plith gwelodd Gary Hughes, one-cap wonder ac unig chwaraewr rygbi rhyngwladol Gerddi Hwyan; Dickie Attenborough, a geisiodd ei orau – cyn methu yn y pen draw – i droi'r dref yn ganolfan ffilmiau ryngwladol, neu 'Valleywood' fel y bedyddiodd y wasg y fenter; Grontius 'Y Ceffyl' Bach, cyn-faer y dref oedd hefyd yn seren byd y ffilmiau porn cyn iddo ddychwelyd adref a chael ei ladd gan ei frawd ei hun, y drwg-enwog Efrog Evans; a changen leol y Seiri Rhyddion, gyda Crandon a Clements ymysg y dorf.

Teimlodd Danny bwl bach o euogrwydd wrth gofio'i gyn-fentor a'i fòs yn Adran Dditectifs Gerddi Hwyan. Bu farw Crandon ym mis Ebrill. Nid aeth Danny ar gyfyl ei gnebrwng, gan nad oedd arno eisiau wynebu ei gyn-gyd-weithwyr, ac roedd wedi difaru ei benderfyniad yn daer byth oddi ar hynny.

"Ti'n gwbod unrhyw beth am air-con, Danny?"

Tarfu cwestiwn Pete ar atgofion Danny, a'i ddrysu braidd, cyn iddo gofio am y catalogau.

"Dim lot, Mr Gibson. Dim ond y bydde fe'n neis cael system adre ar hyn o bryd, gyda'r tywydd mor boeth, chi'n gwbod…"

Parablodd Danny, fel y tueddai wneud mewn sefyllfaoedd o'r fath. Roedd arno eisiau i Pete ddod yn syth at y pwynt er mwyn iddo allu gwrthod yn gwrtais a mynd adref i'r gwely. Roedd e wedi blino'n lân ond, yn anffodus, roedd y bòs yn llawn egni, a'i geg ar ras.

"Ti'n llygad dy le fyn 'na. Yr heatwave 'ma'n hanner lladd ni, yn dyw e Jac?"

"Ma'r un peth yn digwydd bob blwyddyn, Danny. Ma'r lle 'ma fel sawna yng nghanol haf, a ni'n edrych ar y catalogs 'ma, ond so ni'n neud dim byd am y peth…"

"Ni'n anghofio'n ddigon clou pan ddaw'r glaw," ychwanegodd Pete, er bod Danny'n amau mai'r gwir reswm nad oedden nhw'n gwneud unrhyw beth i adfer y sefyllfa oedd oherwydd nad oedd croeso i ddieithriaid yn y lle hwn. Fyddai Pete a Jac ddim eisiau cyflogi pobl i ddod ar y seit, rhag ofn y byddent yn dod o hyd i rywbeth amheus. Roedd y lle'n llawn cyfrinachau ac erchyllterau; gwyddai Danny hynny'n reddfol.

"Ti moyn coffi neu ddisgled o de?" gofynnodd Jac.

"Dim diolch," gwrthododd Danny. "Bydda i'n mynd i'r gwely mewn munud a'r peth dwetha fi moyn nawr yw caffein…"

"Digon teg, digon teg," gwingodd Pete o ochr arall y ddesg, ei ben yn plycio a'i lygaid yn bell. "Busnes amdani, 'de."

Nodiodd Danny arno, gan geisio rhoi trefn ar ei feddyliau. A oedd hi'n bosib dweud 'na' wrth y Diafol?

"Faint ti 'di bod 'da ni nawr, Danny?" gofynnodd Pete, er mai cwestiwn rhethregol oedd e. "Ni 'di bod yn cadw llygad arnot ti o'r dechre, fi a Jac, fel fi'n siŵr dy fod ti'n gwbod…"

Nodiodd Danny arno, er mai prin yr oedd wedi gweld yr un o'r ddau ar gyfyl y lle mewn gwirionedd, diolch i oriau anghymdeithasol ei rôl.

"Ti 'di neud argraff dda, ma hynny'n deg i'w ddweud, ti'n cytuno, Jac?"

Tro ei ddirprwy oedd hi i nodio'n awr.

"Ti'n brydlon. Ti'n drylwyr. Ti'n broffesiynol…"

"A ti'n gallu aros ar ddihun!" ychwanegodd Jac gan chwerthin.

"Ha! Sy'n fwy nag y gallwn ni ddweud am y fuckin Draenog 'na!"

Chwarddodd y ddau ar hynny, ac ymunodd Danny yn yr hwyl, er cwrteisi.

Mewn amrantiad, diflannodd y miri o wyneb Pete. Syllodd ar Danny, a chafodd hwnnw ei ddrysu'n llwyr gan y newid yn agwedd y bòs.

"Ti'n haeddu dyrchafiad," esboniodd, a dychwelodd y wên.

"Diolch," meddai Danny, er nad oedd yn gwybod pam.

"Ni moyn i ti ymuno â'r tîm," torrodd Jac ar ei draws, gan wneud i'r cynnig swnio fel un dilys ar y diawl.

"Y *tîm*?" gofynnodd Danny, gan fethu cuddio'i amheuaeth.

"Ie. Ti'n ormod o foi i weithio'r shifft nos lot hirach," esboniodd Pete, ei bendantrwydd yn brawf nad oedd neb yn ei wrthod yn aml.

"Byddi di'n arwain y bois 'ma o fewn blwyddyn, 'na be ni'n rhagweld," ychwanegodd Jac.

"Ni'n gweld dy gefndir gyda'r heddlu fel peth positif iawn—" sebonodd Pete, heb wneud unrhyw ymdrech i gelu'r celwydd, ond tro Danny oedd hi i dorri ar draws nawr.

"Mr Gibson. Jac. Diolch am y cynnig. Fi wir yn ei werthfawrogi. Ond sdim diddordeb 'da fi mewn dod yn rhan o'ch tîm chi, na thîm unrhyw un arall chwaith."

Gwelodd Danny'r ddau'n edrych ar ei gilydd, ac yna

nodweddion wyneb Pete yn cymylu a chaledu, fel Mynydd Rushmore milain.

Mor bwyllog ag y gallai, ceisiodd Danny esbonio pam. "'Drychwch, Mr Gibson. Jac. Sdim diddordeb 'da fi mewn *unrhyw* beth sy'n mynd 'mlân fan hyn, wir nawr. Un ffordd neu'r llall. Gallwch chi ymddiried ynddo fi'n llwyr fel swyddog diogelwch, ond sa i moyn bod yn rhan o'r criw. Fi wrthi'n astudio am radd gyda'r Brifysgol Agored ac ma gweithio'r shifft nos yn neud pethe'n hawdd i fi o ran hynny. Sa i eisiau bod yn amharchus na dim, achos fydda i mewn dyled i chi am byth am roi gwaith i fi, ond *rhaid* i fi wrthod y cynnig."

Cododd Danny ar ei draed, gan gynnig ei law i Mr Gibson. Edrychodd hwnnw arni am eiliad cyn ei chipio a'i hysgwyd yn llipa.

"Deall yn iawn," dywedodd yntau, er nad oedd Danny'n ei gredu.

Trodd Pete yn ôl at ei gatalog a gadael i Jac dywys Danny o'r ystafell. Wrth ysgwyd dwylo yn y bar, ceisiodd Jac dawelu ei bryderon.

"Paid poeni am y peth, Danny. No big deal. Caria di 'mlân, ti'n neud job da. A phob lwc gyda'r cwrs."

"Diolch, Jac. No offence, yn dyfe. Ond galla i ddim, chi'n deall hynny?"

"Fel wedes i, paid poeni. Wela i di o gwmpas y lle…"

Cefnodd Danny ar ei weithle, yr adrenalin yn llifo a'i bryderon yn byrlymu. Nid oedd yn ymddiried ynddynt o gwbl ond, eto, beth gallen nhw ei wneud iddo, mewn gwirionedd? Doedd e ddim yn bwriadu gadael, yn bennaf achos nad oedd ganddo swydd arall yn aros amdano yn rhywle. Byddai'n *rhaid* iddo gario 'mlaen felly, gan gadw llygad dros ei ysgwydd bob amser, efallai, fel y bu'n gwneud ers y cychwyn.

Dychwelodd Jac i'r swyddfa, ond nid oedd sôn am Pete yn unman.

"Lle a'th e?" gofynnodd i Rodders, oedd yn dal i fagu'r Fari Waedlyd wrth y bar.

"Ffor 'na," atebodd yntau, gan fodio i gyfeiriad y storfa yng nghefn y caeadle.

Yno daeth o hyd i'r pennaeth yn byseddu'r pentwr o becynnau amffetamin a gafodd gan yr anffodus Barry Tomos. Roedd Pete wedi gwrthod eu gwerthu am ryw reswm, er nad oedd wedi esbonio pam.

Camodd Jac at ei ochr, a phwyso ar baled tal o arian papur ffug, wedi'i lapio mewn plastig. Nid oedd Jac yn gallu cofio o ble ddaeth yr arian, na'r arfau amrywiol oedd yn pwyso'n erbyn y wal.

"Iawn, bòs?" gofynnodd i Pete, oedd ar goll yn ei ben ei hun â golwg bellennig ar ei wyneb.

"Ffonia Alfie," atebodd o'r diwedd. "Fi moyn gair gyda fe."

Trodd Jac a cherddod yn ôl i'r swyddfa. Roedd ymateb digyffro Pete yn argoeli'n wael. Byddai'n poeni llai petai'r bòs wedi treulio gweddill y dydd yn gweiddi a rhegi a diawlio. Gwyddai Jac o brofiad nad oedd unrhyw un yn gwrthod un o gynigion Pete, a byddai Danny'n talu'n ddrud am wneud.

· · ·

Daeth yr alwad gan Jac am chwarter i naw, a chyrhaeddodd Alfie'r swyddfa am hanner awr wedi. Teimlai fel petai wedi bod ar ddihun ers deuddydd, ac roedd hi'n frwydr i gadw ei lygaid ar agor. Cyfarchodd Rodders a Tommy wrth y bar, er na chafodd fawr o ymateb gan yr un ohonynt. Beth fyddai Pete yn gofyn iddo'i wneud heddiw na allai Rodders ei wneud yn ei le? Roedd ei fywyd gwaith yn ddirgelwch dyddiol ac roedd Alfie'n ysu am gael gadael. Troi a ffoi gyda'i 'wraig' a'i fab a pheidio dychwelyd i'r twll 'ma 'to. Ai problem gyda'r Gujarat Palace oedd tarddiad yr alwad? Roedd pethau wedi bod yn mynd yn dda yno ers sbel, a Sanjit Patel yn chwip o reolwr o'i gymharu â'i frawd. Ni allai Alfie ddychmygu Sanjit yn galw Pete neu Jac cyn cysylltu â fe yn gyntaf. Roedd eu perthynas broffesiynol yn un effeithiol, a phawb yn deall ei gilydd bellach.

Cnociodd Alfie ar ddrws agored y swyddfa. Roedd ei ewythr yn eistedd tu ôl i'w ddesg, yn syllu'n gatatonaidd i'w gyfeiriad. Ymddangosodd Jac wrth ochr Alfie, ei dywys i'r ystafell a chau'r drws drachefn. Canodd y larymau yn ei glustiau. Dim ond drama oedd yn digwydd tu ôl i ddrysau clo. Er hynny, roedd Pete yn ddigyffro y bore 'ma, ac fe ddrysodd hynny Alfie ymhellach.

"Stedda," gorchmynnodd Jac, a gwnaeth Alfie fel y gofynnwyd iddo.

Wrth iddo eistedd, atgyfododd Wncwl Pete ben arall y ddesg. Edrychodd ar ei nai, ei lygaid yn wydrog ac eto'n wyllt.

"Fi angen ffafr." Aeth Wncwl Pete yn syth at y pwynt, gan synnu Alfie braidd.

"Un *fawr*," ychwanegodd Jac, oedd bellach yn eistedd wrth ochr y dyn ifanc.

"Beth?"

"Fi moyn i ti neud rhywbeth i fi."

"Beth?" ailadroddodd Alfie, wrth i gorff gwaedlyd Barry Tomos fflachio yn ei ben.

"Fi moyn i ti blannu rhywbeth yn nhŷ *Dangerous* Danny Finch," esboniodd, gyda phwyslais nawddoglyd ar lysenw ei sort-of tad-yng-nghyfraith.

"Beth?"

"Cyffuriau. Arian. Cyffuriau ac arian."

"Ac arfau," ychwanegodd Jac.

Gwerthfawrogai Alfie onestrwydd ei ewythr a'i ddirprwy, er nad oedd yn hoffi cynnwys eu geiriau. No way y byddai Alfie'n bradychu Danny. Roedd e'n caru'r boi fel brawd. Bron.

"Pam?"

Cododd Pete ei 'sgwyddau gan wthio'r ymholiad i'r naill ochr.

"Sdim ots *pam*, Alfie bach. Yr unig beth o bwys yw fy mod i'n gofyn a dy fod ti'n gwneud. Dyna oedd y drefn ddoe, dyna beth yw'r drefn heddiw a dyna beth fydd y drefn fory ac am byth bythoedd, a-men."

Gwenodd Pete arno'n ddi-hid. Nid oedd modd gwadu'r hierarchiaeth, ond nid oedd Alfie'n mynd i wneud y fath beth heb reswm chwaith.

"Fi moyn gwbod pam," meddai Alfie, gan wneud i'w wncwl wrido.

Syllodd arno, ei lygaid yn llosgi'r ddesg oedd yn eu gwahanu.

"Ti'n fuckin fyddar, neu be?!"

"*Rhaid* i chi roi rheswm i fi, Wncwl Pete. Ma Danny'n foi iawn…"

"Ca' dy fuckin ben!" Ffrwydrodd Pete ar ei draed, ei ddyrnau'n taranu ar ben y ddesg, fel dwy glogfaen anferth yn cwympo i'r llawr yn dilyn daeargryn. Saethodd ei gadair yn ôl ar ei holwynion bach, gan daro'r wal y tu ôl iddo, a neidiodd Alfie yn ei gadair yntau mewn ymateb i wallgofrwydd amlwg ei wncwl.

Anadlodd Pete yn ddwfn, heb dynnu ei lygaid oddi ar Alfie am eiliad. Bachodd y gadair â'i droed a'i thynnu'n ôl tuag ato. Eisteddodd. Taniodd sigarét. Chwythodd y mwg i wyneb Alfie.

"Jac," trodd at ei ddirprwy. "Dangos y ffilm iddo fe."

Gafaelodd Jac yn y gliniadur oedd yn segura ar y ddesg a throi'r sgrin i gyfeiriad Alfie. Cliciodd rai o'r botymau a, mwyaf sydyn, agorodd ffenest a dechreuodd y ffilm. Adnabu Alfie'r bar ar unwaith, er nad oedd y lluniau'n eglur iawn. Delweddau teledu cylch cyfyng roedd Alfie'n eu gwylio. Roedd e'n ymwybodol bod yna gamera yn y bar, er nad oedd yn gwybod bod unrhyw beth yn cael ei ffilmio arno, tan yr eiliad hon.

"Sdim byd—" dechreuodd Alfie esbonio, ond torrodd Jac ar ei draws cyn iddo allu gorffen y frawddeg.

Parhau i smocio'n dawel wnaeth Pete drwy'r cyfan.

"Aros," meddai Jac.

Roedd y dyddiad yng nghornel uchaf y sgrin yn canu cloch i Alfie, er nad oedd yn gallu cofio'n union pam chwaith. Cyfrodd yr eiliadau, ac o fewn deg gwelodd ddau ffigwr cyfarwydd yn dod i'r bar yn gafael yn dynn yn ei gilydd. Alfie ei hun oedd un ohonyn nhw, a'r flonden oedd y llall. Ceisiodd Alfie gofio'i henw, heb lwyddiant. Gwyliodd ei hun a'r ferch yn lapswchan ar stôl – hi'n eistedd â'i choesau'n gwlwm o'i gwmpas, ac yntau'n cnoi a chusanu ei gwddf, yn crafangu ei bronnau a gwthio'i godiad yn gyffredinol i gyfeiriad ei chanol, ei chedorau. Gwyliodd y sioe gan deimlo'n hollol dwp. Cofiodd yn ôl i'r bore trannoeth, a'r olwg a basiodd rhwng Pete a Jac wrth iddynt ddarganfod ei frad. A dyma'r canlyniad. Ond er mor anodd oedd gwylio'i hun yn perfformio ar y sgrin, nid oedd yn ddigon i'w ddarbwyllo i fradychu Danny.

O'r diwedd, gwyliodd ei hun yn arwain y ferch o'r bar i gyfeiriad un o'r ystafelloedd gwely, a daeth yr artaith i ben. Caeodd Jac y gliniadur, a throdd Pete i wynebu Alfie unwaith yn rhagor, ei wên lydan yn llachar o'i gymharu â'i groen llwyd.

"So. Ti dal moyn gwybod *pam*?"

"Ydw," synnodd Alfie ei ewythr, a diflannodd y wên o'i wyneb. "Ma Justine yn gwbod am y ferch 'na, os y'ch chi'n meddwl blackmailo fi…"

Celwydd noeth oedd hynny, ond roedd Alfie'n fodlon trio'i lwc mewn ymgais i osgoi bradychu ei ffrind.

Anadlodd Pete i mewn trwy ei drwyn yn llawn drama, ac yna allan o'i geg.

"Jac," trodd ei sylw at ei ddirprwy unwaith yn rhagor. "Exhibit B."

Cododd Jac ar ei draed a chamu at y cwpwrdd ffeilio yng nghornel yr ystafell. Gwyliodd Alfie, gan geisio dychmygu beth fyddai'n ymddangos o'r drôr.

Gwn, mewn bag plastig wedi'i selio, oedd yr ateb.

Adnabu Alfie'r arf ar unwaith, a gwelodd Pete hynny.

"Mae dy olion di dros hwnna i gyd," esboniodd ei ewythr.

"A ni'n gwbod ble ma'r corff wedi'i gladdu," ychwanegodd Jac.

"So, y cwestiwn sydd rhaid i ti ateb yw a wyt ti moyn i fi gael gair gyda'r Detective Chief Inspector newydd, neu wyt ti'n fodlon helpu dy Wncwl Pete?"

"Sdim lot o ddewis 'da fi, o's e?" cydnabu Alfie, wedi'i drechu'n llwyr.

"Anghywir, Alfie bach! Sdim dewis *o gwbl* 'da ti," atebodd Pete gan wenu'n fuddugoliaethus.

8

Nid oedd Danny erioed wedi gweld maes parcio Asda mor wag, ond nid oedd wedi bod yno o'r blaen ar yr adeg honno o'r dydd. Nid oedd arno *eisiau* bod yno nawr chwaith, ond roedd wedi addo galw mewn ar y ffordd adref o'i shifft er mwyn arbed Julia rhag gorfod gwneud hynny'n hwyrach. Hynny, ac osgoi gwrthdrawiad anochel arall a chynnal y dedwyddwch domestig, wrth gwrs. Chwarter wedi wyth y bore oedd hi yn ôl y cloc digidol ar y dash. Byddai Ows wrth y bwrdd brecwast yn bochio bowlen o Coco Pops, ei wallt yn flêr a'r llaeth siocled yn diferu i lawr ei ên a throchi ei siwmper ysgol cyn dechrau'r dydd yn iawn. Gallai Danny weld ei wraig yno hefyd, yn gwneud brechdan hwmws a chiwcymbr i ginio Owain, gan osod y bara yn y blwch bwyd Ben 10, ynghyd ag afal a iogwrt blas mefus. Hiraethodd am fod yno yn eu cwmni. Ac yna torrodd ton o euogrwydd drosto. Gwyddai nad oedd yn treulio digon o amser gyda nhw, ond doedd dim lot y gallai ei wneud am hynny, diolch i'w sefyllfa broffesiynol.

Atseiniodd y rheswm dros wrthod cais Pete a Jac y diwrnod o'r blaen yn ei ben – oedd, roedd gweithio'r shifft nos yn berffaith o ran astudio am radd, ond nid oedd oriau mor anghymdeithasol yn gwneud rhyw lawer i atgyfnerthu ei berthynas â'i deulu. Ni fyddai ymuno â gang Pete wedi gwella'i oriau, o reidrwydd. Ond, o leiaf gyda'i swydd bresennol, roedd yr oriau'n gyson o wythnos i wythnos, tra oedd Alfie'n gorfod gadael ar fyr rybudd pan fyddai'r bòs neu ei ddirprwy yn galw, heb unrhyw ystyriaeth i'r hyn roedd wrthi'n ei wneud. Roedd amynedd

Justine yn rhyfeddol, o ystyried pa mor aml y byddai Alfie'n ateb y ffôn ac yn gorfod mynd ar unwaith i wneud pwy a ŵyr beth, a hynny ar bob adeg o'r dydd a'r nos. Darbwyllodd Danny ei hun iddo wneud y peth iawn yn gwrthod cynnig Pete. Roedd gallu syllu i lygaid ei fab a rhannu beth oedd ei alwedigaeth gyda fe yn ddidwyll yn bwysicach nag unrhyw ddyrchafiad. Byddai pethau'n newid yn y dyfodol, ar ôl iddo raddio a chymhwyso fel athro. Ond pennod nesaf ei fywyd oedd hynny. Roedd rhaid gorffen hon yn gyntaf…

Agorodd neges destun Julia a syllodd ar y rhestr faith o nwyddau ar y sgrin. Byddai yma drwy'r bore! Rhwbiodd Danny ei lygaid, er nad oedd modd cael gwared ar y graean. Aeth allan o'r car a draw at y fynedfa, gan bwyso'n drwm ar garnau'r troli. Roedd y bore llwyd yn newid pleserus o haul tanbaid yr wythnosau diwethaf, er y byddai'r cymylau'n siŵr o wasgaru a diflannu cyn cinio, gan amharu ar ymdrechion Danny i gwympo i gysgu. I mewn â fe, a rhyfeddu at faint a graddfa'r archfarchnad. Gwelodd arwydd wrth y cownter sigaréts yn datgan bod Asda yn 'falch o fod yn rhan o deulu Walmart' ac atseiniodd geiriau'r gân 'na o *West Side Story* yn ei ben.

Lond troli'n ddiweddarach, dychwelodd Danny i'w gar a dechrau llwytho'r bŵt, ei egni bron wedi diflannu'n llwyr. Gyda'r bagiau yn eu lle a'r troli wedi'i ddychwelyd i'r gysgodfan gerllaw, eisteddodd Danny tu ôl i'r olwyn lywio. Ni chafodd gyfle i danio'r injan cyn iddo glywed drws cefn y car yn agor. Synnodd wrth weld Rodders yn llithro i mewn ac eistedd tu ôl iddo. Nid oedd Danny'n siŵr a oedd yn gweld pethau i gychwyn, ond ar ôl rhwbio'i lygaid unwaith eto cadarnhaodd yr adlewyrchiad yn y rear-view nad drychiolaeth oedd yn gwmni iddo yn y sêt gefn.

"Dilyn Jac," oedd y gorchymyn.

Edrychodd Danny o'i flaen heb ddweud dim a gweld Jac yn aros amdanynt yn y Jeep; yr injan yn canu grwndi, y ffenest i lawr a'r sbectols haul ar ei drwyn yn edrych mas o le ar fore mor llwm â hwn.

Eisteddodd Danny yno am eiliad yn ystyried ei opsiynau. Hyd yn oed yn ei gyflwr bregus presennol, daeth i'r casgliad cywir nad oedd *unrhyw* ddewis ganddo ond ufuddhau. Daeth cadarnhad o hynny pan deimlodd ddur oer ar groen ei war.

"Foot down, Danny boy, dere nawr," meddai Rodders.

Taniodd y car a dilyn y Jeep mas o'r maes parcio, oedd yn llenwi'n gyflym bellach, gan obeithio na fyddai'r fish fingers, yr hufen iâ a'r byrgers yn dadmer cyn iddo allu eu rhoi nhw yn y rhewgell gartref.

Dilynodd Danny'r dirprwy ar hyd strydoedd prysur y dref – pawb ar eu ffordd *i'r* gwaith, tra'i fod ef ar y ffordd i bwy a ŵyr ble – gan gefnu ar yr adeiladau a'r traffig ac anelu am y gogledd. Trodd y terasau yn faestrefi a'r maestrefi yn gefn gwlad ôl-ddiwydiannol. Dechreuodd Danny boeni. Nid oedd wedi gweld Pete na Jac ers y cyfarfod rhyw wythnos ynghynt, felly ni wyddai beth oedd eu hymateb go iawn i'r ffaith iddo wrthod eu cynnig. Doedd e ddim wedi eu hosgoi'n fwriadol, jyst gwneud ei swydd ac adref â fe, fel arfer. Cario 'mlaen, yn unol â chyngor Jac. Dim nonsens. Ond dim cyswllt chwaith. Fflachiodd wynebau ei anwyliaid o flaen ei lygaid. Julia ac Owain yn gyntaf, wedyn Alfie, Justine a Noa bach. Ystyriodd wasgu ei droed ar y brêcs, troi a ffoi, ond ni fyddai'n dianc, ddim gyda Rodders a'i wn yn eistedd tu ôl iddo.

Gwelodd Danny olau'r Jeep yn fflachio i ddynodi bod Jac ar fin troi i'r dde, ac ar ôl gadael i lorri gymalog ruo heibio ar y ffordd i gyflenwi'r union archfarchnad roedd Danny newydd ei gadael, i mewn â'r ceir i'r coed bythwyrdd, gan basio arwydd yn datgan eu bod nhw wedi cyrraedd Gwylfa Hafren, maes parcio, golygfan a lle picnic drwg-enwog. Dyma un o gadarnleoedd sin gwna Gerddi Hwyan, a fyddai, fel arfer, yn ddigon i bardduo enw da unrhyw le, ond ar ben hynny, dyma'r man, rai blynyddoedd ynghynt, lle darganfuwyd corff y llofrudd cyfresol Karl Homolka – neu Peter Stumpp, Robson Sauza, Lewis Blackman a Marty Cartwright, sef arallenwau'r bastard o Bedburg – gyda'i gyllell yn ei gylla ac olion dannedd ar ei goc. Dyma achos oedd yn dal heb gael ei ddatrys, er nad oedd neb yn gwneud llawer o ymdrech i ddod o hyd i'r tramgwyddwr bellach. Cawsai Homolka ei haeddiant, ac roedd hynny'n ddigon rywffordd.

Danny oedd un o'r ditectifs cyntaf i gyrraedd ac i weld corff Karl Homolka, ond roedd hynny ym mherfeddion y nos. Gallai gofio cael ei syfrdanu gan yr olygfa odidog o oleuadau diwydiannol a domestig de Cymru a welodd y noson honno, ond roedd y pryder bron â'i barlysu'r bore hwn, felly er fod yr olygfa yr un mor hyfryd, nid oedd modd ei gwerthfawrogi hi heddiw.

Ar ôl parcio, gwyliodd Jac yn camu o'r Jeep ac yn ystumio arno i'w ddilyn. Oedodd Danny cyn gwneud dim. Ai dyma'i gyfle i ddianc?

Unwaith eto, atebodd y gwn ei gwestiwn. Gwawriodd arno fod yna bosibilrwydd i Jac ddod â fe yma i'w ladd, ond roedd presenoldeb pedwar car arall yn y maes parcio yn gwneud hynny'n bur annhebyg wedi ystyried y peth.

"Cer!" gorchmynnodd Rodders o'r cefn.

Tynnodd Danny'r allwedd o'r twll a chamu o'r car. Dilynodd Rodders, er nad aeth y milwr troed yn bell. Arhosodd yn y man a'r lle, gan danio sigarét a gwylio'r sgwrs o bell, y gwn yn gorwedd ar fonet y car, y dur yn disgleirio yn yr haul oedd newydd dorri trwy'r cymylau.

Ymunodd Danny â Jac, oedd bellach yn eistedd ar fainc yn edrych ar yr olygfa. Gwnaeth Danny'r un peth. Roedd Gerddi Hwyan yn uniongyrchol o'u blaenau, y dref yn ymddangos yn fwy o'r fan hyn nag oedd hi pan oeddech yn byw a bod ynddi o ddydd i ddydd. Tu hwnt i'r dref, gallai Danny weld Maesteg,

Pen-y-bont ar Ogwr a Phorthcawl yn arwain at y môr; simneau llygredig Port Talbot a dinas Abertawe i'r gorllewin; a Chaerdydd yn y pellter i'r dwyrain. De Cymru yn ei lawn ogoniant, ond nid oedd gan Danny unrhyw awydd gwerthfawrogi'r hyn roedd yn ei weld ar hyn o bryd. Roedd arno eisiau gwybod pam roedd Jac wedi dod â fe yma.

"Beth sy'n mynd 'mlân, Jac? Oes problem?"

Oedodd Jac cyn ateb.

"Dim problem, Danny bach. Dim *eto*, ta beth…"

"Beth ma hynny fod i feddwl?"

Oedodd y dirprwy unwaith yn rhagor. Anadlodd yn ddwfn cyn ateb.

"Ma Pete yn gallu bod yn anodd i'w blesio o bryd i'w gilydd…"

"*A?*" gofynnodd Danny, oedd eisoes wedi cael llond bol ar y sgwrs, ond yn gwybod nad oedd modd dianc.

"Ro'dd e'n siomedig iawn gyda dy ymateb i'w gynnig."

"Aye. O'n i'n gallu gweld hynny. Ond sdim byd wedi newid…"

"Pwylla nawr, Danny. Paid bod yn fyrbwyll."

"Sdim byd wedi—"

"Gwranda!" torrodd Jac ar ei draws, gan godi ei fynegfys tua'r awyr las, er na chododd ei lais o gwbl.

"Gair o gyngor sydd 'da fi. Dim byd mwy na hynny. Rhyngddo ti a fi, fi'n poeni beth neith Pete nesa, t'wel…"

"Sdim byd wedi newid, Jac," ailadroddodd Danny. "'Na i adael y swydd os oes rhaid i fi, ond alla i ddim ymuno â'r criw, bydd rhaid i chi dderbyn hynny."

"*Fi'n* gallu derbyn hynny, Danny, dim problem. Ond dim *fi* yw'r bòs." Dim fi sydd off fy mhen ar cocên bob munud o bob dydd; dim fi sydd eisiau dysgu gwers i gyn-heddwas, meddyliodd, er nad ynganodd y geiriau chwaith. "*Pete* yw'r bòs ac ma Pete moyn i ti ailfeddwl…"

Tro Danny oedd hi i oedi nawr. Syllodd ar yr olygfa o'i flaen, ond doedd dim ateb gwahanol yn ei aros yno.

"'Drych, Jac. Diolch am y cynnig. Eto. Ond yr un peth yw'r ateb. Sa i'n *gallu* ymuno â'r tîm. Os oes rhaid i fi ffeindio job arall, 'na beth 'na i. Diolcha i Pete ar fy rhan, a gobeithio bydd e'n gallu derbyn fy ateb y tro hwn."

"Fe wna i hynny, Danny, ac fe wna i 'ngorau i sicrhau na fydd raid i ti adael. Ti'n neud job da. Fe wela i di cyn hir, ar ôl i fi gael chat 'da Pete."

"Diolch," meddai Danny, gan godi ac ysgwyd llaw Jac.

Troediodd yn ôl at y car, ei ben yn ddrysfa o broblemau. Roedd Rodders bellach yn eistedd yn y Jeep. Nid edrychodd i gyfeiriad Danny o gwbl. Taniodd Danny'r injan a gadael heb edrych yn ôl. Roedd yr hufen iâ yn y bŵt bellach yn ysgytlaeth, a byddai'n rhaid iddynt fwyta'r fish fingers a'r byrgers dros y dyddiau nesaf. Barbeciw arall amdani…

Clywodd Jac gar Danny'n gyrru i ffwrdd. Cawsai ei siomi gan bendantrwydd y cyn-heddwas. Nid Pete oedd wedi ei anfon i gael gair heddiw; penderfyniad Jac oedd hynny. Roedd e'n hoffi Danny, ac roedd cynllun Pete yn greulon – i Danny, Alfie a'u teulu cyfan. Ymdrech munud olaf i atal yr anochel oedd y cyfarfod hwn, ac yn anffodus i Danny Finch, roedd newydd gondemnio'i hun.

Gyda chalon drom, estynnodd Jac ei ffôn o'i boced a bodio neges gyflym…

. . .

Derbyniodd Alfie neges destun Jac tra oedd yn esgor ar gachad anferthol ganol y bore. Roedd wedi bod ar ddihun ers oriau maith, yn aros am yr alwad, er ei fod yn gobeithio am ganlyniad gwahanol i'r hyn a gafodd.

Syllodd ar yr un gair ar y sgrin.

GWYRDD.

Dyna'r neges. Ymlaen. I'r gad.

Roedd cyfle olaf – *unig* gyfle – Danny wedi dod ac wedi mynd. Byddai'r cynllun ar waith maes o law, ac anffawd Danny'n agosáu.

Gwthiodd gyff arall o'i gorndwll. Ffrwydrodd i'r badell a gwlychu ei fochau gwynion. Teimlai Alfie fel y bradwr mwyaf ar wyneb daear. Byddai hyd yn oed Judas yn troi ei gefn arno. Nid oedd erioed wedi teimlo fel hyn o'r blaen. Nid oedd erioed wedi gorfod gwneud dim o'r fath. Ystyriodd anwybyddu'r gorchymyn, ond gwyddai nad oedd hynny'n opsiwn call. Roedd gan Wncwl Pete y gwn oedd wedi'i orchuddio ag olion bysedd Alfie, yn ogystal â chyfesurynnau Arolwg Ordnans gorffwysle celain Barry Tomos a digon o gysylltiadau agos yn yr heddlu, trwy'r Seiri Rhyddion, i sicrhau na fyddai Alfie'n mynd yn bell. Ar ben hynny, roedd deuddydd tan ben-blwydd Julia, ac ni fyddai Justine yn ystyried gadael cyn hynny. Ddim ar unrhyw gyfrif. Roedd y cynlluniau cyfochrog – dial Pete Gibson a dihangfa Alfie a Justine – yn eu lle, a rhaid oedd eu parchu hyd yr eithaf, er nad oedd Alfie wedi datgelu holl fanylion yr hyn roedd yn rhaid iddo'i wneud wrth Justine. Roedd dyfodol Danny Finch yn dywyll, heb os, ond byddai un Alfie'n dywyllach fyth petai'n aros yng Ngerddi Hwyan. Roedd wedi ystyried mynd heb blannu'r cyffuriau a'r gynnau, ond ofnai y byddai Pete yn dial yn waeth ar Danny o ganlyniad, ac yn ei erlid am weddill ei oes. Doedd y ffaith mai dyma'r peth olaf y byddai'n ei wneud fel gwas bach ei ewythr ddim yn ei gysuro o gwbl, a thyngodd lw y byddai Pete yn cael ei haeddiant rhyw ddydd, wrth law Alfie yr angel dialgar.

Ar ôl sychu ei din yn drylwyr a golchi ei ddwylo yn y sinc, aeth lawr stâr i weld ble roedd Justine a Noa arni. Wrth lwc, neu anlwc o safbwynt Danny, roedden nhw ar fin gadael yng nghwmni Julia, oedd ar ei ffordd i gasglu Owain o'r ysgol yn gynnar er mwyn mynychu apwyntiad gyda therapydd lleferydd yn yr ysbyty.

"Ti moyn dod am dro?" gofynnodd Justine.

"Na," atebodd Alfie, braidd yn fyrbwyll, cyn pwyllo. "Na, ma gen i gwpwl o bethe i'w neud. Wela i chi wedyn…"

"Barod?" Julia oedd â'r cwestiwn y tro hwn.

"Ydyn," atebodd ei merch, ac allan â'r tri ohonynt, y menywod ar droed a Noa yn ei goets.

Aeth Alfie i fyny'r grisiau a'u gwylio nhw'n mynd trwy ffenest ystafell wely Owain, tan iddynt ddiflannu rownd y gornel. Yna'n ôl i lawr ac allan at y car ar y dreif, lle agorodd y bŵt gyda bîp. Safodd yno'n syllu ar gynnwys y gist. Atseiniodd geiriau ei ewythr rhwng ei glustiau: "Sdim dewis *o gwbl* 'da ti…", a fflachiodd ei wên filain ar sgriniau IMAX ei amrannau. Roedd tri bag chwaraeon yn gorwedd yn y bŵt. Dau'n debyg o ran maint, a'r llall ychydig yn fwy. Roedd y bag mwyaf yn llawn gynnau. Gwarged arfdy ymerodraeth Wncwl Pete. Roedd yr hen fodelau hyn wedi cael eu disodli gan rai newydd, mwy sgleiniog ond yr un mor angheuol, ond byddent yn hen ddigon i sicrhau dedfryd hirfaith i Danny Finch. Ar ben hynny, roedd Pete wedi gorchymyn i Alfie osod pum cilogram o amffetamin yr anffodus Barry Tomos yn y tŷ hefyd. Swp a fyddai, ar y cyd â'r arfau, yn dedfrydu Danny i amser maith o dan glo. Plyciodd yr euogrwydd ar ei gydwybod, ond doedd dim dianc, roedd Alfie wedi derbyn hynny'n awr. Cododd y bag arall, yn llawn arian ffug. Tri deg mil yn union, mewn papurau ugain. Roeddent yn gopïau o ansawdd, chwarae teg, er iddo weld gwell 'fyd. Doedd dim syniad gan Alfie o ble ddaeth yr arian, ond nid oedd yn mynd i'w adael yma, yn unol â chyfarwyddyd Pete. Yn hytrach, roedd Alfie'n bwriadu mynd â'r arian pan fyddai ef, Justine a Noa'n diflannu cyn diwedd yr wythnos, a'i roi ar waith er mwyn dechrau o'r dechrau. Llechen lân; arian brwnt.

Caeodd y bŵt a chloi'r car. Brasgamodd i'r tŷ ac i fyny'r grisiau i'w ystafell wely gyfyng ef a Justine. Cuddiodd y bag yng ngwaelod y wardrob a dychwelyd eto at y car i gasglu'r bagiau eraill. 'Nôl yn y tŷ, gosododd y bagiau ar y gwely, a defnyddio'r polyn pwrpasol i afael yn y bachyn yn nenfwd y landin a thynnu'r ysgol i lawr. 'Nôl yn yr ystafell wely, agorodd y bag llawn amffetaminau ac edrych ar y cynnwys. Estynnodd y bag o'r wardrob unwaith eto a gosod tri chilogram o'r cyffur ynddo. Cyn dychwelyd y bag i'w guddfan, tynnodd hen ddryll llaw SIG Pro o'r sgrepen arall a'i ychwanegu at weddill ei ysbail. Gyda'r bag ac ynddo ddau gilo o amffetamin yn ei afael, aeth i fyny i'r atig, gan ddod o hyd i swits y golau ar ôl teimlo'r wal gyfagos fel dyn dall yn darllen Braille print bras. Yng ngolau llachar y bwlb noeth, rhyfeddodd Alfie at y llanast. Bocsys, cistiau, cesys, bagiau, addurniadau, lamp, lluniau mewn fframiau, hen ddesg, cadair, comôd. Ni allai gofio gweld unrhyw un yn dod i fyny i'r atig yn ystod yr amser y bu'n byw yma, felly ni wnaeth ormod o ymdrech i guddio'r bag.

Ar ôl cau'r hatsh a dychwelyd y polyn i'w le priodol, yn union fel yr oedd, cododd Alfie'r bag olaf, y bag trymaf, oddi ar y gwely er mwyn ei guddio hefyd. Ond cyn iddo adael yr ystafell, clywodd y drws ffrynt yn agor a Danny'n dychwelyd adref.

Gwthiodd y bag llawn arfau o dan y gwely'r tro hwn, rhag ofn y byddai Justine yn dychwelyd yn y cyfamser, a mynd i lawr at Danny. Teimlai hyd yn oed yn fwy o fradwr, ond roedd yn rhaid ceisio actio'n normal, yn enwedig nawr, mor agos at y diwrnod mawr.

"Cer i'r gwely, Dan," awgrymodd Alfie wrth weld yr olwg ar wep ei ffrind. "Ti'n edrych yn fucked."

Anwybyddodd Danny'r cynnig, gan barhau i wagio'r cynnyrch o'r car. Cynorthwyodd Alfie ef mewn tawelwch. Nid dyma'r amser i fân siarad. Ymhen dim roedd yr holl fagiau yn y gegin ac Alfie eisoes wedi cychwyn eu gwagio.

"Ti'n olreit fan hyn, Alf?" gofynnodd Danny, gan redeg ei law dros ei ben moel.

"Aye. Wrth gwrs. Cer i'r gwely, ti'n…"

"Edrych yn fucked?"

"Aye," gwenodd Alfie arno.

"Wela i di mewn cwpwl o oriau, 'te."

Ymlusgodd Danny i fyny'r grisiau wrth i Alfie barhau i gadw'r siopa. Cadwodd un llygad ar y drws ffrynt a'r llall ar y cloc. Roedd yn *rhaid* iddo guddio'r gynnau cyn i'r merched a'r plant ddychwelyd. Pwy a ŵyr pryd y byddai'n cael cyfle i wneud fel arall.

O'r diwedd, ar ôl llenwi'r fowlen ffrwythau a gosod yr eitem siopa olaf yn y cwpwrdd tal ger y ffwrn, plygodd Alfie'r holl fagiau aml dro ar frys a'u gadael nhw wrth y drws cefn. Dringodd y grisiau'n dawel bach. Sleifiodd i fyny, ei glustiau'n gwrando am unrhyw synau o ystafell wely Danny, a'i lygaid yn crwydro dros yr oriel o ffotograffau oedd yn ymestyn yr holl ffordd o'r drws ffrynt at y porth i'r pwpty ar y landin. Er y cyffro oedd yn gwthio'r adrenalin ar ruthr trwy ei gorff, nid oedd modd *peidio* â sylwi ar rai o'r delweddau ar y wal. Danny'n ddyn ifanc, yn wên o glust i glust, gwaed yn gorchuddio'i dalcen a gweddill ei gorff yn sgleinio o chwys, yn gafael yn dynn yn nhlws cic-baffio cenedlaethol Cymru; Julia'n gorwedd mewn gwely ysbyty, gydag Owain yn hepian yn gegagored ar ei bron; Justine ar ei diwrnod cyntaf yn yr ysgol uwchradd, ei hwyneb bron wedi'i orchuddio'n gyfan gwbl gan frychni haul, a'i gwallt fel mwng oren yn hongian tua'r llawr.

Cyrhaeddodd Alfie'r landin a chamu at ddrws ystafell Danny a Julia. Clustfeiniodd. Clywodd anadlu dwfn a chyson yn dod o ochr arall y drws, ac yna chwyrnu trwynol. Trodd ar unwaith ac estyn y bag oedd o dan y gwely yn ei ystafell wely yntau. Cododd ar ei draed a gafael yn yr arfau. Torrodd ton o euogrwydd drosto eto, ond doedd dim amser i oedi. Yn y diwedd, dewis syml oedd ganddo: un ai roedd Alfie'n mynd i'r carchar, neu roedd Danny'n mynd. Dyna ni. *Dim* dewis, felly. Byddai Julia a Justine a'r plant yn ôl unrhyw funud, ac nid oedd arno eisiau gorfod ateb unrhyw gwestiwn ynghylch cynnwys y bag.

Lawr y grisiau, trwy'r drws cefn ac allan i'r ardd. Gafaelodd Alfie yn yr allwedd oddi ar y bachyn a cherdded yn benderfynol ar hyd y lawnt at y sied. Roedd yr haul yn danbaid ar ei gefn, er nad dyna oedd tarddle'r holl chwys. Agorodd y clo clatsh a chamu i'r sied. Tarodd yr arogl ef yn gyntaf – cyfuniad o borfa pydredig, lleithder a thyrps – ac, unwaith eto, rhyfeddodd Alfie at yr holl lanast. Roedd y sied yn waeth na'r atig! Camodd yn ofalus dros y mower, a gosod y bag mor bell oddi wrth y drws ag oedd yn bosib, wrth set Swingball a hen babell nad oedd wedi cael ei hagor ers nifer fawr o flynyddoedd, yn ôl ei golwg.

"Eh ti neu?"

Clywodd Alfie'r cwestiwn a bu bron i'w galon ddianc trwy ei geg ac i gynnwys ei gylla wneud yr un modd trwy ei gachdwll. Trodd yn araf, ei feddyliau ar ras.

"Jyst edrych am rywbeth," atebodd Alfie, er ei fod yn gwybod na fyddai hynny'n ateb digonol.

"Eth?" gofynnodd Owain, gan godi ar flaenau ei draed er mwyn edrych i mewn i'r sied.

"Slug pellets," atebodd Alfie.

Edrychodd Owain arno, heb gredu gair.

"Eh sy y y ag, 'te?"

Shit!

Wrth i Owain daflu ei bêl-droed o un llaw i'r llall, rhuthrodd yr opsiynau trwy ben Alfie unwaith yn rhagor, a chastiodd yr abwyd i'w canol, yn y gobaith o fachu'r ateb.

"Ti'n addo peidio dweud dim byd wrth neb, Ows?" Edrychodd Alfie i gyfeiriad y tŷ yn gynllwyngar, cyn cyrcydio o flaen y bachgen a gosod ei law ar ei ysgwydd.

"Ah'oh," nodiodd Owain ei ben yn frwdfrydig, gan saliwtio

fel sgowt, er nad oedd syniad gan Alfie ble welodd e'r fath ystum o'r blaen.

"Fi o ddifri, Ows. So ti'n *cael* dweud wrth *neb*."

Nodiodd Owain eto.

"Pen-blwydd pwy yw hi mewn cwpwl o ddiwrnode?"

"Mam." Dyna un o'r unig eiriau roedd y bachgen yn gallu ei ynganu'n iawn, a byddai balchder yn amlwg ar ei wyneb bob tro y byddai'n gwneud.

"Bingo. Dy fam. A dyna'i hanrheg hi yn y bag 'na, OK? So dim gair wrth neb, neu bydda i a Justine yn grac, ti'n deall?"

Nodiodd Owain eto, cyn troi a mynd i chwarae pêl-droed ar y lawnt. Clodd Alfie'r sied a mynd i ymuno â fe, yn y gobaith y byddai Owain yn anghofio pob dim am y bag ar ôl gêm o three-and-in.

9

Er na fu yno erioed o'r blaen, roedd Alfie'n casáu bwyty Frankie & Benny's ger parc manwerthu McArthurGlen yn fwy nag unrhyw le arall ar wyneb y ddaear ar yr union eiliad honno. Gyda 'Congratulations', cân uffernol o annoying Cliff Richard, yn treiddio trwy'r system sain, fel Asiant Oren clywedol, am y chweched tro ers iddynt gyrraedd lai nag awr yn ôl, roedd e bron â mynd o'i gof.

Er hynny, roedd pawb arall yn y parti fel petaent yn mwynhau eu hunain, ac yn ei chael hi'n hawdd anwybyddu'r llygredd sŵn yn llwyr. Roedd y ffaith bod y rhan fwyaf ohonynt wedi meddwi siŵr o fod yn helpu, ond nid oedd Alfie'n ymuno yn yr hwyl hylifol heno; roedd ei feddwl ar yr hyn y byddai ef, Justine a Noa yn ei wneud ymhen awr neu ddwy, sef diflannu, ac roedd angen pen clir arno er mwyn sicrhau llwyddiant y cynllun.

Edrychodd Alfie o amgylch y bwrdd. Byddai'n gweld eisiau Danny a Julia, ac Owain yn enwedig, ond nid oedd troi'n ôl nawr. Roedd wedi gwneud fel y gofynnodd Wncwl Pete, ac wedi bradychu Danny'n llwyr; oherwydd hynny, ni fyddai llawer o groeso iddo yng Ngerddi Hwyan ar ôl heno. Roedd wedi ffarwelio â chriw Pete yn gynharach yn ystod y dydd, er nad oedd y lleill yn gwybod hynny. Ni fyddai'n gweld eisiau'r un ohonynt, ond doedd hynny ddim yn wir am ei deulu newydd. Roedd ei fam wedi mudo i Awstralia at ei chwaer yn go glou ar ôl i'w dad farw ac nid oedd Alfie wedi siarad â hi ers misoedd. Roedd Justine a Noa wedi llenwi ei fywyd i'r fath raddau fel nad oedd e hyd yn oed yn ei cholli mwyach.

Roedd DS Richard King a'i wraig, Lucy, yn gwmni iddynt. Nid oedd Alfie'n or-gyfforddus yn rhannu bwrdd â ditectif go iawn, ond nid oedd 'Kingy', fel y galwai Danny ef, wedi cymryd unrhyw sylw ohono ers cyrraedd. O'r hyn a ddeallodd Alfie, dyma'r tro cyntaf i Kingy a Lucy adael eu babi bach newydd adref gyda gwarchodwr ers iddo gael ei eni rhyw bum mis ynghynt, ac roedd y ffordd roedd y ddau'n drachtio'u diodydd yn brawf o hynny. Wrth gwrs, roedd hynny'n gweddu'n berffaith i'r cynllun; y rhan gyntaf oedd gwneud yn siŵr fod Danny a Julia'n meddwi digon er mwyn pasio mas ar ôl cyrraedd adref.

Gwyliodd Justine yn llenwi gwydrau ei mam a Lucy i'r eithaf â Prosecco, ac yna'n gwneud yr un peth â gwydrau Dan a'r ditectif – Merlot tsiep o Chile oedd eu gwenwyn nhw, er nad oedd unrhyw beth yn rhad yn Frankie & Benny's. Roedd Alfie'n rhyfeddu bob tro at yr hud a lledrith oedd yn bodoli mewn bwytai – dewiniaeth a fyddai'n troi potel pumpunt mewn archfarchnad yn botel pymtheg mewn llefydd fel hyn. Roedd yr elw'n anhygoel, a gwyddai Alfie ei fod yn y busnes anghywir, er y gobeithiai y byddai hynny'n newid maes o law.

Aeth Alfie ac Owain i'r toiled, gyda'r bychan yn gofyn cwestiynau amhosib eu hateb am y ffotograffau du a gwyn di-ben-draw oedd yn gorchuddio'r waliau. Ar ôl gwneud eu gwneud a dychwelyd at y bwrdd, cafodd eu bwyd ei weini gan ddwy weinyddes ifanc hollol gegrwth, oedd heb os yn stoned yn gosod y platiau ar y bwrdd yn drwsgl i gyd, fel petai eu bysedd wedi'u gwneud o does a'u cyrff wedi anghofio sut i gydsymud.

Ail-lenwodd Justine wydrau pawb cyn dechrau bwyta, ac archebodd Alfie botel arall yr un o'r Prosecco a'r Merlot. Yna trodd ei sylw at y pizza anferthol o'i flaen, a mynd ati i'w gladdu, gan olchi'r cyfan i lawr â gwydraid o ddŵr. Fe oedd yn gyrru heno, felly roedd hi'n hawdd osgoi'r alcohol, a doedd Justine braidd wedi cyffwrdd â'r stwff ers cael Noa.

Ar ôl iddo orffen, cododd Alfie ei fab yn ei freichiau a mynd am dro o gwmpas y bwyty. Byddai'r bychan wedi bod yn ei wely ers oriau gartref, ond roedd Justine eisiau iddo fod yma i ddathlu pen-blwydd Julia, gan na fyddai'n cael gwneud hynny eto am flynyddoedd efallai, os o gwbl. Daeth Ows yn gwmni iddynt, y morgrug yn ei ddillad isaf yn ei orfodi i symud, gan gerdded trwy'r byrddau gosod a'r bythau oedd yn llawn teuluoedd llawen. Dyrnodd yr euogrwydd Alfie unwaith yn rhagor, y tro hwn reit yn ei gig a'i geilliau. Am y tro cyntaf, gwawriodd arno na fyddai'r cefndryd yn tyfu i fyny gyda'i gilydd. Ni fyddent yn cael cicio pêl, chwarae tag, cwrso merched na mynd i'r dref neu'r traeth yng nghwmni ei gilydd. Bu Alfie mor brysur yn meddwl am fradychu Danny ac am Justine yn gadael ei mam nes iddo anghofio'n llwyr am Owain a Noa.

Dychwelasant at y parti mewn pryd i wylio'r gweinyddesau'n gwneud môr a mynydd o glirio'r bwrdd. Doedd y ffaith bod Julia a Lucy wedi plymio oddi ar y dibyn dyfrol ddim yn help, gyda'r merched yn ffrwydro chwerthin am ddim rheswm, a Danny a Kingy'n edrych arnynt yn syn. Roedd bochau'r ddwy'n fflamgoch a'u geiriau'n araf ac yn aneglur. Gwyddai Alfie nad oedd y dagrau'n bell. Wrth iddo ailymuno â nhw, trodd Justine a wincio arno. Roedd ei mam a Danny wedi meddwi a rhan gyntaf y cynllun wedi'i wireddu. Er hynny, archebodd Alfie rownd o goffis Caribïaidd i fynd gyda'r gacen a fyddai'n cael ei gweini mewn munud, i gyfeiliant Syr Cliff a'r blincin gân yna eto.

. . .

"Wisgi!" mynnodd Danny pan gyrhaeddon nhw adref o'r bwyty. Roedd Noa bach wedi cysgu'n braf yn ei gadair gario ar sedd y teithiwr wrth ymyl Alfie yr holl ffordd adref; Owain ar gôl Justine yng nghanol y sêt gefn; a Julia a Danny bob ochr iddynt, eu hanadl yn drewi fel dau drempyn a'u hamrannau'n drwm oherwydd y ddiod. Aeth y Kings adref yn syth o Frankie & Benny's, diolch byth, achos byddai eu presenoldeb yn y tŷ wedi cymhlethu'r cynlluniau.

"Af i ag Ows i'r gwely."

"Diolch, Alf," atebodd Julia, gan eistedd yn drwm ar y soffa a mynd ati'n syth i dynnu ei sgidiau.

Ar ôl i Ows roi cwtsh i'w fam a high five i'w dad, ar y trydydd cynnig, dilynodd Alfie i fyny'r grisiau. Roedd yntau eisoes wedi mynd â Noa i fyny, gan ei dynnu o'i gadair a'i osod yn ei grud heb i'r bychan agor ei lygaid unwaith.

"Wisgi!" ebychodd Danny, gan ymuno â'i wraig ar y soffa heb wneud unrhyw ymdrech i estyn diod.

"Gwely sy angen arnot ti, Dan!"

"Dim ond os ti'n dod 'da fi," closiodd ati a'i chofleidio, gan frathu ei chlust yn nwydus, er ei fod yn rhy chwil i wneud unrhyw beth mewn gwirionedd.

"Paned, Mam?"

"Wisgi!"

"Ww, go on, 'te," atebodd Julia, gan wthio Danny oddi arni'n chwareus.

"Redbush, ife?"

"Plis, bach."

"Wisgi!"

"Ble ma Noa?" gofynnodd Julia wedi drysu'n lân, gan edrych o gwmpas yr ystafell ac anwybyddu giamocs ei gŵr.

"Yn gwely. A'th Alfie â fe lan jyst nawr."

"O'n i'n poeni bo ni 'di gadael e yn y car am eiliad!"

"Wisgi!"

Gwenodd Justine ar ei mam a Danny, er bod ei hisymwybod yn llawn tristwch. Camodd i'r gegin cyn i'r dagrau ddechrau llifo. Aeth ati i ferwi'r tecell, gan gladdu ei hemosiynau am y tro. Ar ôl paratoi'r paneidiau, dychwelodd i'r lolfa a dod o hyd i Danny'n chwyrnu, un fraich gyhyrog o gwmpas ysgwydd ei mam, a hithau'n hepian wrth ei ochr, ei phen yn ei phlu a'i choesau ar led. Gwenodd Justine wrth eu gweld. Dyma sut y byddai'n eu cofio. Yn hapus a chyffordus yng nghwmni ei gilydd, a dros eu pen a'u clustiau mewn cariad hefyd.

I fyny'r grisiau, ar ôl brwsio'i ddannedd a golchi ei wyneb yn glou, cafodd Owain help Alfie i wisgo'i byjamas a dringodd i'r gwely at ei ffrindiau bach fflwffog. Roedd cymaint o deganau meddal yn ei wâl, doedd bron dim digon o le iddo orwedd yn gyffordus.

"Tho-i?" gofynnodd Ows yn llawn gobaith.

"Dim heno, sori Ows. Ma'n hwyr."

"Eth yw amh-eh?"

Gwnaeth Alfie sioe o edrych ar ei oriawr.

"Tynnu am un ar ddeg. Bydda i'n mynd i'r gwely mewn munud…"

"Eth a aheg Mam?"

"Pa anrheg?"

"Yh un yh y hed."

"Yn y sied?"

Edrychodd Alfie arno'n syn a drysodd Owain wrth weld ei ymateb. Sut gallai anghofio'r syrpréis?

"Yh syhpeis?"

Gwyliodd yr olwg ar wyneb Alfie'n newid.

"Oh ie, y syrpréis!" ebychodd Alfie, gan wenu'n chwithig. "Geith hi fe fory. Ma'n rhy hwyr nawr."

Tawelodd yr ateb ymholiadau Owain, a chaeodd y dyn bach ei lygaid. Plygodd Alfie a'i gusanu ar ei ben.

"Caru ti," sibrydodd.

■ ■ ■

Lawr yn y lolfa, gwenodd Alfie wrth weld Danny a Julia'n cysgu'n braf ar y soffa.

"Be newn ni, eu gadael nhw lle ma'n nhw neu be?" gofynnodd Justine.

Camodd Alfie ati a'i thynnu tuag ato'n dynn.

Syllodd.

Ystyriodd.

Myfyriodd.

Pendronodd.

Penderfynodd.

"Well i ni fynd â nhw lan stâr. Rhag ofn."

"'Na beth o'n i'n meddwl 'fyd," cytunodd Justine. "Danny gynta?"

"Pam lai," cododd Alfie ei 'sgwyddau a chamu at y soffa.

Plygodd.

Gafaelodd.

Stryffaglodd.

Tynnodd.

Agorodd Danny ei lygaid.

"Wisgi!" ebychodd, gan boeri i wyneb Alfie.

"Gwely, Dan. Dere. Ti'n gallu cerdded?"

Gydag Alfie fel ffon fagl iddo, llwyddodd Danny i esgyn y grisiau heb ormod o drafferth. Roedd ei lygaid ar gau yr holl ffordd a chyn cwympo i'r gwely a dechrau rhochian unwaith yn rhagor, plannodd gusan wlyb ar dalcen Alfie.

"Diolch, bỳt," llwyddodd i fwmian, cyn i'w ben gwrdd â'r gobennydd.

"Sori," sibrydodd Alfie.

Trodd ei gefn a dod ar draws Justine a'i mam hanner ffordd i fyny'r grisiau; coesau Julia fel jeli, a'i cholur fel mwgwd clown arswydus.

Aeth Alfie atynt, rhoi braich Julia dros ei ysgwydd a'i chario i'r gwely. Gosododd hi yno wrth ymyl ei gŵr; eu llygaid ar gau a'u hanadliadau mewn cytgord perffaith. Trodd i gyfeiriad Justine, oedd yn sefyll wrth y drws, y dagrau'n llifo bellach a'r edifeirwch a'r ansicrwydd yn dechrau plycio. Camodd ati a'i chofleidio.

"Ti'n barod?" sibrydodd Alfie trwy ei gwallt coch a'i phersawr Creme de Coco digamsyniol.

"Dim rili," atebodd Justine, gan dorri'n rhydd o'i afael a mynd ati i gasglu eu pethau, oedd eisoes wedi'u pacio ac yn aros amdanynt yn daclus yn wardrob eu hystafell wely.

. . .

Dihunodd Danny wrth glywed y glec. Sŵn digamsyniol drws pren yn cael ei chwalu gan ddyrnhwrdd dur. Roedd wedi clywed y sŵn ganwaith o'r blaen, ond erioed o'r ochr yma i bethau. Erioed o safbwynt y troseddwr. Beth mae Alfie wedi'i wneud nawr? oedd y cwestiwn cyntaf aeth trwy ei ben. Eisteddodd i fyny ar unwaith, gan ddifaru gwneud yn syth, oherwydd y dril diwydiannol oedd ar waith yn ei ben. Doedd dim rhyfedd am hynny ar ôl yr holl win a yfodd neithiwr. Ni allai gofio mynd i'r gwely hyd yn oed. Cododd Julia i eistedd wrth ei ochr, ei llaw ar ei thalcen a'r colur yn gwneud iddi edrych fel clown seicotig.

"Alfie!" ebychodd, gan godi ar ei thraed. "Der, Dan."

Gwnaeth Danny fel y gorchmynnodd, a brwydro trwy'r boen. Roedd yn dal i wisgo dillad neithiwr, felly o leiaf ni fyddai'n rhaid iddo wynebu ei gyn-gyd-weithwyr yn ei byjamas.

Aeth Julia'n syth i ystafell wely Owain, ac aeth Danny lawr stâr i gwrdd â'r cafalri. Roedd nifer o'r ffotograffau mewn fframiau wedi diflannu o'r landin a'r grisiau, ond ni chafodd gyfle i ystyried y peth ymhellach achos daeth wyneb yn wyneb â heddwas arfog yn gwisgo mwgwd a sbectols diogelwch, yn bloeddio "LAWR! LAWR!" arno o waelod y stâr.

Agorodd Danny ei geg er mwyn ceisio rhesymu ag e, ond cyn iddo gael cyfle i ddweud dim, gafaelodd yr heddwas yn ei ysgwydd, ei dynnu i'r llawr yng nghanol y lolfa a dal y gwn yn erbyn cefn ei ben.

Rhuthrodd mwy a mwy o heddweision i'r tŷ, a mynd o ystafell i ystafell yn eu trefn, eu gynnau o'u blaenau a'u symudiadau'n robotaidd ac annynol. Ceisiodd Danny godi ei lais er mwyn gofyn beth oedd yn digwydd, ond bob tro y byddai'n gwneud, câi ei ben ei wthio i'r carped gan heddwas oedd bellach yn pwyso'i ben-glin ar ei asgwrn cefn.

O gornel ei lygad, gwyliodd Danny lond llaw ohonynt yn camu i fyny'r grisiau, ac wrth i'r olaf fynd o'r golwg sylwodd unwaith eto ar y bylchau yn oriel yr anfarwolion, oedd wedi gadael sgwariau a phetryalau glân ar eu holau ar y papur wal. Ysbrydion eu hatgofion.

Yna, clywodd Julia'n sgrechian, a lleisiau'n gorchymyn iddi orwedd i lawr. Trwy'r cyfan, diawliai Danny ei sort-of mab-yng-nghyfraith am ddod â'r fath ddrama adref gyda fe. Ond roedd hynny'n anochel, o weithio i rywun fel Pete Gibson. Mater o amser, fel y dywedodd Kingy. Er hynny, ni fyddai'n maddau i Alfie am amser maith, nac yn gadael iddo anghofio am y bore hwn gydol ei oes.

Gostegodd y corwynt. Tawelodd y twrw. Ac yna ymddangosodd DCI Aled Colwyn yn y lolfa, yn gafael mewn bag chwaraeon dieithr.

"Col, Col!" ebychodd Danny, a gwthiwyd ei ben i'r llawr unwaith yn rhagor.

"Ti'n fucked, Finchy," meddai'r ditectif, oedd bellach yn bennaeth yr adran, er ei fod yn dal i fwynhau'r gwaith maes.

"Am beth ti'n sôn?" llwyddodd Danny ofyn.

Ar hynny, tynnwyd Danny i'w bengliniau, ei ddwylo'n dynn tu ôl i'w gefn a'i geg yn afiach ond yn atgof surfelys o'r noson cynt, cyn i'r hunllef hon ei ddeffro ar ddechrau dydd.

Edrychodd i fyny ar Aled Colwyn o'i flaen. Fel chwisgi drud neu win o ansawdd, roedd Col yn gwella wrth iddo heneiddio. Roedd ei wallt llwyd ffluwchog yn gwneud iddo edrych fel George Clooney ar ddiwrnod gwael a'i groen brown yn awgrymu ei fod wedi bod ar ei wyliau'n ddiweddar. Gwisgai siwt lech-lwyd oedd yn siŵr o fod wedi costio mwy na chyflog misol Danny, a phâr o sgidiau lledr sgleiniog oedd yn dallu Danny ac yn gwneud y boen yn ei ben yn waeth.

Gosododd y bag chwaraeon ar y llawr o flaen y carcharor.

"Un ti yw hwn?" Syllodd i lawr ar Danny, yr atgasedd yn amlwg yn nhinc ei lais.

"Na."

Cyrcydiodd Col ac agor y sip. Edrychodd Danny ar gynnwys y bag, gan ddrysu ymhellach a diawlio Alfie am fod mor ffôl.

"Beth am rhain?" Gwnaeth Col sioe o wisgo menig latecs gloyw. Yna, estynnodd i'r bag a gafael yn un o'r gynnau.

Ysgydwodd Danny ei ben.

Cododd DCI Colwyn a throi i gyfeiriad y grisiau. Gwnaeth Danny'r un peth mewn pryd i weld un o'r heddlu arfog yn agosáu, gan afael mewn bag chwaraeon arall, ychydig yn llai o faint na'r un ar y llawr o'i flaen.

"Ro'dd hwn yn yr atig, chief," esboniodd yr heddwas a gosod y bag ar lawr wrth ochr yr un arall.

"Gad i fi ddyfalu, Danny, so ti erioed wedi gweld hwn o'r blaen chwaith?"

Agorodd DCI Colwyn y bag a gafael mewn bricsen o bowdwr anhysbys. Cilo, dyfalodd Danny.

"A beth am hwn?"

Dyma'r union eiliad pan ddechreuodd Danny boeni go iawn. Roedd rhywbeth mawr o'i le, ac absenoldeb Alfie yn ddryswch llwyr. Pam nad oedd e'n gwmni iddo ar lawr y lolfa? Clywodd Danny dwrw i fyny'r grisiau. O'r diwedd, meddyliodd. Geith y bastard bach gyfadde'r cwbl. Trodd ei ben gan ddisgwyl gweld gweddill ei deulu yn dod i lawr y grisiau, ond yn hytrach na thas wair Alfie a gwallt fflamgoch Justine, gwyliodd yn gegagored wrth i Julia gael ei thywys i lawr gan un o'r heddweision, ei dwylo wedi'u rhwymo tu ôl i'w chefn a'r dagrau'n llifo i lawr ei bochau cochion.

"Beth ti 'di neud, Danny?!" poerodd ei chwestiwn, ei llygaid ar dân ac yn bygwth bosto o'i phen a ffrwydro gwaed i gyfeiriad ei gŵr.

Daeth Owain ar ei ôl hi, yn dal i wisgo'i byjamas ac yn gafael yn dynn yn Llew, ei wallt yn flêr a'r arswyd yn amlwg yn ei lygaid.

"Beth chi moyn gyda hi?" gofynnodd Danny, ond anwybyddodd Col y cwestiwn a throi ei sylw at blismones ifanc oedd newydd ymddangos trwy'r drws ffrynt.

Diflannodd Julia o'r golwg, er na fyddai Danny byth yn anghofio'r ffordd yr edrychodd hi arno wrth iddi fynd.

"Bydd Andrea Bryan o'r gwasanaethau cymdeithasol yn cwrdd â ti yn yr orsaf," esboniodd DCI Colwyn wrth y blismones, a gwyliodd Danny wrth iddi roi ei llaw ar ysgwydd ei fab a'i dywys o 'na'n dawel.

"Lle chi'n mynd â fe?" gofynnodd, er iddo glywed yn iawn.

"I'r orsaf," daeth ateb diemosiwn ac annelwig DCI Colwyn.

"Ble ma Alfie? A Justine?" Dechreuodd Danny wylltio wrth wylio gweddill yr heddweision yn dychwelyd i lawr y grisiau ac i'r lolfa.

Ond ei anwybyddu eto wnaeth DCI Aled Colwyn, a throi ei gefn i gael gair ag un o'i gyd-weithwyr.

Gwelodd Danny ei gyfle. Cododd ar ei draed ac anelu am y grisiau, ei gamau'n ansicr oherwydd bod ei ddwylo wedi'u maglu tu ôl i'w gefn. Llwyddodd i gyrraedd tua hanner ffordd cyn iddo deimlo pâr o ddwylo cryf yn gafael yn ei goesau a'i lusgo'n ôl, ei wyneb yn taro pob gris ar y ffordd i lawr i'r lolfa.

Blasodd y gwaed.

"ALFIE!" gwaeddodd. "ALFIE, Y FUCKIN BASTARD, BLE WYT TI?"

Ymgodymodd â'i ddalwyr fel mwydyn gwyllt mewn tomen o wellt, ei lais yn groch a'r dryswch yn hollysol.

"ALFIE!" bloeddiodd unwaith eto.

Yna, camodd yr heddlu'n ôl a theimlodd Danny'r trydan o'r taser yn tanio trwy ei gorff. Dirdynnodd fel doli glwt ond ni chollodd ei ymwybyddiaeth ar unwaith, oedd yn beth anffodus, oherwydd y peth olaf i Danny ei weld cyn i'r düwch gau amdano oedd DS Richard King yn gwylio'r ffrwgwd o'r drws ffrynt.

RHAN 3

TAIR BLYNEDD O NAWR

10

Blwyddyn a mwy ar ôl 'y digwyddiad'. Blwyddyn a mwy ers colli ei rhyddid a'i mab, dros dro. Blwyddyn a mwy ers colli ei gŵr a'i hurddas, ac ers diflaniad Justine, Alfie a Noa. Blwyddyn a mwy ers pwy a ŵyr beth ddigwyddodd. Doedd Julia ddim callach heddiw nag oedd hi'r bore tyngedfennol hwnnw, pan chwalwyd drws ffrynt ei chartref gan ddyrnhwrdd dur yr heddlu ac y llusgwyd ei bywyd hi a'i theulu trwy boen annioddefol a thor calon oedd tu hwnt i'w adfer.

Yn dilyn ymchwiliad sionc ac achos llys tebyg, diolch i gyfaddefiad llawn Danny, roedd ei gŵr bellach yn trigo yng ngharchar Caerdydd, rhyw ddeng mis i mewn i ddedfryd o ddeng mlynedd. Er iddo gwympo ar ei fai yn gyhoeddus, roedd e'n tyngu wrth Julia bob tro y byddai hi'n ymweld â fe nad oedd ganddo unrhyw beth i'w wneud â'r gynnau na'r cyffuriau y daeth yr heddlu o hyd iddynt yn y tŷ. Alfie oedd yn cael y bai, wrth gwrs, gyda'r geiriau 'bradwr' a 'bastard' yn cael eu hailadrodd o hyd. Ond roedd honiadau Danny o gynllwyn yn ei erbyn gan Pete Gibson, ewythr Alfie a bòs Danny, yn gwneud i'w gŵr swnio fel gwallgofddyn paranoiaidd ac yn helpu dim i'w ddarbwyllo o'i ddiniweidrwydd.

Yn ôl Danny, yr unig reswm iddo gytuno i gymryd y cyfrifoldeb dros y contraband oedd er mwyn sicrhau rhyddid Julia o'r ddalfa, ac felly ryddid Owain oddi wrth y gwasanaethau cymdeithasol. Pan gyfaddefodd i'r heddlu mai fe oedd berchen y bagiau, cytunodd yr heddlu ryddhau Julia'n ddiamod, heb ei chyhuddo o unrhyw beth. Roedd diflaniad ei merch a'i theulu'n amheus, heb os, ond gwyddai Julia na fyddai Justine wedi cytuno i fod yn rhan o gynllwyn o'r fath, cynllwyn fyddai'n chwalu'r teulu, felly nid oedd honiadau Danny'n dal dŵr. Ac eto, nid oedd Julia'n gwybod beth i'w gredu, mewn gwirionedd. Roedd ei bywyd wedi ei chwalu'n deilchion a'r sgil-effeithiau'n dal i ddirgrynu hyd heddiw.

Crynodd ei dwylo wrth iddi rolio sigarét lac. Taniodd y ffag a sugno'r mwg yn ddwfn i'w hysgyfaint. Llosgwyd ei llwnc a chododd y gwin er mwyn lleddfu'r boen. Tarodd yr euogrwydd ei chydwybod mewn cytgord â'r gwin yn cyrraedd ei bol. Byddai'n teimlo'r un fath wrth lowcio'r gwydryn cyntaf bob dydd, er y byddai'r euogrwydd yn pylu wrth iddi ddechrau meddwi.

Dyma'r unig ffordd roedd modd iddi ddygymod â'r hyn oedd wedi digwydd iddi. Cafodd ei bywyd blaenorol, oedd mor foddhaol, lliwgar a llon, ei ddisodli gan bryderon di-ben-draw, a hynny dros nos, bron yn llythrennol.

Deliodd â marwolaethau ei rhieni yn yr un ffordd, trwy droi at gysur y botel, a galaru roedd hi'n ei wneud ar hyn o bryd mewn gwirionedd, er nad oedd neb wedi trengi'r tro hwn. Roedd hi wedi colli ei gŵr, ei merch, ei hŵyr a'i chartref, heb sôn am ei swydd, ei hurddas a'i hunan-barch. Yn wir, yr unig reswm iddi beidio â lladd ei hun oedd Owain.

Roedd hi wedi bod fel gweddw i Danny ers y cychwyn cyntaf. Fel gweddw i'w yrfa gyda'r heddlu, yna fel gweddw i'r shifft nos, a nawr roedd hi wedi ei golli i'r carchar am flynyddoedd. Er nad oedd unrhyw *un* wedi marw, roedd eu perthynas nhw ar ei gwely angau, heb os, a'r gweinidog wrth y drws yn barod i draddodi'r eneiniad olaf.

Llyncodd y gwin, sugnodd y mwg. Brwydrodd i gadw rheolaeth dros ei dagrau a'i hemosiynau.

Roedd hi'n galaru dros golli Justine hefyd. Roedd ei merch wedi dewis Alfie drosti hi, a dewis 'rhywle' arall dros Erddi

Hwyan. A phwy allai ei beio, mewn gwirionedd? Byddai Julia wedi gwneud yr un peth, mae'n siŵr. Gwyddai fod Justine yn dal ar dir y byw oherwydd iddi dderbyn amlen oddi wrthi rhyw wythnos ynghynt. Yr unig beth oedd yn yr amlen oedd deg papur ugain punt a ffoto o Noa yn wên o glust i glust ar lithren mewn parc anhysbys yn pwy a ŵyr ble. Er y tristwch llethol a deimlai, roedd hi'n falch eu bod nhw allan yna'n rhywle. Gallai wadu'r holl amheuon eraill oedd ganddi, a'u boddi nhw bob dydd o dan donnau'r ddiod gadarn.

Roedd Julia wedi gwirio'r marc post, gan ystyried teithio'n syth yno, i Runcorn, ar drywydd ei merch. Ond, wedi meddwl am y peth o ddifrif, daeth i'r casgliad nad oedd unrhyw sicrwydd mai dyna lle roedd ei merch a'i hŵyr yn byw, felly ni wnaeth unrhyw beth; ni allai wynebu methiant arall. Roedd yn well gan Julia adael pethau fel yr oedden nhw am nawr, gan freuddwydio bod Justine mewn rhywle gwell na hi, Noa bach yn ei breichiau ac Alfie'n gofalu amdanynt.

Cododd y gwydr at ei cheg unwaith yn rhagor, gan ei wagio'n ddiseremoni. Cododd ar ei thraed yn sigledig a chamu at yr oergell er mwyn ei lenwi unwaith eto. Aeth draw at y ffenest a syllu i lawr ar y byd tu allan – byd oedd bellach yn llwyd a di-fflach. Gallai arogli'r saim yn codi o'r siop jips lawr stâr, gan dreiddio drwy'r estyll ac i fewn trwy'r bylchau o amgylch y ffenestri tenau a chodi chwant bwyd arni. The Codfather oedd enw'r siop, a ddaeth â gwên i'w hwyneb pan welodd ef am y tro cyntaf. Ac er nad oedd yr enw cweit mor wych ag un y siop jips A Fish Called Rhondda yn Nhon Pentre, roedd rhaid talu teyrnged iddo 'fyd.

Roedd Ows wrth ei fodd yn byw uwchben y siop, ond gwelai Julia eu sefyllfa fel cam mawr yn ôl. Nid hi oedd piau'r tŷ ar ystad Bryn Glas, ond roedd yn ystyried y lle i fod yn gartref iddi, yn bennaf oherwydd ei bod hi a Justine wedi byw yno cyhyd. Ond diolch i weithdrefnau a rheoliadau caethiwus ystafelloedd gwely sbâr y llywodraeth, gorfodwyd iddi hi ac Owain ddod o hyd i gartref mwy addas, a hynny ar frys. Byddai Julia mewn dyled am byth i'w chyn-fòs yn y deli, oherwydd iddo gytuno i'w diswyddo o'i rôl ar unwaith, er mwyn sicrhau bod Julia'n gallu hawlio'r budd-daliadau yr oedd eu hangen arni i sicrhau bod gan ei mab a hithau do dros eu pennau. Nid oedd Julia'n ennill digon o arian mewn mis o weithio yn y caffi er mwyn talu hanner y rhent, heb sôn am gostau byw, ac, fel miloedd o bobl eraill yng Nghymru a thu hwnt, roedd wedi ei chaethiwo mewn cylch tlodi dieflig, a'r dyfodol yn edrych yn dywyll iawn trwy ffenest frwnt y fflat.

Gwiriodd y cloc uwchben y lle tân. Roedd hi'n amser mynd i gasglu Ows o'r ysgol – gweithred oedd yn ei llenwi â phryder a chwithdod bellach, ers 'y digwyddiad'. Cyn hynny, byddai'n sgwrsio, neu o leiaf yn dweud 'helô', wrth ddegau o bobl ar hyd y daith, ond nawr cadwai Julia ei phen i lawr, gan anwybyddu pawb, ar wahân i'w mab a'i athrawes, os oedd honno eisiau gair.

Wrth adael y fflat, rholiodd sigarét arall ac yfed llond gwydryn o win ar ei ben, a gweld ei hanadl yn gadael ei cheg. Roedd hi'n ganol mis Ionawr, ac nid oedd Julia wedi troi'r gwres ymlaen unwaith hyd yn hyn. Teimlai fel methiant llwyr – fel mam, fel dinesydd, fel un o'r ddynolryw – ond nid oedd yn gallu fforddio cynhesu'r fflat. Roedd ei harian yn mynd ar y pethau pwysig – gwin a ffags. Heb anghofio Ows o bryd i'w gilydd.

. . .

Roedd byd Danny'n llawn anobaith. Ond dyna oedd yn anorfod am gael eich dyfodol wedi ei gipio o'ch gafael, mae'n siŵr. Gorweddai ar ei wely yn Adain C, Carchar Caerdydd, yn gwrando ar ei gyd-gellwr, cyn-heddwas arall o'r enw Paul

Hales, yn chwyrnu ar y bync gwaelod. Roedd hi'n ganol nos, a'r goleuadau wedi cael eu diffodd oriau ynghynt. Gallai glywed nifer o'i gyd-garcharorion mewn celloedd cyfagos yn chwyrnu mewn cytgord â Paul islaw, a gwyddai na fyddai'n cysgu rhyw lawer eto heno.

Yr un hen bethau oedd ar dân yn ei ben bob nos. Julia ac Owain, Pete Gibson ac Alfie. Y 'digwyddiad'. Yr ymchwiliad. Yr achos llys. Y diffyg dewis oedd ganddo ond cyfaddef i'r cwbl er mwyn sicrhau rhyddid ei wraig. Dyna'r fargen a darodd Danny â DCI Aled Colwyn. Ond, yn bennaf oll, dial. Ar Alfie, heb os, ac ar Pete, o bosib. Ond roedd hynny'n bell, bell i ffwrdd o fan hyn, yn ei gell yng nghanol nos.

Oherwydd eu gyrfaoedd blaenorol, nid oedd Danny na Paul yn rhan o boblogaeth gyffredinol y carchar, neu'r 'gen pop' fel y byddai'n cael ei galw. Yn hytrach na chymdeithasu a chymysgu â'r dihirod cyffredin (y llofruddwyr, y twyllwyr, y lladron, yr ymosodwyr ac ati) roedden nhw'n cael eu cadw gyda'r ffrîcs (y pedoffiliaid, y treiswyr, y nonces, y clepgwn a'r bwystfilod) – ar wahân, er eu diogelwch eu hunain. Roedd arwahanu ar waith hyd yn oed o fewn y gymdeithas ynysig hon, a'r cyn-gopars yn ymgynnull yng nghwmni ei gilydd gan anwybyddu'r gweddill, er mawr ryddhad i'r swyddogion oedd yn goruchwylio.

Byddai'r mwyafrif o bobl yn synnu cymaint o gyn-heddweision oedd o dan glo, gyda'r rhan fwyaf yno am wneud pethau tebyg i'r hyn a wnaeth Danny yn ystod ei gyfnod yn gwasanaethu Adran Dditectifs Gerddi Hwyan: cymryd mantais o'i statws o fewn cymdeithas.

Roedd rhai'n euog o gymryd cildwrn, neu droi cefn a hwyluso rhyw weithred anghyfreithlon, tra oedd eraill wedi gwneud pethau llawer gwaeth. Y rheswm am gaethiwed Paul Hales, er enghraifft, oedd iddo chwarae rhan mewn cynllwyn i smyglo cyffuriau caled o Ewrop i'r Deyrnas Unedig, gyda maffia Rwsia, yn ôl y sôn.

Honnai bron pob un ohonynt eu bod yn ddieuog, wrth gwrs, ond yr eironi creulon i Danny oedd ei fod ef *yn* hollol ddieuog, er nad oedd unrhyw un yn ei gredu.

Roedd dyddiau Danny'n cael eu llenwi gan godi pwysau a gwaith sylfaenol, diflas, gyda fe a Paul, ynghyd â nifer o'u cyd-garcharorion yn Adain C, yn bwydo data i gyfrifiaduron ar ran cwmnïau diwyneb o bob rhan o'r byd. Caent eu talu am wneud, gyda'r arian yn cael ei fwydo i'w cyfrifon banc HMP. Roedd hawl ganddynt wario'r arian yn siop y carchar, ond nid oedd angen dim ar Danny. Bwriadai adael i'r arian gronni yn ei gyfrif trwy gydol ei ddedfryd; o leiaf byddai ganddo rywbeth yn aros amdano ar y diwedd, gan nad oedd yn disgwyl y byddai Julia yno iddo.

Roedd llawer iawn o amser ganddo i feddwl am yr hyn a ddigwyddodd. I bendroni ac i gwestiynu. A'r ateb, *bob tro*, oedd Alfie. Tyngodd Danny lw i ddial ar ei sort-of mab-yng-nghyfraith; am ei fradychu yn y fath fodd, am ddinistrio'i fywyd, chwalu ei freuddwydion a'i amddifadu o gariad ei wraig a'i fab. Ni fyddai'n gallu gwneud dim am y peth tan iddo gael ei ryddhau, wrth reswm, a phwy a ŵyr ble byddai Alfie a Justine erbyn hynny. Doedd neb yn gwybod ble roedden nhw *nawr*, yn ôl Julia.

Byddai hi ac Ows yn dod eto yfory, ond nid oedd Danny'n edrych ymlaen at yr ymweliad. Roedd Julia'n fenyw grac bellach. Yn chwerw ac yn chwyrn. Doedd dim modd ei beio am fod fel yna, wrth gwrs, oherwydd roedd hi wedi colli cymaint, os nad mwy, na Danny. Dod i'w weld er mwyn Owain roedd hi, gwyddai Danny hynny. Pe na bai mab ganddynt, ni fyddai Julia'n dod ar gyfyl y lle. Byddai Danny o dan glo am o leiaf bedair blynedd arall. Digon o amser i Julia 'symud ymlaen' gyda'i bywyd, er y gwyddai Danny ei bod hi'n bodoli mewn cyflwr o stasis ar hyn o bryd ac wedi dechrau bwrw'r botel yn go galed.

Roedd yr insomnia, y diflastod a'r undonedd yn bwydo'i chwant i ddial. Roedd hi'n amhosib peidio â meddwl am y peth. Roedd hi'n rhy hwyr i ddifaru gwrthod cynnig Pete, wrth gwrs, ond dyna a wnâi Danny. Pe na bai wedi gwneud hynny, gwyddai na fyddai'n gorwedd yma mewn cell yn gwrando ar y moch yn rhochian. Myfyriodd ar y dyddiau'n arwain at y cyrch ar doriad gwawr. Nid oedd wedi amau Alfie o gwbl ar y pryd, ac nid oedd modd gwneud wrth edrych yn ôl chwaith. Aeth dros y dyddiau yn ei ben, fesul munud, ond nid oedd Alfie wedi gwneud unrhyw beth rhyfedd nac yn groes i'w gymeriad. Actor da, heb os; rhinwedd hanfodol i fod yn fradychwr o fri.

Pam y gwnaeth Alfie'r fath beth? A oedd Pete yn ei orfodi mewn rhyw ffordd? Yn ei fygythbrisio? Ei flacmelio? Rhaid bod rhywbeth fel 'na'n mynd 'mlaen.

Gorweddodd yno, ei feddyliau ar ras a chwyrnu anghyson Paul yn ei boenydio, gan aros i'r anochel ddigwydd, sef teimlo'r chwant i ddial ar Alfie yn troi'n euogrwydd am beidio â threulio mwy o amser gyda'i fab a'i wraig pan gafodd gyfle. Doedd dim dewis ganddo ar y pryd, wrth gwrs, ond nid oedd hynny'n lleddfu dim ar ei deimladau. Pete Gibson oedd yr *unig* gyflogwr yng Ngerddi Hwyan oedd yn fodlon rhoi swydd iddo. A'r *unig* swydd oedd ar gael oedd y shifft nos. Roedd *rhaid* i Danny weithio er mwyn cefnogi ei deulu bach, ond oherwydd natur anghymdeithasol y swydd, esgeulusodd ei gyfrifoldebau. Gwingodd wrth gofio. Roedd wedi treulio mwy o amser yn magu a maethu Mulder, y cadno, na'i fab yn ystod ei flwyddyn olaf fel dyn rhydd. Cofiodd feddwl ar y pryd y byddai'n gwneud yn iawn am y peth ar ôl iddo raddio a chymhwyso fel athro Daearyddiaeth. Cofiodd freuddwydio am yr hafau hir yn gwersylla ar y cyfandir. Roedd dyfodol da o flaen Danny a'i deulu. Ond nid nawr. Doedd *dim* dyfodol ganddo bellach.

. . .

Am dri o'r gloch y prynhawn canlynol, camodd Danny i'r ystafell ymwelwyr a gweld Julia ac Ows yn aros amdano, yn eistedd wrth fwrdd yn y gornel bellaf. Roedd yr ystafell yn llawn bwrlwm, gyda'i gyd-garcharorion o Adain C yn sgwrsio'n frwd â'u teuluoedd a'u ffrindiau. Roedd digon o swyddogion yn bresennol i ddelio ag unrhyw drwbwl, er nad oedd Danny wedi gweld unrhyw ffrwgwd yn ystod yr ymweliadau. Yn gyffredinol, roeddent yn achlysuron hapus a chadarnhaol, gyda'r carcharorion yn cael cyfle i gyffwrdd â'r bobl oedd yn golygu rhywbeth iddynt, eu cofleidio a'u harogli; cyfle i deimlo fel pobl unwaith yn rhagor, unigolion o gig a gwaed, yn hytrach nag alltudion cymdeithas neu ystadegau ar ddwy goes.

Gwelodd Owain ei dad yn agosáu. Rhedodd ato. Cofleidiodd y ddau a llenwodd llygaid Danny â dagrau. Erbyn iddo gyrraedd y bwrdd, yn cario Ows yn ei freichiau, roedd ei fochau'n sgleinio a'r hylif yn hallt ar ei wefusau.

Ni symudodd Julia o'i chadair. Plygodd Danny a'i chusanu ar ei boch ond tynnodd hi'n ôl oddi wrtho gan grynu, fel petai'n ei ffieiddio. Aroglodd yntau'r alcohol a'r mwg ar ei wraig. Eisteddodd a throi ei sylw at ei fab. Nid edrychodd Julia arno unwaith yn ystod gweddill yr ymweliad.

11

Dihunodd Julia ac eistedd i fyny wrth glywed y gloch. Synnodd i gychwyn o weld ei bod wedi bod yn gorwedd, yn cysgu, ar lawr y lolfa. Eto. Roedd ei cheg yn sych ac yn blasu fel blwch llwch hanner llawn, tra oedd y fflat yn dywyll ac yn ei gwneud hi'n amhosib gwybod faint o'r gloch oedd hi go iawn. Canodd y ffôn a daeth cnoc ar y drws mewn cytgord.

Ows! oedd y peth cyntaf aeth trwy ei meddwl.

Jin! oedd yr ail.

Doedd dim golwg o'i mab, ond roedd y botel jin o fewn cyrraedd, yn hanner gwag ar y bwrdd coffi. Gafaelodd Julia ynddi yn gadarn wrth ei gwddf, a'i chodi at ei cheg. Wrth arllwys y meryw hylifol i lawr ei gwddf, ffocysodd ei llygaid ar y cloc digidol ar y ffwrn trwy ddrws y gegin fach. 5.45. Ond ai'r bore neu'r prynhawn? Canol mis Ionawr oedd hi, felly roedd hi'n anodd bod yn siŵr.

Parhaodd y cnocio a'r clychau cefndirol. Gyda'i dwylo'n dirgrynu, estynnodd Julia hanner rôl o'r blwch llwch ar y bwrdd coffi a'i thanio â leitar pump-am-bunt o Home Bargains. Yna, â'r mwg yn ei mwytho, cododd gyda chymorth y soffa ac anelu am y drws, yn bennaf er mwyn rhoi taw ar y twrw.

Wrth basio ystafell wely Owain ar y ffordd at ddrws ffrynt y fflat, gwiriodd a gweld nad oedd ei mab ar gyfyl y lle. Gwnaeth hynny iddi amau mai 5.45 y prynhawn oedd hi, a chafodd gadarnhad o hynny ar ôl cyrraedd gwaelod y grisiau a mynedfa allanol ei chartref. Roedd pedwar o bobl yn aros amdani yn eu cotiau gaeaf trwchus a thrwsiadus. Mrs Rogers, prifathrawes ysgol Ows, oedd un ohonynt, gyda'i dirprwy, Mr Cook, yn gwmni ac yn gefnogaeth iddi. Nid oedd Julia'n cofio enwau'r ddau arall – un dyn ac un ddynes – er iddi gwrdd â nhw yn go ddiweddar.

"Ble ma Owain?" gofynnodd Julia, gan geisio atal ei geiriau rhag rhedeg i'w gilydd.

"Dyna pam y'n ni yma," atebodd Mrs Rogers yn llawn awdurdod digamsyniol arweinydd naturiol.

"Ble ma fe?" Pesychodd Julia wrth ofyn, y rôl yn hongian o'i cheg, rhwng ei gwefusau melynllyd.

"Gewn ni ddod mewn, plis Mrs Finch? Rhaid i ni drafod y sefyllfa gyda chi."

Bu bron i Julia sobri wrth glywed ei chyfenw'n cael ei yngan yn uchel. Nid oedd hi'n teimlo fel 'Mrs Finch' bellach. Ddim o bell ffordd. Nid oedd hi'n teimlo'n ddynol hanner yr amser, ac nid oedd hi wedi bod i weld ei gŵr ers bron i flwyddyn chwaith. Roedd hi'n beio Danny am *bopeth*. Yn bennaf am ddiflaniad Justine a Noa, ond hefyd am yr hyn roedd hi'n ofni oedd ar fin digwydd. *Fe* oedd tarddbwynt y gadwyn o ddigwyddiadau oedd wedi arwain at hyn. Nid Alfie, fel roedd ei gŵr yn mynnu, ond *fe*, Dangerous Danny Finch. Petai Danny wedi bihafio pan oedd yn gweithio fel plismon, ni fyddai Julia'n byw yn y fflat 'ma. Petai Danny wedi bod yn broffesiynol, ni fyddai Julia'n alcoholic. Petai Danny...

"Ble ma Owain?" gofynnodd Julia unwaith eto ar ôl arwain y pedwarawd i fyny'r grisiau ac i mewn i'r fflat.

Hyd yn oed yng ngolau isel y lolfa, gallai Julia weld trwynau'r gatrawd yn trio peidio â phlycio mewn ymateb i'r arogleuon afiach oedd yn siŵr o fod yn llechu yn y lle, er bod ei synhwyrau hi wedi hen arfer â nhw nawr.

Gwyliodd eu llygaid yn crwydro'r ystafell a gallai glywed y cwestiynau a'r datganiadau'n atseinio yn eu pennau.

Pam mae'r goeden Nadolig yn dal i fod yma?

Nid yw'r aelwyd yn addas at y diben o fagu plentyn.

Nodwyd tair potel o jin Tesco Value wag ac un hanner llawn ar y bwrdd coffi yn y lolfa, ynghyd â phedair potel o win ar ben y teledu.

Pryd y glanhawyd yr aelwyd ddiwethaf?

Beth yw'r arogl afiach yna sy'n dod o gyfeiriad y gegin?

Mae Julia Finch yn alcoholic ac yn analluog ac yn anghymwys i ofalu am blentyn o oedran Owain, sydd ag anghenion ychwanegol.

Mae angen help proffesiynol ar Julia Finch.

"Eisteddwch, Mrs Finch," gwahoddodd Mrs Rogers, er na wrandawodd Julia ar ei chynnig.

Roedd hi'n sefyll o flaen y teledu yn syllu ar y bobl 'ma yn eu gwisgoedd trwsiadus, yn ei beirniadu hi'n dawel, ar fin taro'r hoelen olaf ond un i arch ei bywyd truenus.

"Chi wedi cwrdd â Mr Bisty a Miss Fowler o Adran Gofal Plant y gwasanaethau cymdeithasol o'r blaen yn yr ysgol, chi'n cofio?"

Roedd Julia *yn* cofio. Jyst. Roedden nhw yno'r tro diwethaf iddi gael ei dihuno ar ddiwedd y prynhawn a'i galw i gasglu ei mab o'r ysgol, rhyw awr neu ddwy ar ôl i'r gloch olaf ganu. Wythnos yn ôl oedd hynny. Neu efallai bythefnos. Beth bynnag, roedd ei harferion a'i hanallu mamol wedi denu sylw'r awdurdodau dros y misoedd diwethaf, a dyma nhw nawr, y blydi Gestapo, yn ei chartref, ar fin taro'r ergyd olaf.

"Ble mae Owain? Fi moyn gweld fy mab!" Cododd Julia ei llais.

"Mae Owain yn iawn, Mrs Finch," esboniodd Mr Bisty mewn llais meddal, melfedaidd.

"Dim 'na beth ofynnes i! Fi'n *gwbod* bod e'n iawn, fi yw ei fam e!"

"Mae Owain yng ngofal y gwasanaethau cymdeithasol, Mrs Finch," ymhelaethodd Mrs Rogers.

"Dros dro," ychwanegodd Mr Bisty.

"Tan i chi…" dechreuodd Mr Cook, er na lwyddodd i orffen ei frawddeg.

Edrychodd pawb i'w gyfeiriad, cyn i Mr Bisty, oedd yn amlwg yn llawer mwy profiadol na'r gweddill ohonynt mewn sefyllfaoedd o'r fath, gymryd yr awenau eto.

"Tan i chi roi trefn ar bethau, ar eich bywyd. Rydych chi wedi cael nifer o rybuddion gan yr ysgol yn ystod y chwe mis diwethaf, tri ar lafar a thri yn ysgrifenedig…"

Trodd at Mrs Rogers am gadarnhad, a nodiodd hi ei phen.

"… Ynghyd â'r rhai cyfreithiol oddi wrthym ni. Doedd dim dewis gennym ni, Mrs Finch. Dim ond *un* person sy'n gallu adfer y sefyllfa…"

Er mai ati hi roedd y bastard Bisty 'ma'n cyfeirio, fflachiodd delwedd o Danny, fel gorila moel yn ei gell, o flaen llygaid Julia.

"Trefniant dros dro yw hwn i gychwyn, Mrs Finch. Byddwn yn rhoi pob cyfle i chi wella, ac wedyn…"

Roedd gweddill yr ymweliad yn niwl o ddogfennau, llofnodion, celwyddau, jargon a geiriau annealladwy eraill, ac ar ôl iddynt adael y fflat, dim ond un peth oedd amdani, a dychwelyd i waelod y botel oedd hwnnw, dagrau Julia'n cael eu hailosod gan y jin egr, ac Owain bach, ble bynnag roedd hwnnw erbyn hyn, yn ysbryd annelwig yn atgofion anial ei fam.

. . .

Byddai Jac wedi cyfarch ei fôs yn y ffordd draddodiadol ar ddiwrnod ei ben-blwydd, pe na byddai wedi gweld y cardiau a'r amlenni'n gorwedd mewn dwy res ar y ddesg o'i flaen. Roedd wedi gweld dwy o'r cardiau a dwy o'r amlenni o'r blaen, wrth gwrs, ond roedd yna un o bob un newydd yn gwmni iddynt heddiw.

Camodd Jac y tu ôl i'r ddesg er mwyn edrych arnynt

dros ysgwydd Pete. Gwiriodd yr amlenni i ddechrau. Roedd y marciau post i gyd yn wahanol. Runcorn oedd un eleni; Glasgow a Brighton y rhai blaenorol. Trodd at y cardiau. Yn debyg i'r ddwy flaenorol, roedd un eleni yn erchyll o ran ei chwaeth a'i dyluniad. Y math o garden y gallech ei phrynu am hanner can ceiniog mewn siop gornel. 'To my dearest uncle on his birthday' oedd y testun, gyda llun o ddyn diwyneb mewn cap fflat a chot frethyn yn pysgota; brithyll wedi'i fachu gan wialen, a'r pysgodyn fel petai'n hedfan yn hapus trwy'r awyr ar ei ffordd i'r rhwyd lanio. Roedd yn gydymaith perffaith i'r ddwy garden arall, oedd fel petaent wedi cael eu dylunio gan yr un dyn. Trên stêm oedd ar y garden gyntaf a char rasio ar yr ail, tra mai tebyg oedd y neges ar y clawr bob tro, sef rhyw amrywiaeth ar y cyfarchiad uchod.

Roedd y neges fewnol yn dilyn yr un patrwm hefyd. Bygythiad syml, bob tro.

"Beth ma fe 'di sgrifennu eleni?" gofynnodd Jac.

Heb siarad, agorodd Pete y garden a gadael iddo ddarllen y geiriau.

PEN-BLWYDD ANHAPUS,
WNCWL PETE!!
AI DYMA EICH UN OLAF?

"Subtle iawn," meddai Jac.

"Fi moyn dod o hyd iddo fe. Fi moyn gorffen y blydi job," meddai Pete.

"Gad e 'da fi, reit, fi'n gwbod yn iawn ble i ddechre…"

. . .

"Finch. You got a visitor."

Gyda help Paul Hales, gosododd Danny'r bar wyth deg

cilogram yn ôl yn ei grud a chodi i eistedd ar y fainc codi pwysau. Dychlamodd ei feiseps a llifodd y chwys oddi ar ei gorff – ei dalcen, ei 'sgwyddau ac i lawr cwm cyhyrog ei gefn. Edrychodd i gyfeiriad drws y gampfa, lle safai Swyddog Hill, y sgriw oedd newydd alw ei enw.

"Who?" gofynnodd.

"Your wife."

Syllodd ar Hill, gan sylwi am y tro cyntaf ar ei dalcen clogwynog. Cafodd ôl-fflach i'r wythdegau a hysbyseb Tefal ar y teledu, cyn i'w feddyliau ddal i fyny â'r presennol unwaith eto.

"You sure about that, guv? She hasn't come to see me for ages."

"I'm just the messenger, Finch. Just telling you what I've been told."

"Shit," meddai Danny gan godi ar ei draed.

"You alright, bro?" gofynnodd Paul, gan osod rhaw o law ar ysgwydd ei ffrind.

Roedd y ddau gyn-heddwas wedi closio dros amser, ac yn anwahanadwy erbyn hyn. Roedd Paul yn gwybod popeth am Danny, ac wedi gwrando arno droeon yn diawlio Julia am beidio â dod ag Owain i'w weld. Roedd Danny'n deall ei dicter. Yn derbyn nad oedd dyfodol iddyn *nhw*. Ond roedd Owain yn stori wahanol. Owain *oedd* ei ddyfodol. Nid oedd ganddo unrhyw beth arall i fyw ar ei gyfer. Fe oedd ei dad ac roedd hawl ganddo i'w weld.

Y tro diwethaf iddynt ddod i'r carchar, roedd Julia wedi meddwi. Rhyw ganol dydd oedd hi, ac roedd ei llygaid eisoes yn groes a'i geiriau'n drwchus eu sain ac yn ansicr eu hystyr. Anwybyddodd Danny hi trwy'r cyfan, gan roi ei holl sylw i Owain. Ei fab oedd yr *unig* beth oedd yn ei helpu i oroesi'r cyfnod tywyll hwn. Wel, Owain ac Alfie, i fod yn fanwl gywir, ond nid coflaid y byddai hwnnw'n ei chael ganddo'r tro nesaf y byddai eu llwybrau'n croesi.

Nid oedd Danny wedi gweld yr un ohonynt ers amser maith, ac roedd hynny'n brifo cymaint, os nad mwy, na brad Alfie. Chwarae teg i Ms Pritchard, Swyddog Cyswllt Cartref y carchar, am ei help gyda'r mater. Ar gais Danny, cysylltodd hi â Julia ar ei ran, er mwyn gwneud yn siŵr ei bod hi'n dal yn fyw a bod Owain yn dal yn saff. Cadarnhaodd Ms Pritchard fod 'popeth yn iawn', er iddi osgoi pob un o gwestiynau Danny am arferion yfed ei wraig. Roedd hynny'n gwneud iddo amau mai cysylltu â Julia dros y ffôn a wnaeth Ms Pritchard, ond ni allai fod yn siŵr chwaith. Nid oedd modd iddi ddylanwadu ar Julia na'i gorfodi i ddod i'w weld. Teimlai Danny'n hollol ddiymadferth, ond dyna'r pwynt, mwn.

Dilynodd Danny Swyddog Hill ar hyd y coridorau, eu camau'n atseinio oddi ar y waliau noeth. Syllai'r carcharorion eraill arno'n llawn casineb bob tro y byddai un yn ei basio, ond roedd Danny wedi hen arfer â hynny erbyn hyn. Ar ôl cymaint o amser o dan glo, roedd wedi arfer yn llwyr â realiti ei sefyllfa. Yr unig beth i'w wneud nawr oedd cadw'i ben i lawr ac aros tan y diwrnod pan fyddai'n cael ei ryddid. Roedd e mewn stasis am gyfnod, ac roedd wedi derbyn hynny. Ond byddai'n gadael y carchar yn gadarn ei gyhyrau ac yn sicr ei ffocws: Owain oedd masgot ei freuddwydion, ac Alfie oedd y bwbach.

Camodd y ddau i'r ystafell ymweld, oedd dan ei sang fel arfer, a theimlodd Danny bob llygad bron yn troi i edrych i'w gyfeiriad. Torsythodd wrth gerdded tuag at Julia. Eisteddai hi ger y wal chwith, heb neb o fewn dau fwrdd iddi i unrhyw gyfeiriad. Roedd digon o sgriws yn bresennol i sicrhau na fyddai neb yn ymosod arno.

Siom oedd y peth cyntaf a deimlodd Danny. Siom nad oedd Owain yn gwmni iddi.

Arswyd oedd yr emosiwn nesaf. Arswyd o weld yr olwg ar ei wraig. Roedd Julia'n edrych yn llawer hŷn na'i hoed, a'r alcohol wedi diffodd ei sbarc yn gyfan gwbl. Hyd yn oed o ochr arall y bwrdd, gallai Danny arogli'r jin.

"Lle ma Ows?" gofynnodd, heb ymdrech i fasgio'r atgasedd a deimlai tuag ati.

Yn lle ateb ar lafar, dechreuodd Julia feichio crio, a daeth Danny – oedd wastad wedi bod yn waethafwr – yn syth i'r casgliad anghywir, gan ddychmygu pob math o erchyllta mewn cysylltiad â marwolaeth a/neu lofruddiaeth ei fab.

Pwysodd ymlaen yn ei gadair, gan sgyrnygu ar ei wraig.

"*Julia,* ble ma Owain?"

Cododd Julia'i llygaid gwaetgoch, y dagrau'n llifo i lawr ei bochau stilton gwythiennog.

"Fuckin ateb fi, Julia!" ebychodd Danny, gan sibrwd y geiriau'n llawn bygythiad.

"Ma'n nhw 'di mynd â fe, Dan…"

Unwaith eto, daeth Danny i gasgliad eithafol yn ei ben.

"Pwy? Pete a Jac?"

Edrychodd Julia arno'n syn, gan ateb ei gwestiwn cyn iddi yngan gair.

"Na. Y social services."

"Beth? Pam?" Ond roedd Danny eisoes yn gwybod yr ateb i'r ddau gwestiwn. "Pryd?" ychwanegodd, wrth i'w waed fudferwi.

"Oes ots?"

"Wrth gwrs bod ots!" ffrwydrodd Danny, gan wneud i un o'r sgriws gamu tuag ato a gofyn iddo dawelu.

Ymddiheurodd, cyn pwyso 'mlaen unwaith eto er mwyn sibrwd, "Fuckin hel, Julia! Edrych ar y fuckin siâp sy arnot ti. Sdim rhyfedd, o's e? Dylse ti 'di dweud wrtha i'n syth, mŷn. Ble ti 'di bod tan heddiw? Paid fuckin ateb. Yn y fuckin gwter, galla i weld hynny o fan hyn…"

Wylodd Julia wrth glywed hynny, ond gwnaeth hynny Danny'n fwy cas fyth. Estynnodd ar draws y bwrdd, gafael yng ngholer cot ei wraig a'i thynnu tuag ato.

"Paid fuckin crio, y blydi alci, dy fai di yw hyn!"

Synhwyrodd y swyddogion yn cau amdano, a gwyddai beth fyddai'n digwydd nesaf, ond cyn iddo deimlo'u dwylo ar ei 'sgwyddau, clywodd eiriau Julia'n rhwygo'i enaid yn fil o ddarnau mân.

Syllodd i'w lygaid, â dwylo ei gŵr yn dynn am ei gwddf.

"Na, Danny," meddai Julia'n ddigyffro. "Dy fai *di* yw hyn i gyd."

. . .

Hyd yn oed yn ei chyflwr truenus hi, gwyddai Julia beth roedd Jac Dannedd ei eisiau ar unwaith, pan gamodd at y cownter wrth ei hochr yn Bargain Booze a mynnu talu am ei photel o Greenall's. Bu bron iddi newid ei harcheb a gofyn am botel o Bombay Sapphire, ond ni chafodd gyfle i wneud, ac mewn amrantiad roedd y ddau ohonynt allan ar y stryd unwaith yn rhagor, y naill na'r llall ddim yn rhy siŵr beth i'w wneud na'i ddweud nesaf. Roedd y byd fel petai'n symud yn gynt na'i meddyliau y dyddiau hyn. Neu, fwyaf tebyg, ei meddyliau hi oedd wedi arafu. Dyna oedd bwriad y ddiod yn y pen draw – dryswch, dioddefaint, diwedd.

Yn groes i gyngor y gwasanaethau cymdeithasol, nid oedd wedi gwneud unrhyw beth i adfer ei sefyllfa. Os rhywbeth, roedd hi'n yfed mwy nag erioed. Diolch byth am fudd-daliadau. A diolch byth am fanciau bwyd. Y ddiod oedd ei hunig flaenoriaeth bellach, ac ar honno y byddai bron pob ceiniog o'i budd-dal yn cael ei gwario. A phan fyddai'n cofio bod angen bwyta hefyd o bryd i'w gilydd, i lawr â hi i'r banc bwyd neu'r gegin gawl yn y capel lleol, i sefyll mewn rhes gyda'r cardotiaid a'r anffodusion eraill. Ond roedd modd anghofio popeth ar waelod potel. O leiaf tan yfory, pan fyddai'r cylchdro'n cychwyn unwaith eto.

"Peint?" gofynnodd Jac, ac o fewn dim roedd y ddau'n eistedd mewn cornel dawel yn nhafarn y Butchers, mas o oerfel main mis Mawrth, Jac yn magu Guinness a Julia'n cymryd mantais lawn o'i haelioni. Roedd hi eisoes wedi gorffen peint o 'bow, ac wedi troi ei sylw at y jin dwbl a fyddai'n gydymaith iddo ar y daith i lawr ei chorn gwddw.

"Glywes i am Owain," meddai Jac, er y gwyddai Julia mai chwilio am ffordd at y prif bwnc oedd e go iawn.

Cododd ei 'sgwyddau.

Gwyliodd Jac, gan wag-gyfogi wrth godi ei beint at ei geg. Beth oedd wedi digwydd i Julia? O'r hyn y gallai gofio, roedd hi'n fenyw smart. Yn fenyw falch. Ond wrth gwrs, fel pawb arall a fyddai'n dod ar ei thraws y dyddiau hyn, roedd yr ateb yn hollol amlwg, hyd yn oed heb ddod yn ddigon agos i'w harogli.

Ar ôl ceisio cydymdeimlo, daeth i'r casgliad nad oedd pwynt mân siarad, felly gofynnodd yn blwmp ac yn blaen wrth wylio Julia'n gwagio'r Beefeater o'i gwydr, "O's unrhyw syniad 'da ti ble ma Alfie?"

Er ei bod yn disgwyl i Jac ofyn y cwestiwn, roedd hi'n meddwl y byddai wedi bod ychydig yn fwy craff am y peth, a dyna pam yr oedodd hi am amrantiad cyn ateb.

"N-na," ceciodd Julia, gan besychu a chodi'r gwydr at ei gwefusau.

Gwyddai Jac ym mêr ei esgyrn ei bod hi'n gwybod *rhywbeth*. Ac roedd hynny'n ddigon.

"Dim llythyr wrth Justine? Cerdyn post yn dweud bod nhw'n OK? Dim llun o dy ŵyr yn ei wisg ysgol newydd?"

"Na. Dim gair ers iddyn nhw ddiflannu." Stopiodd a chymryd llond ceg arall, a gwelodd Jac ei dwylo'n crynu.

"Os ti'n dweud," atebodd, gan arllwys gwaddod y Guinness i'w geg. "Cym bwyll nawr, Julia fach," ac ar ôl taflu papur ugain ar y bwrdd o'i blaen, trodd a'i gadael yno, gan wybod y byddai hi'n yfed heno fel petai ar fordaith feddwol i lawr afon Acheron.

. . .

Agorodd y drws i'r fflat heb unrhyw drafferth. Clo rhad oedd yr unig rwystr, a doedd e ddim yn rhwystr o unrhyw fath i leidr profiadol fel Rodders. Roedd y siop sglods wedi cau ers oriau a'r strydoedd yn wag yr adeg yma o'r nos.

Yn dawel bach, caeodd y drws tu ôl iddo ac, ar flaenau ei draed ac ar ôl gwisgo'i falaclafa, esgynnodd y grisiau at y drws nesaf. Dyfalodd yn gywir na fyddai Julia'n cloi'r drws hwn, a gwthiodd y porth ar agor yn ofalus nes bod digon o le iddo gamu i mewn i'r fflat drewllyd. Bu bron iddo gyfogi ar unwaith, hyd yn oed trwy orchudd gwlanog ei fwgwd, ond brwydrodd yn ei flaen ac anelu am un o'r ystafelloedd gwely, sef tarddle'r rhochian amhersain.

Pan gyrhaeddodd, pwysodd ar ffrâm y drws ac edrych ar yr olygfa. Gwenodd, er mai trychineb ddynol oedd o'i flaen. Gorweddai Julia ar y gwely, ei gwallt gwyllt fel gwyntyll dros y gobennydd a'i throwsus am ei phigyrnau.

Tynnodd Rodders y balaclafa a gafael yn y gwarfag oedd ar ei gefn. O'r bag, estynnodd y rhwymau plastig diwydiannol a mynd ati i glymu Julia i bedwar postyn y gwely. Ar ôl gwneud, aeth i'r lolfa ac agor y ffenest led y pen er mwyn awyru'r twlc. Byddai'n rhaid iddo allu anadlu os oedd e am aros yma am gwpwl o ddyddiau...

12

Dihunodd Danny yn chwys drabŵd, gyda delweddau brawychus pennod ddiweddaraf y gyfres o freuddwydion arswydus yn ailchwarae ar sgrin fawr ei ddychymyg. Roedd hi'n dywyll yn 'y twll', felly doedd dim modd dweud ai dydd ynteu nos oedd hi. Yn y gell gyfyng, ddiffenest hon y rhoddwyd ef ar ôl iddo ymosod ar Julia. Nid oedd yn siŵr pa mor hir roedd wedi bod yma hyd yn oed. Roedd y cysyniad o 'amser' yn amwys yn y twll; dyna oedd diben treulio tair awr ar hugain a hanner o bob diwrnod mewn lle o'r fath. Ac er nad oedd y twll yn debyg i erchyllterau ystrydebol y ffilmiau, roedd yn ddigon gwael. Bwced llawn piso mewn un gornel, nad oedd wedi cael ei wagio unwaith ers iddo fod yma; matras tenau ar lawr mewn cornel arall. Dim golau naturiol; dim ond awr ar ôl awr o dawelwch, o bendroni, o ddifaru. Artaith cynnil oedd yn treiddio i'r isymwybod ac yn poenydio'r dioddefwr yn barhaus, o'r tu fewn allan. Byddai'n cael ei draed yn rhydd am hanner awr, ond doedd dim dal pryd. Weithiau, byddai Danny'n cael ei wthio i iard gyfyng yn ystod y dydd, yr haul gaeafol gwan yn ei ddallu, tra byddai'r libart mor dywyll â'r gell ar adegau eraill. Caeodd ei lygaid a'u hagor unwaith yn rhagor, yn y gobaith y byddai'n dihuno yn ôl yn ei gell gyda Paul yn chwyrnu ar y bync islaw, ei anadliadau'n lleddfu pob gofid oedd ganddo, ond ni ddigwyddodd hynny.

Gwelodd Julia'n eistedd o'i flaen unwaith eto, yn yr ystafell ymweld. Roedd y ddelwedd mor glir, ac yn amhosib ei hanwybyddu ac yntau yn ei gyflwr presennol. Bron na allai gyffwrdd ei gwallt llwyd, llipa, yfed y dagrau oedd yn cronni yn ei llygaid gwaetgoch ac arogli ei hanadl afiach, oedd yn gyfuniad o jin rhad, tybaco sych a deintgig pydredig. Gwelodd ei ddwylo'i hun yn gafael yn ei gwddf a chlywodd ei geiriau'n atseinio rhwng ei glustiau.

"Dy fai *di* yw hyn i gyd."

"Dy fai *di* yw hyn i gyd."

"Dy fai *di* yw hyn i gyd."

Ac er nad oedd modd gwadu hynny – i raddau, o leiaf, gan fod Danny'n parhau i ystyried Alfie fel prif gatalydd ffawd anffodus ei deulu – nid oedd hynny'n newid y ffaith bod Owain bellach yng ngofal y gwasanaethau cymdeithasol, ac yn saffach yno, gan fod Julia'n gwneud pob ymdrech i'w hyfed ei hun i fedd cynnar.

Fflachiodd delwedd o'i fab yn ei ben: amser brecwast ar fore braf a'r bychan yn eistedd wrth y bwrdd wedi ei wisgo fel Alun yr Arth, yn bwyta bowlen o Coco Pops fel anifail gwyllt, y gronynnau siocled yn cael eu malu dros bob man.

Roedd dial ar Alfie yn berwyl eilaidd i Danny bellach, a dod o hyd i Owain a cheisio'i orau i ailafael yn eu perthynas mewn rhyw ffordd wedi cipio'r blaen. Wrth gwrs, roedd yr hyn a wnaeth i Julia yn golygu na fyddai Danny'n gymwys i gael ei ryddhau'n gynnar ar drwydded, felly byddai'n rhaid iddo gyflawni ei ddedfryd yn ei chyfanrwydd. Roedd hynny'n anffawd, wrth reswm, a'r unig beth roedd Danny'n ei obeithio erbyn hyn oedd y byddai Owain yn ei gofio, yn ei adnabod, pan fyddai eu llwybrau'n croesi yn y dyfodol pell.

Agorwyd y drws a gorlifodd y golau i'r gell, gan ddallu Danny a gwneud iddo godi ei law at ei lygaid. Cododd i eistedd wrth i'w lygaid gyfarwyddo, gan ddisgwyl cael ei arwain i'r iard am hanner awr o awyr iach.

"C'mon, Finch," meddai'r swyddog. "You're going back to your cell."

Cafodd ei synnu ar yr ochr orau, wrth reswm, ond wrth gefnu ar y gell, digalonnodd nad oedd modd iddo adael yr holl hunllefau ar ei ôl.

. . .

Trwy niwl trwchus ei llygaid trymion, gwawriodd diwrnod newydd ym mywyd trychinebus Julia Finch.

Ydw i'n breuddwydio? meddyliodd wrth weld y gatrawd o boteli Bombay Sapphire gleision yn sefyll ar y bwrdd gwisgo oedd yn pwyso ar y wal gyferbyn â'r gwely. Nid oedd yn cofio breuddwydio ers i'r gwirodydd gael gafael ynddi go iawn, ond rhaid ei bod yn gwneud ar yr eiliad hon gan nad oedd hi wedi gallu fforddio potel o'r brand jin penodol hwn ers amser maith, heb sôn am chwe photel o'r stwff! Cyfrodd nhw unwaith 'to, y rhithiau fel petaent yn dawnsio i'r curiadau digyfaddawd oedd i'w clywed yn ei phen. O ble yn y byd ddaethon nhw? Ond cyn iddi allu dod i unrhyw fath o gasgliad, dechreuodd yr artecs droelli ar y nenfwd uwch ei phen, fel poster seicadelig di-liw; cafodd ei gorfodi i gau ei llygaid yn glep mewn ymdrech i wrthsefyll y bendro.

O dan orchudd ei falaclafa, gwyliodd Rodders ei garcharor yn atgyfodi am ychydig, cyn dychwelyd at yr hen Huwcyn, heb hyd yn oed ei weld, ac yntau'n sefyll yno reit o'i blaen. Fe welodd hi'r poteli jin, roedd Rodders yn ffyddiog o hynny, ond nid y dieithryn mygydog oedd yn sefyll wrth eu hochr. Ffocws absoliwt. Hyd yn oed pe na byddai'r poteli'n hawlio'i sylw ar y bore hwn, dyfalai Rodders mai'r peth cyntaf roedd Julia'n meddwl amdano bob dydd oedd diod. Un ai'r un olaf a gafodd cyn mynd i'r gwely neithiwr neu, yn fwy tebygol, yr un cyntaf a gâi ar ôl iddi godi.

Roedd hi'n amlwg o fochau gwelw, melynwyn Julia a'r esgyrn oedd bron â rhwygo trwy ei chroen tenau, tryloyw, ar onglau miniog a main, heb sôn am y llanast rhyfeddol oedd yn y fflat, bod gan y cyflwr afael cadarn arni. Ni fyddai hyn yn cymryd yn rhy hir, dyfalodd Rodders, yna trodd ei gefn a mynd yn ôl i'r lolfa i aros iddi ddihuno unwaith yn rhagor.

Yfodd dri chwpan o goffi, smociodd bum sigarét a gwyliodd yn agos at ddwy awr o rwtsh ar y teledu, nes i sgrechiadau Julia hawlio'i sylw. Cododd ar unwaith a rhuthro'n ôl i'r ystafell wely, gan gofio ar yr eiliad olaf i dynnu'r mwgwd dros ei wyneb.

Dihunodd Julia a gweld bod y chwe photel jin yn dal yn aros amdani. Ond pan geisiodd symud ei dwylo er mwyn rhwbio'i llygaid a gwaredu'r rhithiau, neu o bosib godi ac estyn un ohonynt, sylweddolodd ei bod wedi cael ei chlymu i'r gwely, gerfydd ei garddyrnau a'i phigyrnau. Yn reddfol, dechreuodd sgrechian a brwydro i ddod yn rhydd, ond cyn iddi allu gwneud dim yn iawn, ymddangosodd ffigwr yn nrws yr ystafell wely, wedi'i orchuddio mewn du, o'r balaclafa ar ei gorun i'r sgidiau trwm am ei draed. Roedd twr o gwestiynau'n brwydro i gael eu hyngan a'u hanelu at yr ymwthiwr, ond ni chafodd Julia gyfle i ddweud dim, oherwydd gwthiwyd hosan drwchus i'w cheg a gludiwyd ei gwefusau ar gau â thâp diwydiannol.

Brwydrodd yn ofer unwaith eto, ei sgrechiadau'n fyddarol yn ei phen ond yn hollol aneffeithiol yn y byd go iawn. Syllodd y dyn i lawr arni'n gwingo – doedd dim amau ei ryw o fod mor agos ato – ac roedd ei lygaid yn wag ac yn wydrog. Llygaid oedd wedi gweld a gwneud pethau llawer gwaeth yn y gorffennol. Tawelodd Julia. Cofiodd am Jac Dannedd a'r dafarn. Y papur ugain. Y botel jin. Gwyddai mai Jac oedd wrth wraidd yr ymweliad, yr artaith, er nad Jac oedd yn cuddio tu ôl i'r mwgwd. Un o filwyr bach Pete Gibson oedd hwn. Syllodd arno ac aros iddo esbonio beth yn y byd oedd yn mynd ymlaen, ac i weld a fyddai'n bosib agor un o'r poteli jin yna cyn bo hir.

Arhosodd Rodders i Julia stopio brwydro, fel y gwyddai y byddai'n gwneud. Doedd dim egni gan alcoholics. Dim egni tu hwnt i'r glec gychwynnol, ta beth. Roedd hon yn hen dacteg, wedi'r cyfan, a bu Rodders yn dyst i gaethion amrywiol gemegau wedi'u clymu i'w gwlâu. Yr un oedd y canlyniad bob tro 'fyd, yn ei brofiad ef, o leiaf; byddai'r gwir yn cael ei ddatgelu yn y pen draw, a dim ond yr amser oedd yn amrywio fesul achos.

Estynnodd gadair o gornel yr ystafell, ei choesau mor fregus ag afu Julia Finch. Eisteddodd Rodders wrth ochr y gwely, a phwysodd i lawr tuag at wyneb ei garcharor, er mwyn sicrhau ei bod hi'n clywed pob gair. Bu bron iddo gyfogi wrth glywed yr arogleuon afiach oedd yn codi o'i chyfeiriad – cyfuniad o hen chwys, tybaco, lleithder, dannedd pydredig ac iwrin. Roedd pob un ar wahân i'r un olaf yn bresennol pan glymodd Julia i'r gwely yng nghanol nos, ond yr amonia oedd fwyaf amlwg bellach, wrth iddo anweddu yn awyr lonydd y llofft.

Doedd dim pwynt gorgymhlethu pethau, penderfynodd Rodders.

"Ti moyn jin, Julia?" sibrydodd, gan achosi i lygaid y carcharor agor yn llydan, y gobaith yn amlwg am amrantiad, cyn i eiriau Rodders ddiffodd y fflam yn ddidrugaredd.

"Ti'n barod i daro bargen, 'te?"

Llenwyd ei llygaid gan ddryswch.

"Gwranda. Mae'n ddigon syml. Gei di'r jin, y chwech potel, dim problem, ond fi angen gwybod rhywbeth cyn i hynny ddigwydd, OK…?"

Syllodd Rodders i fyw llygaid Julia, ac aros am gydnabyddiaeth ei bod wedi deall ei eiriau hyd yn hyn. Yna, ymhelaethodd.

"Fi angen gwbod ble ma Alfie…"

Mwmiodd Julia o'r tu ôl i'w safnrhwym, ond anwybyddodd Rodders hi ac ystumio arni i fod yn dawel.

"*Fi*'n gwbod bod *ti*'n gwbod. A fi'n mynd i aros fan hyn tan bod ti'n dweud wrtha i. Bydda i 'nôl toc i weld lle ti arni…"

Cododd Rodders ar ei draed a gadael yr ystafell heb air pellach.

Gwyliodd Julia fe'n mynd. Ei greddf gyntaf oedd ceisio dianc. Tynnodd ar ei rhwymau, ond doedd dim gobaith ganddi. Hyd yn oed petai hi'n holliach, roedd y cadwyni diwydiannol plastig yn gadarn yn eu lle. Rhwygodd yr ymdrech groen tenau ei garddyrnau a theimlodd y gwaed yn llifo'n araf tuag at ei pheneliniau.

Ni fyddai'n datgelu unrhyw beth wrth ei harteithiwr. Nid ei bod hi'n gwybod rhyw lawer ta beth. Y marciau post ar yr amlenni oedd yr *unig* gliw oedd ganddi, a doedd dim sicrwydd o gwbl y byddent yn arwain at Alfie a Justine. Er hynny, ni fyddai'n datgelu dim wrth y bastard 'ma yn y mwgwd.

Dychwelodd Rodders ymhen sbel a dod o hyd i Julia'n syllu arno'n wyllt, y chwys yn llifo oddi ar ei thalcen a'r diddyfnu wedi dechrau go iawn bellach.

"Ti'n barod i siarad?" gofynnodd.

Nodiodd Julia ei phen, ac felly tynnodd Rodders y tâp oddi ar ei cheg, gan rwygo'r blewiach oddi ar ei gwefus uchaf yr un pryd. Poerodd Julia'r hosan o'i cheg a sugno'r aer i mewn yn drachwantus.

Plygodd Rodders a gafael yn ei gwallt.

"Ble ma fe?"

"Fuck off!" bloeddiodd Julia, a phoeri i'w falaclafa.

Roedd hi'n disgwyl iddo'i hergydio ond, yn hytrach, camodd Rodders yn ôl a sychu ei lygaid â hances boced. Un ddu. Roedd e'n disgwyl yr ymateb yma, wrth gwrs. Dyma gam cyntaf y broses. Casineb a diffyg cydnabyddiaeth. Heb ddweud gair, dychwelodd yr hosan i'w cheg unwaith yn rhagor, rhwygodd ddarn ffres o dâp a'i osod dros ei gwefusau ac yna dychwelodd i'r lolfa am smôc.

Cododd y cyfog heb rybudd, a hynny bron yn syth ar ôl i Rodders ei gadael ar ei phen ei hun. Dechreuodd yr ystafell droelli'n gyflym, ond nid oedd modd gwrthsefyll yr ymosodiad y tro hwn trwy un ai gau ei llygaid neu ffocysu ar ddodrefnyn neu gornel o'r ystafell. Gyda'r hosan yn ei cheg yn atal yr allanfa benodol honno i gynnwys dyfriog ei chylla, dim ond un ffordd arall y gallai'r cyfog ddianc, a hynny trwy ei thrwyn. A hithau'n gorwedd yno, ei choesau a'i breichiau ar led, nid oedd unrhyw beth y gallai Julia ei wneud mewn ymateb i'r anochel. Petai hi'n rhydd i symud, byddai wedi ei heglu hi am y toiled, neu o leiaf wedi codi i eistedd ar ochr y gwely ac estyn y bin. Teimlodd yr hylif yn corddi yn ei chylla, cyn hyrddio i fyny ei gwddf yn chwilio am ddihangfa. Gyda'i cheg yn llawn cotwm, a'r tâp wedi'i ludo'n gadarn yn ei le, saethodd yr hylif i fyny i'w thrwyn, ffrwydro trwy ei ffroenau a thywallt dros ei gên, ei gwddf, ei bronnau a'r gwely. Meddyliodd ei bod am dagu a marw am eiliad, a throdd ei phen yn reddfol i'r ochr er mwyn gwaredu'r gwirod o'i system. Trwy'r cyfan, gwingodd a brwydrodd fel anifail gwyllt o dan glo, a theimlodd don o ryddhad wrth weld ei harteithiwr yn dychwelyd i'w helpu.

Heb oedi, rhwygodd Rodders y tâp oddi ar ei gwefusau a thynnu'r hosan o'r twll. Fel llosgfynydd dynol, ffrwydrodd mwy o hylif o geg Julia, gan godi i'r awyr a gwneud i Rodders neidio o'r ffordd. Gwyliodd hi o gornel yr ystafell am sbel, ei chorff yn cecian a phopian yn ddireolaeth. Camodd yn ôl ati pan ostegodd y storm a rhoi ei law am gefn ei phen er mwyn ei godi a sicrhau na fyddai'n tagu a marw o dan ei ofal. Edrychodd ar y llanast, a sylwi nad oedd llawer o siawns i hynny ddigwydd, oherwydd nad oedd unrhyw fwydach yn agos at y chwd, dim ond hylif.

"Diod!" ebychodd Julia, ei llygaid yn llawn dagrau a'i thrwyn yn llosgi oherwydd y llif.

Aeth Rodders yn syth i'r gegin, a dychwelyd eiliadau'n ddiweddarach yn cario gwydr o ddŵr. Cododd ben Julia at y gwydr er mwyn ei helpu i'w yfed.

"Dim 'na beth o'n i'n feddwl!" ebychodd hi, gan droi ei golygon at y boteli jin.

"Wel dyma'r unig beth ti'n cael," esboniodd Rodders. "Ti'n gwbod beth sy rhaid i ti neud i gael dy afael ar rheina."

"Fuckin bastard," mwmiodd Julia wrth lyncu'r dŵr yn anfodlon. Ni waredwyd y blas o'i cheg. Os rhywbeth, gwnaeth bethau'n waeth o lawer.

"Ti'n barod i siarad?" gofynnodd, er y gwyddai'r ateb cyn gwneud.

"Fuck off!" ebychodd Julia eto.

"Dy ddewis di." Rhoddodd Rodders y gwydr ar y bwrdd wrth ochr y gwely, a gafael yn yr hosan.

"So ti'n mynd i glirio'r mess 'ma?" Cyfeiriodd Julia at y gwely.

"Na," oedd yr ateb unsill. Dychwelodd Rodders yr hosan i'w cheg a'i chloi â glud y tâp. Aeth i'r lolfa i fwyta'i ginio.

Ar ôl gwaredu ei fenig latecs a golchi ei ddwylo'n drylwyr, gwisgodd bâr newydd a chwalu Pot Noodle blas cyw iâr a madarch, pecyn o Quavers, KitKat pedwar bys, can o Coke a dwy sigarét. Yna, ystyriodd ffonio Jac. Ond, wedi codi ei ffôn a dod o hyd i'r rhif, penderfynodd beidio â gwneud. Doedd dim newyddion ganddo eto, felly beth oedd y pwynt? Trodd ei feddyliau at Kylie, ei gariad. Wel, nid ei gariad go iawn, efallai, ond roedd y ddau'n tueddu i droi at ei gilydd am gysur ac am gwtsh yn go aml. Roedd trefniant mor llac yn siwtio Rodders i'r dim, wrth gwrs, gan nad oedd ei oriau gwaith afreolaidd yn plesio'i gariadon, yn yr hirdymor beth bynnag. Ystyriodd roi caniad iddi, ond penderfynodd aros tan ddiwedd y job. Roedd angen bod yn broffesiynol; echdynnu'r gwir oddi wrth y carcharor yn gyntaf, yna trosglwyddo'r wybodaeth i Jac, ac *wedyn* cysylltu â Kylie i weld oedd hi moyn cwrdd.

Cododd a chamu at y ffenest. Edrychodd allan ar y gymdogaeth lom, lwydaidd. Roedd mwy o sbwriel ar y palmentydd na phobl, a'r gwylanod barus yn cecran a chwffio dros y briwsion lleiaf, tra oedd bordiau pren wedi'u gosod dros nifer o ffenestri'r siopau gwag, gan atgoffa Rodders o ryw dref yn y Gorllewin Gwyllt – Tombstone neu Deadwood, efallai, neu hyd yn oed Jake's Town yn Oakwood, lle cofiai fynd ar drip ysgol flynyddoedd ynghynt.

Taniodd fwgyn arall a phwyso ar y sil i smocio, a gwylio'n gynyddol ofidus wrth i gar heddlu yrru i fyny'r stryd trwy'r traffig a dod i stop yn uniongyrchol o flaen y fflat. Camodd yn ôl i'r ystafell, ei galon yn taranu a'i ben yn llawn cwestiynau, mwyaf sydyn, er nad oedd atebion yn gwmni iddynt.

Aeth at ddrws yr ystafell wely i wirio bod ceg Julia'n dal i fod ar gau, ac yna at y drws ffrynt, lle arhosodd am y gnoc. Nid oedd ganddo syniad beth y byddai'n ei wneud nesaf – neidio allan o'r ffenest oedd yr *unig* opsiwn, oherwydd nad oedd gan y fflat ddrws cefn nac allanfa dân.

Arhosodd yn yr unfan am funud a chamu'n ôl at y ffenest yn betrusgar, mewn pryd i weld y ddau heddwas yn dychwelyd i'w cerbyd yn cario'u cinio o'r siop sglods lawr stâr. Gwyliodd nhw'n mynd, ei galon yn araf ddychwelyd at ei churiad cyfforddus. Taniodd stwmp ac eistedd ar y soffa unwaith yn rhagor, gan wenu'n llawn rhyddhad.

Diflasodd yn ddigon cyflym ar ôl ychydig oriau. Gwiriodd Facebook a Twitter ar ei ffôn. Diflasodd hyd yn oed ymhellach. Crwydrodd ei lygaid o amgylch yr ystafell. Am le! Cachdwll a hanner. Twlc. Er fod hynny'n sarhad i holl foch y byd hefyd. Roedd fflat Julia Finch yn gwneud iddo werthfawrogi'r hyn oedd ganddo – yn eiddo ac yn iechyd. A gorau po gyflymed y gallai droi ei gefn ar y lle 'ma. Roedd yr amser wedi dod i weithredu. Roedd yr amser wedi dod i symud pethau yn eu blaenau, tuag at y terfyn anochel.

Nid oedd Julia'n gwybod oedd hi'n breuddwydio eto ynteu'n gweld rhithiau. Doedd dim byd yn gwneud synnwyr bellach, ac roedd amser yn gysyniad dieithr ar y diawl. Ers pryd oedd hi wedi bod yn gorwedd yma? Roedd yr hylifau corfforol oedd yn cronni o gwmpas ei chorff erbyn hyn yn awgrymu diwrnod neu ddau o leiaf, ond doedd hi ddim yn sicr. Doedd dim cloc ar gyfyl yr ystafell, ac roedd yr ysfa am alcohol yn hawlio'i sylw bron yn gyfan gwbl, gan dagu pob egin-syniad cyn iddynt gael cyfle i wreiddio yn ei phen. Roedd ei garddyrnau a'i phigyrnau'n brifo, ei thrwyn yn llawn arogleuon personol pydredig, ei cheg wedi merwino a'r syched yn orlethol. Arnofiai rhwng dau fyd, gan edrych i lawr o bryd i'w gilydd a gwylio'i hun yn gorwedd ar y gwely. Owain oedd y cyntaf i ymweld, ond nid Ows bach mohono. Roedd bellach yn ddyn yn ei ganol oed, yn sefyll wrth droed y gwely yn gwisgo siwt ddu drwsiadus. Siwt alar. Siwt angladd. Gwyddai mai Owain oedd e oherwydd roedd ganddo geg oedd yn debycach i big hwyaden. Cwaciodd arni, ond ni ddeallodd Julia'r un gair. Danny ymddangosodd nesaf, yn sefyll wrth ochr ei fab yn gwisgo lifrai digamsyniol dyn dan glo. Roedd llygaid ei gŵr yn gwaedu; y dagrau sgarlad yn gadael eu hôl ar ei fochau ac yn diferu oddi ar ddibyn ei ên a glanio ar grys ei mawrhydi. Agorodd ei geg ond, yn lle geiriau, pistyllodd hylif claear tuag ati, gan ei dyfr-fyrddio yn y man a'r lle. Brwydrodd yn erbyn y llif, nes iddi sylwi mai jin oedd yn llifo o geg Danny. Agorodd Julia'i cheg a llarpio a llyncu. Pan agorodd ei llygaid nesaf, roedd Justine, Alfie a Noa wedi cymryd lle ei gŵr a'i fab. Roedd gwallt ei merch yn llwyd a llipa; ei llygaid yn wydrog a thrist. Roedd hi'n hŷn na Julia yn awr, tra oedd Alfie wedi aros yr un fath a Noa'n dal yn fabi, er bod ei wallt yn llwyd a'i groen yn welw ac yn felynwyn, fel hen ddyn oedrannus. Ceisiodd agor ei cheg i'w cyfarch, ond roedd yr hosan yn dal yn ei lle.

Dychwelodd Rodders at Julia a gweld ei bod hi'n cysgu. Gwiriodd guriad ei chalon ar ei garddwrn i wneud yn siŵr, ac yna trodd at y jin a gafael yn un o'r poteli. Trodd y cap a'i agor. Camodd at y gwely, eistedd ar y gadair a dal y botel o dan drwyn y carcharor. Gwyliodd gan wenu wrth weld ei ffroenau'n plycio, a chael ei synnu'n llwyr pan ddechreuodd Julia lowcio drosodd a throsodd trwy ei safnrhwym cyntefig, fel petai'n llyncu'n syth o'r botel. Tynnodd y botel oddi wrthi, ac agorodd Julia'i llygaid ar unwaith.

Gwingodd ar y gwely, yn brwydro'n anobeithiol yn erbyn y rhwymau. Caeodd Rodders y caead unwaith yn rhagor.

"Ti'n barod i siarad?" gofynnodd, ac er i Julia wadu ei bod hi, gallai Rodders weld bod y diwedd yn dod. Gadawodd hi yno eto. Gwiriodd ei ffôn a gweld mai pedwar o'r gloch oedd hi. Dim ond ers deuddeg awr y bu yma, ac roedd hynny'n fwy na digon.

Teimlai Julia'n sâl. Nid yn gyfoglyd, ond yn gorfforol. Crynai ei chorff a diferai'r chwys oddi arni. Roedd hi wedi pisio'i hun pwy a ŵyr faint o weithiau ac roedd hynny'n gwneud iddi rynnu.

Dychwelodd at y marc post ar yr amlenni dienw. Dyna oedd yr *unig* gliw. A doedd hwnnw ddim yn rhyw lawer o gliw chwaith. Ni fyddai'n bradychu ei merch wrth rannu cyn lleied â hynny gyda'i harteithiwr...

Roedd yr amser wedi dod i gael ei rhyddhau, felly mwmiodd mor uchel ag y gallai trwy'r hosan tan i'r dyn ddychwelyd.

Rhwygodd Rodders y tâp oddi ar ei cheg a thynnu'r hosan heb ddweud gair. Doedd dim angen. Roedd hi'n barod i siarad. Yn barod i daro bargen. Yn barod am ei gwobr.

"Ble ma fe?" gofynnodd yn ddiseremoni.

"Runcorn," atebodd Julia. "Jin!"

"Ma angen mwy na hynny arna i…"

"Bocs ar ben y ffrij. Llythyre…"

Gadawodd hi yno a mynd i archwilio. Daeth o hyd i'r blwch yn ddidrafferth, a hwnnw'n llawn amlenni a ffotos o fachgen ifanc ac un o fabi newydd-anedig. Ei hŵyr oedd y crwt, heb os. Mini-me Alfie. Gwallt melyn cyrliog, llygaid glas. Twat bach. Nid oedd llythyr nac unrhyw fath o ohebiaeth ysgrifenedig yn y pentwr, felly trodd at yr amlenni a gwirio'r marciau post. 'Runcorn' oedd wedi cael ei stampio ar bob un. Gosododd bob amlen yn ei warfag, ynghyd ag un o'r ffotograffau. Gadawodd y gweddill. Casglodd ei bethau – ffôn, ffags, leitar – a golchi'r mẁg te roedd wedi bod yn ei ddefnyddio, y fforc a'r twba Pot Noodle. Dychwelodd at Julia, torri'r rhwymau plastig â chyllell finiog a'u rhoi nhw yn ei warfag, ynghyd â'r darnau o dâp diwydiannol. Gosododd y gefynnau yn y gwarfag a cherdded at y drws ond, cyn gadael, trodd i edrych arni unwaith eto. Teimlodd dosturi annisgwyl wrth ei gweld yn eistedd ar droed y gwely yn yfed yn syth o'r botel jin gyntaf.

• • •

"Finch, you got a visitor."

Dilynwyd y geiriau gan sŵn drws dur y gell yn cael ei ddatgloi. Roedd hi'n ganol y prynhawn, a Danny'n gorwedd ar ei wely yn darllen *A Short History of Nearly Everything* gan Bill Bryson. Roedd Danny wrth ei fodd â llyfrau Bryson, er bod y gyfrol yma'n dra gwahanol i'r gweddill. Credai iddo ddysgu mwy ers dechrau ei darllen nag y gwnaethai yn ystod gweddill ei fywyd.

"What about me, guv?" gofynnodd Paul wrth bisio yng nghornel y gell.

"No one loves you, Hales. You should know that by now."

Dilynodd Danny'r swyddog ar hyd y coridorau, eu camau'n atseinio mewn cytgord oddi ar y waliau concrid. Aethant heibio i'r fynedfa i'r ystafell ymweld arferol ac arweiniwyd Danny i swyddfa llywodraethwr y carchar. Agorodd y swyddog y drws iddo a chamu o'r ffordd.

"I'll be right here if you need me, Detective King," esboniodd, gan gau'r drws ar ôl i Danny gamu i'r ystafell.

Bu bron i Danny ddechrau crogi Kingy hefyd, ond nid oedd arno eisiau dychwelyd i'r twll. Y tro diwethaf iddo'i weld, roedd Danny ar lawr y lolfa a Kingy'n llechu wrth y drws ffrynt, yn magu hangover a chydwybod llawn euogrwydd. Roedd golwg debyg ar ei wyneb heddiw, a'i lygaid llechwraidd yn saethu i bobman er mwyn osgoi rhai ei hen ffrind. Camgymerodd Danny ei osgo lletchwith a'i ystumiau anghyfforddus am chwithdod, ond pan gododd Kingy ar ei draed synhwyrodd Danny fod rhywbeth o'i le. Pam arall y byddai ei hen ffrind wedi dod i'w weld?

"Be ti'n neud 'ma?" gofynnodd wrth i'r pryder godi ynddo.

"Eistedd lawr, Dan," awgrymodd yr heddwas, gan ystumio at gadair wag.

"Sa i moyn ishte. Jyst dwed wrtha i beth sy 'di digwydd. A dim bullshit chwaith, Kingy."

"OK. Ma Julia 'di marw."

Y peth cyntaf y gwnaeth Danny ei deimlo oedd rhyddhad. Rhyddhad nad Ows oedd wedi mynd. Yr ail beth iddo'i deimlo oedd dicter. Aeth Julia i'w bedd yn credu mai Danny oedd wrth wraidd yr holl anffawd, ac nid dyna'r gwir. Roedd y ffaith na fyddai'n cael cyfle i brofi hynny iddi yn ei wneud yn gandryll. Y trydydd peth iddo'i deimlo oedd euogrwydd ac, yn gyflym ar ôl hynny, tor calon eithafol.

Eisteddodd. Rhoddodd ei ben yn ei blu gan ddisgwyl i'r dagrau lifo, ond cafodd ei synnu pan na ddigwyddodd hynny. Cododd ei ben ac edrych i gyfeiriad Kingy, oedd yn eistedd ar gornel y ddesg â golwg daer ar ei wyneb.

"Shwt?" gofynnodd Danny, er y gallai ddyfalu'n ddigon hawdd.

"Yn ei chwsg. Tagu ar ei chwd ei hun."

"Pryd?"

"Ffeindion nhw'r corff bore ddoe, ond roedd hi wedi marw ers dros wythnos, yn ôl y patholegydd…"

A dyna oedd ciw dagrau Danny.

RHAN 4

DEUDDENG MLYNEDD O NAWR

13

Am hanner awr wedi naw y bore ar ddydd Llun yr wythfed ar hugain o Chwefror, camodd Danny o'r carchar yn ddyn rhydd unwaith yn rhagor, ond ni feddyliodd am feddwi'n dwll, ffwrcho hŵrs, bwyta brecwast blasus nac unrhyw beth o'r fath. Roedd ei ffocws yn absoliwt. Ei fab, Owain, oedd yr unig beth a hawliai ei sylw. Ar ôl blynyddoedd o bendroni a hunangasineb, deallai bellach iddo fe a Julia wneud cam difrifol â'u mab. Ar ôl marwolaeth ei wraig, cafodd wybod i ofal Owain gael ei drosglwyddo i asiantaeth faethu breifat. Collodd Danny bob hawl a ddylai fod ganddo fel rhiant geni, yn unol â deddfwriaeth newydd a ddaethai i rym. Ni wyddai ble roedd ei fab erbyn hyn, ac nid oedd Danny'n gallu byw yn ei groen oherwydd hynny.

Yn wahanol i'r llond llaw o garcharorion eraill gafodd eu rhyddhau ar yr un adeg â fe, doedd neb yn aros am Danny. Roedd Kingy wedi hanner addo dod i'w nôl, ond heb ymrwymo'n llwyr i hynny, oherwydd ei waith. Pe na byddai'n gallu dod, roedden nhw wedi trefnu cwrdd amser cinio yn nhafarn y Butchers 'nôl yng Ngerddi Hwyan. Sganiodd Danny'r maes parcio, ond doedd dim golwg ohono yn unman. Gwyliodd yn llawn cenfigen wrth i'r cyn-garcharorion eraill gael eu cofleidio gan deulu, epil a ffrindiau, y dagrau o lawenydd yn llifo a'r cariad a'r rhyddhad yn ddigamsyniol, er na fyddent yn para'n hir ym mhob achos. Roedd Danny wedi darllen yr ystadegau. Byddai canran uchel iawn o droseddwyr yn ailgydio yn eu 'gyrfaoedd' yn ddigon clou ar ôl gadael y carchar, ac yn dychwelyd at fywyd o dan glo mewn dim o amser. Ac er bod Danny'n bwriadu torri'r gyfraith eto yn y ffordd fwyaf echrydus bosib pan gâi afael ar wddwg Alfie, nid oedd yn bwriadu dychwelyd i'r carchar.

Dros yr wythnosau yn arwain at ei ryddhau, cyfarfu Danny â Swyddog Ailsefydlu Troseddwyr y carchar, fel y byddai pob carcharor hirdymor arall yn ei wneud. Soniodd y swyddog, boi o'r enw Dylan Jones oedd yn mynnu cael ei alw'n 'Dill-on', am yr heriau y byddai Danny'n eu hwynebu wrth iddo gael ei ryddid. Roedd y byd wedi newid tu hwnt i'r dychymyg dros y ddegawd ddiwethaf, meddai Dill-on; technoleg oedd yn teyrnasu, ac roedd posibilrwydd mawr y byddai Danny'n ei chael hi'n anodd dygymod ar y dechrau. Gwrandawodd Danny ar ei honiadau, gan drafod a chwestiynu'n gwrtais mewn ymdrech i beidio â denu sylw at y ffaith nad oedd ganddo unrhyw ddiddordeb yn yr hyn oedd gan y swyddog i'w ddweud. Doedd dim ots gan Danny am dechnoleg nac unrhyw ddatblygiadau eraill oedd wedi digwydd ers iddo fynd i drwmgwsg anwirfoddol ar bleser ei mawrhydi, achos nid y byd oedd yr unig beth oedd wedi newid yn ystod y cyfnod hwn. Roedd Danny wedi newid hefyd. Nid yn unig yn gorfforol – roedd e'n fehemoth o fysls bellach, yn hytrach na dim ond cawr cyhyrog – ond hefyd yn feddyliol. Nid oedd problemau'r byd go iawn yn bodoli yn y carchar, er nad oedd hynny'n golygu nad oedd *unrhyw* broblemau yno chwaith. Roedd bywyd yn symlach o dan glo, yn enwedig i rywun fel Danny, oedd wedi colli *popeth*. Doedd dim angen iddo boeni am newidiadau'r byd achos nid oedd ei amcanion ef wedi newid ers blynyddoedd. Amcan un, ffeindio Owain. Amcan dau, ffeindio Alfie. Byddai'n delio â'r print mân maes o law...

Cefnodd ar y carchar heb hyd yn oed edrych i gyfeiriad The Clink, bwyty trendi oedd yn cyflogi carcharorion Caerdydd, ac anelu am Heol Casnewydd. Meddyliodd am Paul, ei gyn-gell-gyfaill. Ble roedd e erbyn nawr? Cawsai ei ryddhau dair blynedd yn ôl, ond nid oedd Danny wedi clywed dim o'i hanes ers 'ny.

Roedd y gwarfag a gariai ar ei gefn yn llawn arian parod a dim lot arall. Mil o bunnoedd yn union mewn papurau ugain. Roedd Danny wedi trosglwyddo gweddill ei gyfrif banc HMP i'w hen gyfrif HSBC cyn gadael. Roedd wedi cynilo bron pob ceiniog a enillodd yn ystod ei gyfnod o dan glo. Yn wahanol i'r mwyafrif o garcharorion, nid oedd Danny'n gaeth i unrhyw sylwedd, boed yn gyfreithlon ai peidio. Roedd hyd yn oed y chocoholics yn gorfod bodloni eu chwantau. Yr unig beth a wnaethai Danny'n ddefodol oedd codi pwysau, ac roedd pwrpas pendant i hynny hyd yn oed. Roedd e eisiau edrych mor fwystfilaidd â phosib cyn gadael; cyn mynd i hela, hynny yw. Wedi'r cyfan, y llew *mwyaf* oedd brenin y paith, yn hytrach na'r un mwyaf milain.

Cerddodd trwy dyrfaoedd boreol Heol y Frenhines; pawb ar frys ac ar y ffordd i rywle. Nid oedd prif wythïen fanwerthu Caerdydd wedi newid rhyw lawer ers iddo fod yma ddiwethaf. Roedd y siopau mor lliwgar a dienaid ag erioed, a'u ffenestri bellach yn fflachio â delweddau a hysbysebion symudol, ond roedd llawer mwy o fegeriaid i'w gweld yn llech-hela'r prynwyr heddiw o'i gymharu â'r hyn y gallai Danny ei gofio. Er fod carcharorion wedi'u hynysu, o reidrwydd, nid oeddent yn hollol anymwybodol o'r hyn oedd yn digwydd tu hwnt i'r barrau. Diolch i bapurau newydd, sibrydion, safbwyntiau a rhagfarnau ei gyd-garcharorion, gwyddai Danny am y gorfudo i'r Gorllewin oherwydd holl helyntion y Dwyrain Canol, ac roedd y deilliannau dynol i'w gweld y bore 'ma, yn llechu yng nghysgodion CBD Caerdydd, gyda'u cledrau ar agor yn obeithiol, ond eu llygaid lled-fyw yn llawn anobaith cynhenid.

Cyrhaeddodd y castell. Cofiodd y tro diwethaf iddo ddod yma, gyda Julia ac Owain, mewn bywyd arall. Syllodd ar y waliau a'r tyrau ar gefndir yr awyr las. Ar wahân i'r baneri oedd yn chwifio yn yr awel, nid oedd yr olygfa'n annhebyg i'r un o'i gell. Cadw pobl *allan* oedd nod gwreiddiol waliau'r castell, wrth gwrs, ond cadw pobl *i mewn* oedd amcan rhai'r carchar.

Cariodd ymlaen nes iddo gyrraedd wal yr anifeiliaid. Unwaith eto, trodd ei feddyliau at Owain a'r ffordd yr ymatebodd yn llawn cyffro wrth weld y bwystfilod cerrig am y tro cyntaf. Yr arth oedd ffefryn Ows, am resymau amlwg, er mai'r udfil a arhosodd yng nghof Danny, yn bennaf achos i Julia ddatgan yn hollol ddidaro bod gan udfilod benywaidd bidyn cwbl weithredol. Nid oedd Danny'n gwybod a oedd hynny'n wir ai peidio, ond daeth y 'ffaith' â gwên i'w wyneb y bore yma. Edrychodd ar y racwniaid yn cofleidio wrth gerdded heibio a cheisiodd ei orau i beidio â meddwl am ei wraig. Methodd. Croesodd y bont a throi i'r chwith er mwyn cerdded ar lan afon Taf a syllu ar draws y dŵr at y llong ofod anferthol ar yr ochr draw, neu Stadiwm y Principality fel y gelwid yr erchyllbeth pensaernïol ers blynyddoedd. Gwyliodd dacsi dŵr yn hwylio heibio o gyfeiriad y Bae. Chwifiodd plentyn bach arno o'r bad, ond dim ond syllu'n ôl wnaeth Danny.

Drysodd yn llwyr wrth agosáu at orsaf drenau Caerdydd. Roedd yr orsaf fysiau wedi diflannu a'r lle wedi ei drawsnewid yn llwyr. Dallwyd Danny gan yr holl wydr. Gwelodd bencadlys y BBC a siopau di-rif yn sgleinio o flaen ei lygaid. Cofiodd weld darluniau cynnar o'r cynlluniau ar gyfer yr ardal hon yn y *Western Mail* flynyddoedd yn ôl, ond roedd realiti'r datblygiadau bron yn ddigon i'w lorio. Yn llythrennol, roedd Danny wedi camu i'r dyfodol ac roedd yr holl beth yn teimlo fel golygfa o ryw nofel ffugwyddonol fwyaf sydyn. Eisteddodd ar fainc i gael ei wynt ato, a dyna lle arhosodd am sbel, yn anadlu'n ddwfn a cheisio cyfarwyddo â rhythmau estron y byd. Roedd popeth mor wahanol, ond eto roedd popeth yr un peth. Roedd pobl yn dal i smocio tu allan i adeiladau, er bod y mwyafrif bellach yn sugno ar e-sigarennau, yn hytrach na ffags go iawn. Roedd holl drawstoriad cymdeithas yn cael ei gynrychioli ar y strydoedd o hyd – o'r bobl fusnes yn eu siwtiau drud a'r mamau sengl yn eu tracwisgoedd felôr i'r cardotiaid tu fas i'r orsaf a'r heidiau o bobl ifanc yn eu harddegau oedd yn crwydro'r strydoedd yn hela am y fargen nesaf. Gwelodd ambell un yn gwisgo mwgwd dros ei geg a'i drwyn, i'w atal rhag anadlu'r llygredd yn yr aer, fwy na thebyg, er na allai Danny synhwyro dim byd afiach yn arnofio yn yr amgylchedd. Ar ôl degawd yn gwynto dim byd ond diheintydd, rhechfeydd a chwys, roedd yr awyr iach yn fendigedig.

Cododd Danny ac anelu am yr orsaf drenau. Roedd ffasâd gwydr yn fframio'r hen fynedfa, ac arogl coffi ffres yn hudo'i ffroenau. Gwiriodd yr amserlenni digidol a gweld bod ganddo ugain munud cyn y byddai trên Maesteg yn gadael o blatfform chwech. Prynodd docyn unffordd o'r bwth a choffi anferth o Starbucks. Cyrhaeddodd y trên yn brydlon. Eisteddodd Danny a gosod y coffi ar y bwrdd o'i flaen. Wrth i'r trên adael yr orsaf, dechreuodd anadlu'n naturiol unwaith eto. Roedd yn falch o gael troi ei gefn ar Gaerdydd a gobeithiai na fyddai'n rhaid iddo ddychwelyd yma byth eto. Yn wir, dim ond dau beth fyddai'n ei arwain yn ôl yma: ei fab a'i fradwr.

Os oedd camu o'r carchar i ganol Caerdydd yn debyg i deithio i'r dyfodol mewn DeLorean, roedd y siwrne drên i Erddi Hwyan fel gwibdaith i'r gorffennol pell. Yr unig dystiolaeth o gynnydd dynolryw y gallai Danny ei gweld trwy'r ffenest oedd y tyrbinau gwynt di-ben-draw oedd fel pla triffidaidd ar y tirlun. Ond er bod yr ynni a gynhyrchid ganddynt yn lân, roedd y cyfarpar cylchdroadol wedi ysgythru a chreithio cymoedd de Cymru tu hwnt i'r pwynt di-droi'n-ôl. Ymhen deugain munud, camodd Danny o'r trên yng Ngerddi Hwyan. Gwiriodd y cloc a gweld bod hanner awr ganddo cyn cwrdd â Kingy am ganol dydd. Dechreuodd gerdded i gyfeiriad ardal Tŷ Coch y dref, sef lleoliad tafarn y Butchers, gan sylwi â pheth rhyddhad nad oedd unrhyw beth wedi newid yng Ngerddi Hwyan. Yn wahanol i Gaerdydd, oedd yn debycach i un o weledigaethau Philip K Dick na'r ddinas roedd Danny'n ei chofio, os rhywbeth, roedd y dref hon wedi mynd am 'nôl. Siopau di-rif â bordiau yn lle ffenestri; tyllau megis creithiau yn y concrid; a'r sbwriel fel peli chwyn ar hyd bob man. Ond er nad oedd unrhyw beth wedi newid rhyw lawer yn ddaearyddol, roedd *popeth* wedi newid i Danny ar lefel bersonol. Gwelai ysbrydion rownd bob cornel. Julia'n gadael siop sglodion; Owain ar feic yn ei wisg ysgol; Justine yn gwthio Noa mewn bygi tair olwyn; Alfie ar ffôn symudol yn cerdded yn syth tuag ato, ei gyrls gwyllt wedi'u goleuo gan yr haul. Ochrgamodd Danny'r rhith a phwyso'n erbyn arhosfan bws. Atseiniai eu lleisiau oddi ar bob wal. Caeodd ei lygaid. Anadlodd yn ddwfn, i mewn trwy ei drwyn ac allan trwy ei geg, ac ailadrodd y broses tan ei fod yn teimlo'n well.

"Ti'n olreit, bỳt?" gofynnodd hen ddyn oedd yn aros am fws.

Agorodd Danny ei lygaid a syllu arno'n syn. Yna nodiodd ei ben a cherdded i ffwrdd.

Wrth deithio yma ar y trên, roedd Danny wedi bwriadu ymweld â bedd Julia cyn cwrdd â Kingy, ond gyda'i galon ar ras a'i ben yn llawn bwganod, penderfynodd beidio â mynd ar gyfyl y lle.

Cyrhaeddodd loches y dafarn. Tarodd yr arogleuon cyfarwydd ef cyn gynted ag y cerddodd i mewn. Cwrw 'di egru, rhechfeydd ac anobaith yr yfwyr oedd eisoes yma'n magu diodydd cynta'r dydd. Archebodd beint o Guinness ac eistedd yng nghornel bella'r dafarn, gan adael i'r stwff du setlo'n gyfan gwbl cyn codi'r gwydr at ei geg. Nid oedd Danny wedi yfed unrhyw alcohol ers deng mlynedd a swynodd y stowt ef ar ôl y sip gyntaf. Erbyn i Kingy gyrraedd, chwarter awr yn hwyr, roedd llygaid Danny'n wydrog a'i ail beint yn hanner gwag.

Ar ôl casglu dau beint wrth y bar, ymunodd yr heddwas â'i hen ffrind.

"Iawn, Dan?" gofynnodd Kingy. Doedd dim syniad ganddo beth arall i'w ddweud. Daethai eu perthynas fel ag yr oedd hi i ben. Yr unig beth oedd ar ôl oedd rwbel chwithig yr hyn a fu. Roedd e wedi ymweld â Danny yn y carchar bob rhyw chwe mis ers i Julia farw, ond dyletswydd ac euogrwydd oedd yn ysgogi'r ymweliadau, yn hytrach na chyfeillgarwch. Er nad oedd erioed wedi crybwyll y peth, gwyddai Kingy na fyddai Danny byth yn maddau iddo am beidio â'i rybuddio am y cyrch ben bore.

"Aye. Ti?"

"Not bad. Not bad."

"A Lucy a'r bois?"

"Iawn, ti'mod," atebodd Kingy, gan godi ei beint er mwyn peidio â mynd i unrhyw fanylder am ei fywyd teuluol. Roedd ganddo dri o blant bellach. Bechgyn. Yr hynaf yn unarddeg a'r ieuengaf yn dair, ond nid oedd arno eisiau ymhelaethu achos byddai hynny'n atgoffa Danny o'r hyn roedd yntau wedi'i golli.

"O's 'da ti'r beth-ti'n-galws?" gofynnodd Danny. Doedd dim brys arno, ond roedd yr awyrgylch yn annioddefol, felly man a man mynd yn syth at y pwynt.

Nodiodd Kingy ei ben ond nid aeth i'w boced i estyn yr hyn yr oedd Danny ei eisiau ar unwaith.

"Beth ti'n mynd i neud, Dan, ti'n gwbod, os dei di o hyd i Owain?"

Nid oedd Danny'n hoffi presenoldeb y gair 'os' yng nghwestiwn Ditectif King, a syllodd i lygaid yr heddwas wrth feddwl am ei ateb, yn y gobaith y gallai Kingy ddarllen y neges yn y canhwyllau.

"Dere, mỳn, beth ti'n bwriadu neud?"

Greddf gyntaf yr awyrlong ddynol oedd gafael yng ngholer y ditectif, ei dynnu ar draws y bwrdd ac estyn y dogfennau o'i boced. Ond roedd 'na bosibilrwydd y byddai angen ei help arno eto yn y dyfodol agos, felly pwyllodd ac ateb mor ddigynnwrf a didwyll ag y gallai.

"Dim byd."

"Dim byd?"

"Fi jyst moyn 'i weld e. 'Na gyd. Fi jyst moyn checkio bod e'n iawn, ti'n gwbod? Yn hapus, yn cael gofal a chariad gan ei deulu newydd…"

Tawelodd Danny.

Torrodd calon Kingy.

Yfodd y ddau ar unwaith.

"Sa i hyd yn oed moyn siarad 'da fe na dim. Sa i'n bwriadu difetha'i fywyd e eto. Ac anyway, sa i'n siŵr bydde Ows yn fy nghofio i, ta beth."

Nid oedd Kingy'n cytuno â'r honiad hwnnw, ond dyna'n union roedd e eisiau ei glywed. Ceisiodd symud y delweddau o Danny'n cipio Owain o'i wely yng nghanol nos o'i feddwl, a gofyn:

"Wedyn beth?"

Heb oedi, atebodd Danny: "Wedyn fi'n mynd i ffeindio Alfie a'i fuckin ladd e."

Gwenodd Kingy ar hynny ac estyn amlen A4 wedi'i phlygu'n hanner o boced fewnol ei siaced.

Oedd, roedd Danny wedi colli trac ar ei fab, ond o ganlyniad daethai ei berthynas ag Ows yn hollbwysig iddo, yn enwedig wrth i ddyddiad ei ryddhau agosáu ac wrth i'w feddyliau droi at y dyfodol. Daethai i'r casgliad nad oedd ganddo ddyfodol o gwbl heb Ows, a nawr ei fod yn rhydd, roedd arno eisiau gwneud yn siŵr bod ei fab yn iawn, yn cael gofal da ac, yn bwysicaf oll, yn hapus.

Fodd bynnag, nid oedd gan Kingy newyddion cwbl galonogol iddo.

"'Drych, Dan, o'n i methu cael *popeth* ofynnes di am…"

"Pam?"

Anwybyddodd Kingy'r cwestiwn a llithro'r amlen ar draws y bwrdd, ei lygaid yn llamu o un lle i'r llall, heb ddod yn agos at drem Danny.

"Dyma enw a chyfeiriad teulu maeth *diwethaf* Owain, cyn iddo gael ei fabwysiadu."

"Ble ma manylion y teulu sy *wedi* ei fabwysiadu? 'Na beth sydd angen arna i, dim hwn."

"Fi'n gwbod, ond dyma'r *unig* beth oedd ar y system."

"Ond ti'n dditectif – alli di gael gwybodaeth am unrhyw beth."

"Ha! Ti'n gwbod nad yw hynny'n wir, Dan."

Tywyllodd hwyl Danny ar unwaith a theimlodd y niwl coch yn cau amdano, yn fantell o rwystredigaeth a diffyg dealltwriaeth. Gwelodd Kingy'r gwylltineb yn gafael yn ei gyfaill ac yn mudferwi tu ôl i'w lygaid gwydrog, gwaetgoch. Mewn ymdrech i achub y blaen ar y bwystfil, esboniodd ei fod wedi cysylltu â'r adran berthnasol a'i fod yn aros am ymateb i'w gais, er mai celwydd noeth oedd hynny. Nid oedd Kingy wedi gwneud dim o'r fath. Roedd digon ar ei blât fel ag yr oedd hi – yn waith ac yn faterion domestig – heb fynd i gwrso ysbrydion i'r fath raddau ar ran Danny Finch.

Tynnodd Danny'r ddogfennaeth o'r amlen a darllen y cyfeiriad.

"Llundain? Pam Llundain? O'n i'n meddwl bod nhw'n ceisio cadw Cymry yng Nghymru a vice versa…"

"'Na beth o'n nhw'n arfer gwneud, ti'n iawn, ond ma lot wedi newid ers i ti fynd i'r carchar, Dan. Ma'r blydi Tories i gychwyn, a Ukip wedyn 'ny, wedi preifateiddio bron popeth, ac mae datganoli wedi aros yn yr unfan i bob pwrpas. Ac ar ben hynny, ma pob achos yn wahanol, yn 'dyn nhw. Yn enwedig pan ma asiantaethau preifat yn rhan o'r broses, fel sy'n norm erbyn hyn. Ond so hynny'n golygu mai dyna lle arhosodd e chwaith, ti'n gwbod, dros Glawdd Offa. Dim ond dros dro roedd e gyda'r teulu 'ma, wedi'r cwbl."

"Fuck's sake, Kingy! Sa i'n hapus am hyn."

"Fi'n gwbod 'ny, ond sdim byd alla i neud am y peth."

Digalonnodd Danny. Gwyddai beth y byddai'n rhaid iddo'i wneud yn awr, yn y gobaith o godi'r trywydd, oedd bron yn sicr o fod wedi hen ddiflannu erbyn hyn, a dod o hyd i'w fab.

Yn ogystal â'r manylion cysylltu, roedd 'na hen ffoto o Owain yn yr amlen, ac wrth i Kingy fynd ati i geisio esbonio ac esgusodi esgeulustod y 'system', yfodd Danny ei beint yn dawel ac edrych ar y llun, gan gofio'r dyddiau da, oedd yn teimlo fel cyfanfyd cyfochrog i'r un roedd e'n rhan ohono heddiw.

Parablodd DS King, ond detholiad yn unig a glywodd Danny – brawddeg fan hyn a gair neu ddau fan draw.

"Ma'r dirwasgiad 'ma 'di cael effaith fawr ar wasanaethau cyhoeddus, Dan... ac mae'n waeth nawr nag oedd hi'n dilyn cwymp 2008... ma'r blydi fascists wedi ffwcio pawb... ar wahân i'r cyfoethog, wrth gwrs... toriadau llym... preifateiddio popeth... ma'r gwasanaethau craidd wedi ca'l 'u gwthio 'nôl i ganol y ganrif ddiwetha a phethe fel hyn yn digwydd yn amlach nag y gallet ti ddychmygu, ac yn amlach o lawer na ddylsen nhw 'fyd..."

Roedd Danny wedi darllen am yr holl bethau hyn yn ystod y blynyddoedd diwethaf, ond nid oedd y byd tu fas yn berthnasol iddo ar y pryd, er fod y goblygiadau yn effeithio'n fawr arno nawr, gwta bedair awr ar ôl cael ei ryddid.

"Ar ben hynny," parhaodd DS King, "ma cyber crime a hacio yn broblemau mawr heddiw – y troseddau mwya cyffredin bellach, yn ôl yr ystadegau – ac asiantaethau llywodraethol yn cael eu targedu'n rheolaidd, felly pwy a ŵyr beth ddigwyddodd i fanylion Owain. Y gwir yw, Dan, bod ti'n lwcus i gael hyd yn oed hwn..."

Syllodd Danny arno'n iasol, ond doedd hynny'n newid dim. Dyma oedd y sefyllfa a dim ond un opsiwn oedd ganddo'n awr.

"'Co ti..." meddai Kingy, gan wthio set o allweddi ar draws y bwrdd.

Syllodd Danny ar y logo. Vauxhall, os oedd e'n cofio'n iawn.

"Beth yw hwn?"

Yn y gorffennol, byddai Kingy wedi ei ateb yn llawn coegni, ond roedd perthynas yr hen ffrindiau'n rhy fregus i'r math yna o beth bellach.

"Ma angen car arnot ti i fynd i Lundain, yn do's e, so cer ag un Lucy. Fi 'di dweud wrthi bod e yn y garej tan ddydd Gwener. Rhyw bullshit bod nhw'n aros am ryw ddarn neu'i gilydd. Dere â fe 'nôl mewn un darn, OK? A paid â cael damwain na neud dim byd twp, achos sdim insurance 'da ti a sa i moyn unrhyw drafferth…"

"Diolch, Kingy. Wir nawr." Cododd Danny'r allwedd a gorffen ei beint. Yna, cyn gadael, ysgydwodd law ei ffrind, gan ddod i'r casgliad mai euogrwydd oedd un o'r emosiynau cryfaf ohonynt i gyd. Yn ail agos i dristwch, efallai.

14

Wedi dwy awr yn gwylio'r tŷ, a hynny ar ben y daith o dde Cymru a chyfnod o chwyrnu ysbeidiol ar ôl cyrraedd Park Road, Crystal Palace, nid oedd Danny'n gallu teimlo bochau ei din bellach. Gyrrodd yma'n syth ar ôl cyfarfod â Kingy'r diwrnod cynt, ac roedd ei wddf yn stiff a'i gyhyrau'n glymog oherwydd cyfyngder y car. Doedd dim amser ganddo i'w wastraffu, gan fod rhaid iddo fod 'nôl yng Ngerddi Hwyan ddydd Gwener man pellaf er mwyn dychwelyd y car i Kingy, ac felly roedd hynny'n rhoi tri diwrnod iddo ddod o hyd i Owain. Wedi degawd o segura gorfodol roedd e bellach, fel cwningen Duracell ei atgofion pell, yn barod i fynd a mynd a mynd nes dod o hyd i'w fab, ble bynnag y byddai'r daith yn ei dywys.

Roedd wedi cyrraedd ei gyrchfan yng nghanol nos, sef stryd o dai teras Tardisaidd yn edrych dros barc dinesig Crystal Palace. Roedd y ddinas a'i maestrefi di-ben-draw yn dawel wrth iddo yrru yma, a system satnav y car yn gwneud y gwaith caled drosto. Parciodd gyferbyn â'r tŷ, rhyw ganllath o'r drws ffrynt, rhwng dau gar arall, a dyna lle arhosodd, yn hepian i gychwyn, cyn dechrau gwylio a gobeithio ar doriad gwawr, â'i galon yn cyflymu bob tro y byddai rhywun yn mynd yn agos at yr eiddo, boed yn bostmon, yn lonciwr neu'n weithiwr ar ei ffordd adref o'r shifft nos.

Roedd Danny'n arfer casáu gwylio eiddo fel hyn pan oedd yn blismon, ond roedd hyn yn wahanol rywffordd, gan fod yr ysgogiad mor bersonol a'r canlyniad mor bwysig, mae'n siŵr. Un nod oedd ganddo heddiw, a chanfod enw'r teulu oedd wedi mabwysiadu Owain oedd hwnnw. Petai'n gallu cael gafael ar gyfeiriad neu enw ardal neu dref, byddai hynny'n helpu hefyd, ond byddai'n setlo am enw yn unig, a gobeithio y byddai Kingy'n gallu gwneud y gweddill ar ei ran, gyda chymorth system gyfrifiadurol Heddlu Gerddi Hwyan.

Yn anffodus, byddai cyflawni'r nod yn wyrth o fath, oherwydd ei ddiffyg awdurdodaeth a'r rheolau llym oedd mewn grym yn atal rhieni maeth rhag siarad â neb am wreiddiau neu gefndir y plant yn eu gofal, yn enwedig dieithryn llwyr fel Danny. Doedd dim cynllun ganddo, eto. Gwylio oedd yr unig beth y gallai ei wneud am nawr, er mwyn cael rhyw syniad o'r bywyd oedd yn bodoli tu ôl i'r drws caeedig. Byddai'n meddwl am y manylion yn hwyrach ymlaen.

Gyda'r awyr yn galeidosgop o liwiau cyfnewidiol ar doriad gwawr, gwyliodd oleuadau'r tŷ yn tanio. Arwydd da, meddyliodd i gychwyn, oedd yn awgrymu bod plant yn byw yno. Ond yna cofiodd lle roedd e. Roedd y siwrne i ganol Llundain ar gyfer gwaith yn hirdaith a hanner i'r miliynau o gymudwyr oedd yn gwneud hynny bob dydd, felly nid oedd unrhyw sicrwydd mai plant oedd wrth wraidd y cychwyn cynnar.

Am ddwy funud wedi saith, gwyliodd ddyn trwsiadus yn ei bumdegau cynnar yn gadael y tŷ yn gwisgo siwt ddrud yr olwg. Cariai ddogfenfag lledr yn ei law dde ac ymbarél yn ei law chwith. Gwnaeth Danny nodyn meddyliol o'r amser a gwylio'r boi'n brasgamu heibio, ar frys i ddal y trên, dyfalodd.

Am bum munud i wyth, ymddangosodd dau fachgen ac un ferch tua phymtheg oed yn y drws, yn gwisgo gwisgoedd ysgol unfath, er bod lliw eu croen yn gwbl wahanol. Roedd gan y ferch wallt hir melyn a chroen gwyn, tra oedd y ddau fachgen yn frown eu croen ac yn gyrliog eu gwallt. Efeilliaid, pendronodd Danny, ond doedd dim ots mewn gwirionedd gan fod hyn yn arwydd da ac yn awgrymu bod posibilrwydd bod yna deulu maeth yn byw yno o hyd. Ugain munud yn ddiweddarach, dilynodd gweddill y teulu, oedd yn cynnwys matriarch ganol oed a phedwar plentyn rhwng pum a deng mlwydd oed.

Ystyriodd Danny ddilyn y fenyw a'r plant i'r ysgol, er mwyn ymestyn ei gorff a'i gyhyrau, ond penderfynodd aros lle roedd e am nawr a gweithio ar gynllun.

Ystyriodd dorri i mewn i'r tŷ er mwyn chwilota am enw, cyfeiriad neu unrhyw wybodaeth berthnasol, ond byddai hynny'n golygu y byddai'n rhaid iddo ddringo trwy ffenest gefn neu dorri gwydr mewn drws, ac roedd ei faint yn rhwystr i'r dewis cyntaf tra bod rhybudd DS King yn ei ddarbwyllo i beidio â bod mor hurt ag ystyried yr ail.

Aeth am dro ym Mharc Crystal Palace, dros y ffordd i'r tai teras. Cerddodd o amgylch y llyn, oedd yn gartref i ddegau o ddeinosoriaid concrid o Oes Fictoria. Gwenodd wrth gofio ymdrechion Owain i ddweud 'diplodocws' a 'stegasawrws', a'r mwynhad pur a gâi pan fyddai Danny'n darllen *Rhyfel Mawr y Pants* iddo. Roedd e wedi adrodd y stori gymaint nes bod y llinellau agoriadol wedi'u cadw ar ei gof. 'Nid oes 'r un deinosor, drwy lwc, yn byw yng Nghymru heddi', os hoffet wybod y rheswm pam? Wel, gwranda ar y stori…' Atseiniodd y geiriau yn ei ben wrth iddo gerdded draw i safle'r palas a losgodd i'r llawr, a chael ei ysbrydoli gan bensaernïaeth Sofietaidd y ganolfan hamdden gyfagos i weithredu ac i wneud rhywbeth, cyn y byddai'n rhy hwyr. Gofynnodd i'r dderbynwraig am gyfarwyddiadau i'r ganolfan siopa agosaf.

Cerddodd yno, yn hytrach na symud y car; wedi'r cyfan, roedd hi'n annhebygol y byddai'n cael lle mor dda i wylio'r tŷ eto. Nid oedd ganddo amser i chwilio am siop oedd yn gwasanaethu pobl o'i faint heddiw, High & Mighty neu rywle tebyg, felly prynodd ddillad trwsiadus o'r lle cyntaf addas y daeth ar ei draws – chinos glas tywyll, crys gwyn a siaced lwyd, ynghyd â sgidiau brown cyfforddus. Edrychodd arno'i hun yn y drych hyd-llawn a synnodd wrth weld y trawsnewidiad. Er nad oedd y dillad yn ei ffitio'n iawn, oherwydd ei gyhyrau, roedden nhw'n welliant mawr. Nesaf, prynodd lyfr nodiadau, tair beiro a waled ledr a llithro'i garden adnabod – a gafodd wrth gael ei ryddhau o'r carchar – i'r ffenest fach blastig. Doedd e ddim yn argyhoeddedig y byddai ei gynllun yn gweithio, ond doedd dim dewis ganddo. Roedd rhaid ceisio, neu byddai'r trywydd yn dod i ben heddiw, ac nid oedd Danny'n fodlon gadael i hynny ddigwydd.

Dychwelodd i'r car ar ôl cael cinio mewn caffi llawn cocnis. Eisteddodd ar ei ben ei hun yn y ffenest, yn gloddesta ar frecwast anferthol – y brecwast gorau iddo'i gael ers blynyddoedd – ac yn edrych ar y byd tu hwnt i'r gwydr wrth wrando ar ei gyd-giniawyr yn mân siarad wrth lenwi'u boliau.

Am dri o'r gloch, gwyliodd feistres y tŷ yn gadael unwaith eto, ar ei phen ei hun y tro hwn. Am ugain munud i bedwar, yn adain-ddrych y car, gwyliodd yr efeilliaid gwallt cyrliog yn agosáu. Camodd o'r car heb feddwl yn iawn beth roedd yn ei wneud. Tynnodd y waled ledr o'i boced, ynghyd â'r llun o Ows.

"Excuse me, lads." Tynnodd ei hun i'w lawn faint, gan ymgodi uwch pennau'r bechgyn a thaflu cysgod dros eu hwynebau. "Do you know this boy?"

Edrychodd y brodyr ar y llun.

"Who's asking?" atebodd yr efeilliaid yn unllais.

"Uh… I am," atebodd Danny, wedi ei ddrysu braidd gan eu hyder.

"But who *is* you, geeza?" gofynnodd un ohonynt, gan wneud i'r llall glicio'i fysedd yn gyfeiliant.

"Yeah, bruv, we ain't answerin' no quezzies unless we see some ID."

"You da fuzz, bruv?"

"You da five-o, bro?"

Cleciai eu bysedd mewn cytgord, a fflachiodd Danny'r

waled ledr o dan eu trwynau, cyn gwneud iddi ddiflannu eto i'w boced, fel consuriwr uffernol o wael.

"What the hell woz 'at, bruv?"

"Why you try'na pull that old skool Dynamo shit, geeza?"

"I'm not trying to pull anything..." poerodd Danny'n lletchwith.

"You try'na pull us, is it, ya nonce?"

"Woah there, bruv, wot is you, a paedo?"

"Jimmy Saviles?"

"Jimmy Saviles on steroids!"

A dyna lle gadawson nhw Danny, yn gegagored ac yn goch ei groen, yn chwilio'n wyllt ym mherfeddion ei ben am Plan B.

Aeth yn ôl i'r car wedi'i guro. Gwyliodd bawb arall yn dychwelyd adref ar adegau gwahanol. Y flonden yn gyntaf, law yn llaw â'i chariad; wedyn y fam a'r pedwar o blant bach; ac yn olaf y tad, tua hanner awr wedi chwech.

Arhosodd Danny tan iddi nosi. Gwyddai ei fod e'n agosáu at anobaith, at ddiwedd y daith, cyn iddi gychwyn mewn gwirionedd. Penderfynodd fynd amdani, gyda geiriau Del Boy yn atseinio yn ei ben am ryw reswm.

He who dares, Rodney, he who dares...

Ei obaith oedd y byddai'r llednos yn ei gynorthwyo i ddrysu'r rhieni; hynny, ac anhrefn anochel y cyfnod cyn gwely. Gallai gofio pa mor anodd oedd hi ar adegau i gael Owain i'r gwely, felly roedd hi'n amhosib iddo ddychmygu'r her o gael pedwar o blant o dan ddeg oed i noswylio'n ddidrafferth.

Am ugain munud wedi saith, camodd Danny o'r car ac anelu am y tŷ. Ar ôl cyrraedd, anadlodd yn ddwfn i leddfu'r nerfau a gwrandawodd ar y sŵn oedd yn dod o ochr arall y drws pren. Gallai glywed amryw o leisiau, yn oedolion, yn blant ac yn dod o'r teledu. Estynnodd ei waled a'r ffoto o Owain.

Llyncodd.

Cnociodd.

Arhosodd.

Agorwyd y drws gan ferch fach tua wyth oed yn gwisgo onesie Hello Kitty.

"DAAAAAAAAAAAD!!!!!" oedd ei bloedd, ond nid ymddangosodd oedolyn ar unwaith; yn hytrach, ymunodd dau blentyn bach arall â hi wrth y drws, yn syllu ar Danny'r cawr trwy lygaid trymion.

"MUUUUUUUUUM!!!!!" cydadroddodd y triawd.

Clywodd Danny doiled yn fflysio a sŵn traed yn dod i lawr y grisiau.

"Mr Williams," achubodd Danny'r blaen ar y gŵr busnes, oedd bellach wedi cyfnewid ei siwt am bâr o jîns a chrys polo. Fflachiodd y waled a'r ffoto o Owain o flaen ei drwyn a dychwelyd y cerdyn adnabod i'w boced cyn i ŵr y tŷ gael cyfle i graffu arno go iawn. Yn ffodus, roedd e'n rhy brysur yn ceisio bugeilio'i blantos tua'r grisiau a'u gwlâu i gymryd fawr o sylw o dwyll Danny.

"My name's Aled Colwyn, and I'm with St Cadoc's Adoption Agency," esboniodd Danny pan drodd Mr Williams yn ôl at y drws o'r diwedd.

Hawliodd hynny ei sylw'n syth.

"What can I do for you?" gofynnodd, a synhwyrodd Danny ar unwaith fod Mr Williams yn barod i'w helpu. Dyfalodd nad oedd y gŵr busnes yn cael llawer o gyfle i sgwrsio ag oedolion eraill tu allan i'w waith, a hynny oherwydd bod ei aelwyd yn llawn plant a phobl ifanc a'i fywyd, felly, yn eilaidd i'w hanghenion hwy. Dyfalodd mai gwraig y tŷ oedd bòs y berthynas a bod ei gŵr yn unig ac yn ysu am ymgysylltu ag unrhyw un, hyd yn oed dieithryn ar stepen y drws. Dyfalodd nad oedd unrhyw fath o fywyd cymdeithasol ganddynt. Dychmygodd Danny'r postmon yn cael ei fwydro a Mr Williams yn gwisgo'i byjamas ac yn sgwrsio'n ddi-stop o'r drws agored ar doriad gwawr. Dyfalodd Danny fod Mr Williams yn gymeriad didwyll, un o hoelion wyth y gymdeithas leol, a'i fod yn barod i gynorthwyo'r awdurdodau ar bob achlysur. Yn anffodus, nid oedd gan Danny unrhyw awdurdod, felly aeth yn syth at y pwynt, yn y gobaith o gael yr atebion cyn y byddai Mrs Williams yn dod i fusnesu.

"Do you know this boy, Mr Williams?" Dangosodd Danny'r ffoto o Owain iddo.

Gwelodd y gydnabyddiaeth yn ei lygaid, er iddo ysgwyd ei ben.

"I can't tell you anything, sorry, Mr... Mr..."

"Colwyn..."

"Good night," ychwanegodd, a chau'r drws yng ngwyneb Danny.

Dychwelodd i'r car a'i galon yn deilchion. Collodd bob gobaith, bron. Dwrdiodd ei hun am fod mor hurt. Goresgynnodd y chwant i chwalu rhywbeth ac aeth am dro o amgylch y llyn unwaith yn rhagor. Eisteddodd ar fainc a gwylio'r hwyaid yn nofio o dan drem y deinosoriaid disymud, wrth i'w holl obeithion ddiflannu i'r wybren.

Oedodd pan gofiodd yr olwg ar wep Mr Williams pan welodd y llun o Ows. Doedd dim amheuaeth ganddo fod y gŵr busnes yn gwybod yn iawn pwy ydoedd. A dyna oedd yr hedyn a eginodd yn gynllun gwallgof, eithafol, a fyddai un ai'n gwthio Danny ymlaen ar ei ymgyrch, neu'n ei weld yn dychwelyd i'r carchar am weddill ei oes.

Yng nghanol nos, gyrrodd Danny i ffwrdd o Park Road er mwyn gweithredu rhan gyntaf ei gynllun, sef cyfnewid rhifau cofrestredig y Corsa. Daeth o hyd i gar tebyg ar stryd dawel lai na hanner milltir i ffwrdd a llwyddodd i wneud hynny heb unrhyw drafferth. Rhoddodd y platiau gwreiddiol yng nghist y car, er mwyn eu hailosod cyn ei ddychwelyd at Kingy.

Cyn troi'n ôl am Park Road, galwodd mewn Tesco 24-awr

er mwyn prynu tâp gaffer gludiog a brechdan. Yna, gyrrodd yn ôl i Crystal Palace a pharcio unwaith yn rhagor yn yr union fan a adawodd rhyw awr ynghynt. Ceisiodd fynd i gysgu ond roedd y cynllun, oedd yn ailchwarae drosodd a throsodd yn ei ben, yn gwneud hynny'n amhosib, felly ceisiodd ymlacio yn lle, heb fawr o lwyddiant chwaith. Roedd rhybudd Kingy'n atseinio rhwng ei glustiau hefyd, ond doedd dim dewis gan Danny bellach; roedd wedi cael ei orfodi i wneud hyn, a hynny er mwyn cadw'i freuddwyd o weld ei fab unwaith yn rhagor yn fyw.

Gwyliodd y cloc yn agosáu at saith y bore, gan fawr obeithio bod Mr Williams yn dilyn yr un drefn bob dydd. Am un funud wedi, gwelodd ŵr y tŷ yn agor y drws ac yn dechrau ar ei ffordd, ei lygaid wedi'u hoelio ar sgrin y ffôn symudol yn ei law. Sleifiodd Danny o'i sedd a chamu at gefn y car. Agorodd y bŵt a phlygu ei ben er mwyn atal ei brae rhag ei weld. Nid oedd angen iddo edrych i weld a oedd Mr Williams yn agosáu achos gallai glywed ei gamau'n glir yn nhawelwch y bore bach. Roedd gweddill y ddinas yn effro, heb os, achos gallai Danny glywed sŵn y traffig yn codi uwchben y toeon, ond roedd y rhan yma o'r byd yn dal yn bwdr, ar wahân i gwpwl o gŵn a'u meistri oedd yn ymlwybro'n hamddenol o amgylch y llyn, heb edrych i'w gyfeiriad. Ar yr eiliad olaf, gwiriodd Danny'r gymdogaeth, rhag ofn, ond doedd neb o gwmpas, a phan ymddangosodd Mr Williams wrth ochr y car, llamodd Danny o'r tu ôl i'r sgrin, gafael ynddo'n gadarn a defnyddio'i bŵer bwystfilaidd i'w godi oddi ar ei draed a'i stwffio i gist y car. Cyn cau'r bŵt, cipiodd bob dyfais gyfathrebu oddi ar ei wystl – ei ffôn o'i law a'i liniadur o'i warfag – yna clymodd ei arddyrnau a'i bigyrnau gan ddefnyddio'r tâp gaffer gludiog. Ni symudodd Mr Williams mewn ymateb, nac yngan yr un gair. Roedd e mewn sioc. Ar ôl gorffen, dringodd Danny i'r cerbyd, tanio'r injan a gyrru o 'na'n hamddenol braf, heb fynd tu hwnt i'r terfyn cyflymder unwaith hyd yn oed yn ystod y daith.

Ar ôl milltir, dechreuodd Mr Williams gicio a gweiddi. Gwnaeth hynny am rhyw bum munud, gan wneud i Danny ddifaru peidio â llenwi ei geg â hen hosan, yna tawelodd. Ceisiodd Danny roi rhyw fath o drefn ar ei feddyliau. Roedd ei gynllun yn syml, a doedd Danny ddim yn disgwyl gormod o frwydr. Roedd Mr Williams yn gwybod yr ateb; gwelsai Danny'r cydnabyddiaeth yn ei lygaid y noson cynt, a doedd e ddim eisiau mwy na hynny ganddo. Enw'r gŵr a'r wraig wnaeth fabwysiadu Owain. Dim mwy, dim llai.

Ond cyn rhoi ei gynllun ar waith, roedd angen i Danny ddod o hyd i lecyn gwyrdd, coetir neu dir diffaith, rhywle addas i wneud yr hyn yr oedd yn rhaid iddo'i wneud, ond roedd hynny'n berwyl heriol tu hwnt, gan mai dim ond concrid, tarmac, gwydr a dur oedd i'w gweld ym mhob man. Gallai glywed y cloc yn tic-tocian yn ei ben. Roedd hi bellach yn agosáu at wyth, a Danny'n gyrru'n glocwedd ar hyd yr M25. Pryd fyddai gweithle Mr Williams yn galw'i wraig i holi am ei absenoldeb? Dyfalodd Danny na fyddent yn gwneud dim tan wedi naw, felly roedd ganddo ychydig dros awr i wneud ei wneud a diflannu unwaith yn rhagor.

Fel colomen rasio, anelodd am Gymru pan gyfarfu'r M25 â'r M4 ger Heathrow, ond cyn cyrraedd Reading dechreuodd y pryder afael ynddo ac felly dilynodd yr arwyddion am Barc Gwledig Dinton Pastures, yn y gobaith o gefnu ar yr haid gerbydol a'u gyrwyr. Trodd oddi ar yr A329 ond nid oedodd yn hir yn y maes parcio oherwydd presenoldeb degau o wylwyr adar a naturiaethwyr oedd wedi ymgynnull i gyfrannu at gyfrifiad blynyddol y parc. Diolchodd Danny nad oedd ei gargo dynol yn gwneud sŵn, ac roedd 'nôl ar y briffordd unwaith yn rhagor, yn anelu'n ddall am Reading, gyda llais Kingy unwaith eto'n atseinio yng nghefn ei ben.

Camddarllenodd arwydd am Chazey Heath fel 'Crazy' Heath, ac i ffwrdd â fe fel dyn o'i go, gan ystyried y peth fel rhyw neges oddi fry, ac o fewn pum milltir teneuodd y tai a thonnodd y tir gwyrdd o'i flaen, o'r diwedd. Teimlodd ryddhad pur wrth droi am Tokers Green, a daeth o hyd i gilfan wedi'i gosod yn ôl o'r ffordd, gyda llecyn o wair a gwrych trwchus yn darparu sgrin naturiol i unrhyw yrrwr oedd yn dymuno cael pisiad neu hoe fach rhag yr hewl.

Daeth y car i stop ar gerrig mân, ac estynnodd Danny bâr o deits newydd sbon o'r cwpwrdd bach ar ochr y teithiwr. Rhai Lucy King oedden nhw, a gwnaeth nodyn meddyliol i brynu pâr newydd cyn dychwelyd y car. Tynnodd y neilon dros ei ben ac edrych yn y drych. Roedd ei drwyn a'i fochau fel tatws mewn bag, a choesau'r teits yn gwneud iddo edrych fel petai ganddo wallt hir, o fath.

Eisteddodd yna am funud neu ddwy, haul y bore'n llifo i'r car a'i galon yn curo mewn disgwyliad a gwylltineb. Prin y gallai Danny gredu'r hyn yr oedd ar fin ei wneud, ond doedd dim dewis ganddo. Heb y wybodaeth hon, ni fyddai'n gweld ei fab byth eto.

Camodd o'r car ac agor y gist. Crynai corff Mr Williams yn y cefn a gwingodd y gwystl pan afaelodd Danny ynddo a'i droi ar ei gefn i'w wynebu. Plygodd Danny tuag ato a siarad yn eglur, er mwyn i Mr Williams ei glywed dros ei grio.

"I've got three questions to ask you and I want three answers in return. Now, I *know* that you know the answers to these questions, and I'll do anything to get them from you. Do you understand?"

Nodiodd Mr Williams. Gwelodd fod yna obaith dianc ac roedd yn barod i chwarae'r gêm.

"An easy one to start." Tynnodd Danny'r llun o Owain o'i boced. "Do you know this boy?"

Nodiodd Mr Williams.

"Good. Tell me his name."

"O-O-Ow-Ow-Owen."

"That's right. Next question: who adopted him? I want at least one name – mother or father, I don't care which."

Nid atebodd Mr Williams ar unwaith, ond roedd hi'n amlwg ei fod yn chwilio am yr ateb yng nghladdgelloedd ei gof. Ni ruthrodd Danny fe; doedd dim angen. Ac roedd Danny'n falch o hynny. Roedd herwgipio'n un peth, ond roedd herwgipio a GBH yn rhywbeth mwy difrifol fyth.

"Ga-Gar-Gareth Edwards," daeth yr ateb o'r diwedd.

"Gareth Edwards. Like the rugby player?"

Nodiodd Mr Williams ei ben.

"And the mother?"

Ysgydwodd ei ben y tro hwn, ond roedd Danny wedi cael yr hyn yr oedd ei angen arno.

"OK. Last question. Where do they live?"

"Manch-ch-ch-chester."

"Excellent."

Estynnodd Danny hen glwtyn oedd wrth law a'i stwffio i geg y gwystl. Plygodd yn agos ato unwaith yn rhagor.

"When you get back to your family, you never saw me, alright? Make something up, I don't care what, but just keep in mind that I know where you live."

Ar hynny, cododd Danny'r gŵr o'r gist a'i osod yn ofalus yn y ffos rhwng y cerrig mân a'r clawdd. Dychwelodd i'r car ac estyn ei liniadur a'i ffôn. Rhoddodd y teclynnau i orwedd wrth ei ochr. Ystyriodd ailosod y rhifau cofrestredig, ond penderfynodd wneud hynny yn rhywle arall ar y ffordd i Fanceinion. Anelodd y Corsa tua'r gogledd, gyda'r bwriad o stopio yn y gwasanaethau cyhoeddus cyntaf a welai. Roedd arno angen ffonio Kingy, a dyma'r unig lefydd oedd â blychau ffôn, ar sail yr hyn roedd Danny wedi'i weld ar ei drafels diweddar.

. . .

Arhosodd Danny yng ngwasanaethau Keele ar draffordd yr M6 ger Stoke-on-Trent er mwyn ffonio Kingy a chael cachad a choffi cryf. Nid oedd yr unig ffôn cyhoeddus yn cymryd ceiniogau, ac edrychodd y boi yn y siop yn syn pan ofynnodd Danny am gerdyn ffôn. Roedd Danny eisoes yn amau mai fe oedd yr unig berson yn y wlad heb ffôn yn ei boced, ac roedd yr olwg ar wyneb y siopwr yn ategu hynny. Roedd hi'n agosáu at un y prynhawn, ond roedd Kingy wedi gwneud y gwaith caib a rhaw yn dilyn sgwrs gynharach ac yn barod amdano.

"Mae gen i newyddion da a newyddion gwael. Pa un ti moyn gyntaf?"

"Y newyddion gwael." Gwaethafwr fu Danny erioed.

"Sdim cyfeiriad cartref 'da fi i Gareth Edwards ym Manceinion."

"Shit."

"Paid digalonni, Dan, achos y newyddion da yw bod 'da fi gyfeiriad *busnes* sydd wedi'i gofrestru yn enw Gareth Edwards…"

"Gwych, Kingy. Fuckin gwych."

"Ti'n barod?"

"Aye."

"Enw'r busnes yw Edwards & Sons Domestic Removals and Storage."

"A'r cyfeiriad?"

Sgriblodd Danny'r manylion yn ei lyfr nodiadau, diolchodd i Kingy am ei gymorth ac yna eisteddodd ar yr orsedd gyhoeddus yn syllu ar ei lawysgrifen am bum munud a phenderfynu bwrw 'mlaen, gan anelu at gyrraedd yr ystad ddiwydiannol oddi ar Dagenham Road, dafliad carreg o ganol dinas Manceinion, cyn diwedd y diwrnod gwaith.

Ei obaith oedd gweld Gareth Edwards yn gadael y swyddfa a'i ddilyn i ble bynnag yr âi, yn y gobaith o gael ei dywys i'w gartref, ac yn syth at Ows. Ond pan drodd y Corsa i mewn i'r ystad fach lom, gwelodd ar unwaith na fyddai'n dilyn unrhyw un o'r fan hyn heddiw. Roedd tri eiddo yma, a phob un yn araf ddadfeilio. Camodd o'r car er mwyn cael golwg agosach, a theimlo ton o ryddhad wrth weld yr hysbysiad ar un o'r drysau yn datgan bod Edwards & Sons Domestic Removals and Storage wedi symud i leoliad arall, yn Warrington.

Nododd y cod post a'i fewnbynnu i'r system satnav, ac ymhen llai nag awr trodd i mewn i ystad ddiwydiannol arall, llawer mwy llewyrchus na'r un flaenorol, er mai siom oedd yn ei ddisgwyl fan hyn hefyd.

Safai busnes o'r enw Warrington Aquatics ar safle cwmni Gareth Edwards. Suddodd calon Danny, ond yn hytrach na bwrw'i ben yn erbyn yr olwyn, fel yr oedd arno eisiau gwneud, aeth i mewn i'r siop er mwyn gweld a allai rhywun ei helpu.

Roedd yr arogl mwsoglyd a llaith yn llethol, ond ymgollodd Danny yn y rhyfeddodau dyfrol oedd yn cael eu harddangos yma, ac anghofiodd am y gwynt cas mewn dim amser. Ar ôl blynyddoedd o syllu ar waliau plaen, roedd wedi anghofio pa mor hudolus oedd tanciau pysgod. Fel lampau lafa o gig a gwaed. Crwydrodd y siop o dan swyn y tonnau, a chafodd sioc ei fywyd pan darfu llais y cynorthwyydd ar ei feddyliau pellennig.

"Can I help you, sir?"

Trodd Danny'n araf i wynebu'r llais, oedd yn perthyn i ddyn yn ei chwedegau â wyneb cyfeillgar; ei wallt arian yn teneuo ar y top, a'i drwyn yn goch yn sgil bywyd o yfed cyson.

"I hope so," meddai Danny, gan ddihuno a chofio pam yr oedd yno. "I'm looking for an old friend. His name's Gareth Edwards and he used to run a removals business from this site…"

Nodiodd y dyn ar Danny, gan roi hwb bach i'w obeithion.

"Yes, yes, he certainly did. I purchased the property from him three years ago now."

"You don't happen to have a forwarding address for him, do you?" gofynnodd Danny'n obeithiol, er y gwyddai yng nghefn ei feddwl mai dyma oedd diwedd y daith os nad oedd y dyn hwn yn gallu ei helpu.

"I have somewhere. He moved to Spain, I know that. I'll have a look for you after I sort this delivery, OK? Come back around half five.

Diolchodd Danny a gadael y siop, gan ddal y drws ar agor i yrrwr y lori oedd wedi'i pharcio tu fas.

Eisteddodd yn y car a meddwl. Doedd e ddim yn gallu aros yma'n gwneud dim, felly dychwelodd i'r siop a gofyn i'r perchennog a gâi ddefnyddio ei ffôn.

"Kingy, fi sy 'ma…"

"Beth ti moyn gynta'r tro hwn?"

"Uh?"

"Y newyddion da neu'r newyddion drwg?"

"Beth ti'n sôn ambytu? Fi'n cael hunllef fan hyn. Un dead end ar ôl y llall."

"Fi'n gwbod lle ma fe, Dan…"

"Pwy?" Roedd Danny wedi drysu'n llwyr.

"Gareth Edwards, pwy ti'n meddwl?"

"Ydy fe yn Sbaen, per chance?"

"Oh, ti'n gwbod, 'te…" Roedd y siom yn amlwg yn nhôn ei lais.

"Ydw, ond dim mwy na hynny."

"Wel, ma 'da fi gyfeiriad busnes arall yn ei enw. Mewn man o'r enw Nerja ar y Costa del Sol. Ti 'di clywed am y lle?"

"Fuckin hell, do. 'Na le aeth Julia a fi ar ein mis mêl."

Ni ddywedodd Kingy unrhyw beth am eiliad. Ni wyddai sut i ymateb i hynny.

"Ti dal 'na, Kingy?"

"Ydw, sori. O'n i 'di anghofio. O'n i'n gwbod bod yr enw'n canu cloch 'fyd…"

"Paid poeni. Sdim clem 'da fi lle es di ar dy fis mêl chwaith. Beth am y newyddion drwg? Wedes di bod 'na newyddion drwg…"

"Wel, oes. So ti'n cael gadael y wlad, wyt ti…"

15

Canodd geiriau Kingy'n aflafar rhwng clustiau Danny yr holl ffordd 'nôl i Erddi Hwyan. Doedd dim amser i'w wastraffu, felly nid oedodd yn Warrington, dim ond tanio'r injan ac anelu am adref. *Adref.* Gwenodd yn drist ar hynny. Ochneidiodd. Doedd dim *cartref* ganddo bellach. Dim ond amcan. Nod. Tasg. Targed. Owain oedd ei enw, a doedd y ffaith nad oedd Danny'n cael gadael y wlad am flwyddyn, yn unol ag amodau ei ryddhau o'r carchar, ddim yn mynd i'w atal rhag dilyn y trywydd i Andalucía. Roedd yn gwybod yn iawn lle i gael pasbort newydd, ac nid trwy'r sianeli arferol oedd hynny. Doedd dim bwriad ganddo deithio o dan enw 'Daniel Finch', wrth gwrs, ond roedd Daniel Finch yn bwriadu teithio.

Dilynodd yr M6 i Birmingham a'r M5 tuag at Fryste, cyn troi am Ross er mwyn osgoi toll Pont Hafren. Roedd y daith yn arteithiol o araf i rywun oedd yn erbyn y cloc. Roedd Danny'n ei chael hi'n anodd credu faint o gerbydau oedd ar y traffyrdd, ond roedd y ffaith nad oedd unrhyw un yn gyrru dros 70 milltir yr awr yn fwy o ryfeddod na hynny, hyd yn oed. Saith deg milltir yr awr oedd yr *uchafswm* ar gloc cyflymder car Lucy King, a dyfalai Danny fod yr un peth yn wir am bob cerbyd arall ar yr hewl.

Flynyddoedd yn ôl, cofiai ddarllen am geir oedd yn gyrru eu hunain, ond nid oedd wedi gweld un o'r rheiny ar ei daith. Rhaid bod y cyfyngiadau cyflymder gorfodol wedi achub y blaen arnynt rywbryd yn ystod ei garchariad. Er ei rwystredigaeth, ni welodd Danny'r un ddamwain rhwng gogledd-orllewin Lloegr a de-ddwyrain Cymru.

Cyrhaeddodd Erddi Hwyan a hithau'n agosáu at ganol nos. Daeth o hyd i giosg ffotos yn yr hen Asda, oedd bellach yn Walmart pedair awr ar hugain, a diolchodd i'r drefn nad oedd y dechnoleg y tu hwnt iddo. O'r hyn y gallai weld, nid oedd y ciosgau hyn wedi newid rhyw lawer yn ei absenoldeb. Ar ôl casglu'r delweddau digidol, prynodd frechdan cyrri cyw iâr, creision halen a finegr a photel o Cherry Coke, cyn gloddesta yn y car, gan sawru'r cyfuniadau nes bod ei geg yn diferu. Roedd Danny wedi bod mor ddisgybledig yn ystod ei ddedfryd fel nad oedd wedi blasu unrhyw fath o ddanteithion – ar wahân i'r hyn oedd yn cael ei weini yn ffreutur y carchar – tan iddo gael ei ryddhau ddechrau'r wythnos. Roedd y rhan fwyaf o garcharorion yn gwario o leiaf beth o'u cyflogau ar foethusbethau bychain – siocled, pop, diaroglyddion, siampŵ ac ati – ond nid Danny. Bwytaodd Danny brydau bwyd y carchar yn unig; yfodd ddŵr tap a dim byd arall; a defnyddiodd y sebon a ddarparwyd gan y carchar i olchi. Wedi'r cyfan, doedd dim angen siampŵ arno, diolch i'w ben moel. Ac er na fyddai ei wledd ganol nos yn creu fawr o argraff ar daflod y mwyafrif o bobl, roedd ei geg yn llawn gwefrau estron wrth iddo gnoi a chnoi nes nad oedd unrhyw beth ar ôl. Difarodd beidio â phrynu afal neu ddarn arall o ffrwyth er mwyn bywiogi ei geg ar ôl gorffen, ond ni ddychwelodd i'r archfarchnad.

. . .

Roedd Jac Dannedd wrthi'n cadeirio'r cyfarfod arferol canol wythnos pan gnociodd Tommy Top Shelf ar ddrws y swyddfa a dweud wrtho ddod i weld y monitor teledu cylch cyfyng tu ôl i'r bar. Nid oedd Jac yn hoffi neb yn tarfu arno, ond roedd rhywbeth yn nhinc llais y barmon a ddywedodd wrtho bod rhywbeth o'i le. *Heddlu*, oedd y peth cyntaf a ddaeth i'r meddwl, ond wfftiodd wrth godi o'i sedd. Greddf y troseddwr oedd hynny, a dim byd mwy. Roedd perthynas y syndicet â'r gyfraith yn gryfach nag erioed a doedd dim posibilrwydd y byddai'r glas yn galw'n ddirybudd. Nid fel 'na roedd pethau'n gweithio bellach, ers i Jac gymryd yr awenau oddi ar Pete, hynny yw.

Roedd Pete yn dal i fod yno, ond roedd y cyn-bennaeth yn gysgod trist o'r hyn ydoedd. Rhyw chwe mlynedd yn ôl, daeth canser i'w dywys tuag at y Creawdwr, ond ar y funud olaf penderfynodd yr afiechyd chwarae jôc gas ar Pete Gibson, a'i adael yn fud ar ôl difa ei laryncs a rhan helaeth ei 'sgyfaint. Roedd Pete mewn cadair olwyn bellach, yn anadlu â chymorth peiriant ac yn cyfathrebu trwy nodio neu ysgwyd ei ben. Ni welsai Jac ef yn bwyta unrhyw beth ers blynyddoedd; roedd hi'n wyrth ei fod e yno o gwbl. Gwnâi ei esgyrn eu gorau glas i rwygo'i groen gwawnaidd, a'i lygaid oedd yr unig ran ohono oedd yn dal i berthyn i Pete fel ag yr oedd e cynt.

Aeth y criw i gyd yn gwmni iddo. Arweiniodd Jac y ffordd, gyda Rodders a Spence yn dynn ar ei sodlau, tra bod Pritch, un o aelodau newydd y gang, yn gwthio Pete yn ei gadair olwyn. Roedd dau arall, Gus a Brian Sausage in Batter, gyda Titch yn Glasgow yr wythnos honno, yn sorto bach o fusnes gyda hen ffrind i Jac. Roedd y monitor cylch cyfyng wedi'i leoli yn y swyddfa fach tu ôl i'r bar. Nid oedd swyddog diogelwch mewn caban wrth y fynedfa bellach; roedd rhaid i bob ymwelydd ganu cloch wrth y glwyd gloëdig a dangos eu hunain ar y monitor cyn cael gair ag un o aelodau'r gang. Ar y wal wrth ochr y monitor roedd cwpwrdd yn llawn gynnau. Chwe llawddryll Five-seveN rhannol-awtomatig o Wlad Belg a dau reiffl AK-47 o Rwsia. Anaml y byddai'r gynnau'n gweld golau dydd, ond estynnodd Rodders yr allwedd o'r drôr cyn gynted ag y gwelodd y dyn ar y sgrin.

"Be neith hi, bòs?" gofynnodd Rodders wrth wirio bod y llawddryll wedi'i lwytho. "Gorffen y job, ie…"

Anwybyddodd Jac ei ddirprwy. Trodd o'r sgrin ac edrych i

gyfeiriad Pete. Syllai hwnnw'n ddiemosiwn ar Danny Finch, er y gwyddai Jac ei fod yn siŵr o fod yn pryderu rhyw fymryn o leiaf wrth weld yr angel dialgar ar garreg y drws. Nid oedd Jac yn hoff o'r hyn a wnaeth Pete i Danny yr holl flynyddoedd yna'n ôl. Os dial, dial yn iawn. Dial fel nad oes ffordd yn ôl. Dylai Pete fod wedi lladd Danny yn hytrach na gwneud esiampl ohono a difa ei deulu er mwyn bwydo'i ego. Roedd Jac wastad wedi parchu Danny, ac roedd y ffaith na ddatgelodd unrhyw beth am y busnes wrth yr awdurdodau ar ôl cael ei ddal yn ategu hynny. Hoffai Jac ddiolch iddo am hynny ac ymddiheuro am yr hyn a wnaeth Pete. Ond wrth gwrs, ni allai wneud dim byd o'r fath o flaen ei griw, felly'r peth lleiaf y gallai ei wneud oedd clywed beth yr oedd Danny ei eisiau.

. . .

"Be ti moyn?"

Safai Rodders ochr arall y glwyd. Chwifiodd y gwn i gyfeiriad Danny gan ryfeddu at ei faint. Amlygai ei gyhyrau eu hunain, achos y dillad tyn. Meddyliodd Rodders am Julia. A oedd Danny'n gwybod rhywbeth am ei ran ef yn ei marwolaeth? 'Annhebygol' oedd ei gasgliad, er nad oedd hynny'n lleddfu ei nerfau mewn unrhyw ffordd.

"Fi moyn gair gyda Pete."

"Gei di air 'da fe, ond paid disgwyl dim byd arall…"

Ar ôl datgloi'r glwyd, gwiriodd Rodders nad oedd Danny'n cario arf o unrhyw fath, ei fysedd yn crwydro ar hyd corff y cawr, oedd mor galed â gwenithfaen. Yna, cerddodd Danny mewn tawelwch tuag at grombil y pencadlys, gyda Rodders yn dal y gwn at ganol ei gefn, rhwng llafnau anferthol ei 'sgwyddau.

Wrth gyrraedd swyddfa Pete, synnodd Danny wrth weld mai Jac oedd yn eistedd tu ôl i'r ddesg. Llygadodd y pwyllgor croesawu a gweld wyneb cyfarwydd Spence, ynghyd â rhyw foi arall, ifanc ac ofnus yr olwg, ac ysbryd Pete yn eistedd mewn cadair olwyn yn y gornel. Syllodd hwnnw arno wrth sugno ar ocsigen, felly trodd Danny i edrych ar Jac, oedd yn gwenu'n gyfeillgar, ei ddannedd mor wyn ag erioed.

"'Stedda," ystumiodd Jac at gadair wag.

Gwnaeth Danny hynny, tra bod Rodders yn camu o amgylch y ddesg. Safodd wrth ochr y bòs, gan afael yn y gwn a syllu'n syth at Danny.

"Ti moyn diod? Coffi, te, rhywbeth cryfach?"

"Na. Fi moyn pasbort." Nid oedd ganddo ddiddordeb mewn mân siarad.

Gwenodd Jac ar ei gais.

"Unrhyw beth arall?"

Chwarddodd Rodders yn ffuantus, ond ni ddeallodd Danny'r jôc.

"Oes. Trwydded yrru, tocyn i Málaga a hire car yn aros i fi yn y maes awyr…"

Ymunodd pawb yn y miri, ar wahân i Jac, oedd yn gallu gweld y gwir yn llygaid Danny. Doedd e ddim yn jocian, roedd hynny'n amlwg, hyd yn oed cyn iddo estyn y lluniau pasbort o'i boced a'u gosod ar y ddesg o'i flaen.

"Beth sy yn Málaga?"

Tawelodd yr ystafell.

"Fy mab. Falle."

"Falle?"

"Ie. Falle."

"Galla i dy helpu di, mewn egwyddor, Danny, ond bydd be ti'n gofyn am yn costio miloedd… chwech o lei—"

"Na." Ysgydwodd Danny ei ben wrth dorri ar draws y bòs.

"'Na' beth?" Roedd Jac yn syfrdan.

"So fe'n mynd i gostio dim i fi, Jac. Dim ceiniog. Dim clincen."

Gwelodd Danny wên slei yn lledaenu ar draws wyneb

Rodders. Byddai wrth ei fodd yn malu'r cachwr, a hynny ar y cyfle cyntaf. Ond roedd angen cynnal ei cŵl; roedd pethau'n dechrau poethi, a'r olwg daer ar wyneb Jac yn brawf o hynny.

Gosododd Jac ei beneliniau ar y bwrdd o'i flaen a phwyso tuag at Danny. "Beth yn y byd sy'n neud i ti feddwl 'na i dalu am hyn i gyd?" gofynnodd yn ddidwyll, ac edrych i fyw ei lygaid.

Gwnaeth Danny'r un peth. Pwysodd ymlaen er mwyn ateb, gan siarad yn dawel, fel petai neb arall yn yr ystafell yn gallu ei glywed.

"Lot fawr o resymau, Jac. Ble ti moyn i fi ddechrau?"

Trodd ei ben rhyw fymryn a saethodd ei lygaid i gyfeiriad truenus Pete. Edrychodd ar Jac eto, cyn dechrau ymhelaethu.

"Rhif un. Achos *chi*..." Cododd ei fynegfys a'i droelli o'i flaen, a chyhuddo pawb yn y swyddfa o fod yn rhan o'i gwymp, "... fi 'di treulio deg mlynedd yn y carchar."

Oedodd Danny a gwelodd lygaid Jac yn troi i gyfeiriad Pete. Ni wadodd unrhyw un yr honiad, oedd yn dweud y cyfan ym marn Danny.

"Rhif dau. Achos *chi*, mae fy ngwraig wedi marw..."

Y tro hwn, gwelodd Rodders yn gwingo o gornel ei lygad, ond ni wyddai beth oedd arwyddocâd hynny.

"Rhif tri. Achos *chi*, mae fy mab wedi diflannu. Rhif pedwar. Achos *chi*, sdim teulu ar ôl 'da fi. Rhif pump, os newch chi dalu am beth sy angen arna i, fe 'na i ddod o hyd i Alfie a gadael i chi neud beth bynnag chi moyn iddo fe..."

Eisteddodd Danny'n ôl yn y gadair a gadael i'w eiriau daro'r marc.

Gwnaeth Jac yr un peth. Edrychodd ar Danny i gychwyn. Trodd at Rodders, ac yna at weddill y criw. Roedd eu hymdrechion nhw i ddod o hyd i Alfie wedi dod i ddim. Yn ofer, treuliodd Rodders dros fis yn hela yn Runcorn a'r gogledd-orllewin. Doedd dim cliw arall ganddyn nhw, yn enwedig ar ôl marwolaeth Julia.

"Ac os gwrthodwn ni?" gofynnodd Jac o'r diwedd.

Syllodd Danny arno, ei lygadrythiad yn ddisymud ac yn iasol, gan esbonio'n union beth fyddai'n digwydd, yn hollol eglur, fel bod pawb yn deall y sefyllfa.

"Os gwrthodwch chi fy nghais, Jac, 'na i ladd pob un sydd yn yr ystafell 'ma…"

Ar hynny, camodd Rodders at y ddesg a phwyntio'r gwn at ben Danny.

"Come on, Jac! Gad fi orffen y job!"

Teimlodd Danny'r poer ar ei fochau, ond nid edrychodd i gyfeiriad y bygythiwr.

"Rho'r gwn lawr, Rodders," gorchmynnodd Jac heb godi ei lais.

Mwmiodd Rod o dan ei anadl, ond ufuddhaodd yr un fath. Dychwelodd i'r man lle safai funud ynghynt, gan syllu ar Danny fel plentyn drwg.

"Dim heddiw…" parhaodd Danny â'i fygythiad. Ei addewid. "Dim wythnos nesa hyd yn oed. Ond rywbryd. Cyn hir. Un ar ôl y llall…" Trodd ei olygon at Pete wrth orffen.

Anadlodd Jac yn ddwfn. Edrychodd ar y cawr o ddyn oedd yn eistedd o'i flaen. Roedd Danny'n ei atgoffa o godwr pwysau yn mynychu achos llys, mor lletchwith yr ymddangosai yn ei siaced lwyd. Ond roedd Danny wedi colli ei fyd, ac roedd hynny'n ei wneud yn ddyn peryglus. Ac er nad oedd ei fygythiadau'n poeni Jac rhyw lawer mewn gwirionedd, roedd yr addewid i ddod o hyd i Alfie yn werth ei ystyried. Os byddai helpu Danny i ddod o hyd i'w fab yn golygu y byddai Danny'n eu helpu nhw i ddod o hyd i Alfie, byddai pawb yn elwa. Edrychodd ar Pete. Ei fai ef oedd hyn i gyd. Y gwahaniaeth mwyaf rhyngddynt oedd nad oedd ego Jac hanner maint un Pete. Ddim yn ddigon mawr i amharu ar ei allu i arwain yn effeithiol, ta beth. A dyna pam ei fod e'n arweinydd gwell na'i ragflaenydd. Gallai Jac weld y darlun cyfan, ac oherwydd hynny roedd yn benderfyniad hawdd.

"Rho wythnos i fi," meddai Jac.

"Pedwar diwrnod," atebodd Danny, cyn codi ar ei draed a gadael heb air pellach; Rodders yn ei gysgodi yr holl ffordd at yr allanfa, â baril y gwn wedi'i anelu at ganol cefn cyhyrog y cawr.

16

Bum diwrnod yn ddiweddarach, glaniodd Danny ym maes awyr Málaga a cherdded trwy'r sganiwr corff-cyfan ffugwyddonol. Roedd rhai tebyg yn y carchar, wrth gwrs, er nad oeddent yn debyg o ran graddfa o'u cymharu â'r rhain. Camodd at Passport Control â'i galon yn taranu tu ôl i'w bectoralau boliog, a'r ffug-ddogfennau yn dal eu tir yn erbyn cyfrifiadur a llygaid craff y swyddog blinedig yr olwg oedd yn eistedd wrth ddesg tu ôl i'r gwydr gwrth-fwledi. Roedd e'n dal i'w chael hi'n anodd credu na heriodd Jac ei ofynion, neu o leiaf eu cwestiynu rhyw fymryn, ond roedd y bòs newydd wastad wedi bod yn deg gyda fe, a byddai'r gang yn siŵr o ffynnu fwy fyth nawr bod Pete wedi cael ei wthio i'r ymylon, yn llythrennol ac yn ffigurol. Roedd Pete yn foi byrbwyll a greddfol, milain a hunanbwysig, ac yn arwain ei griw yn unol â'r nodweddion hynny, tra oedd Jac yn ddiymhongar a diysgog, pwyllog a phenderfynol. Roedd Jac wedi gwasanaethu ei feistr yn ufudd ers degawdau, ac nid oedd yn bwriadu teyrnasu mewn ffordd debyg iddo, nawr bod ei gyfle wedi dod o'r diwedd. Wrth gwrs, roedd addewid gwag Danny i gyflwyno Alfie ar blât yn rhan fawr o'r rheswm y cytunodd Jac i'w geisiadau, ond roedd ei sort-of mab-yng-nghyfraith yn bell o'i feddyliau wrth iddo gyrraedd desg cwmni llogi ceir Hertz.

Roedd wedi treulio pedwar diwrnod unig ar y diawl yn aros am yr alwad. Gwrthododd gynnig Kingy i aros gyda fe a chafodd lety mewn gwesty gwely a brecwast bach gerllaw'r fynwent lle claddwyd Julia, gan wneud dim byd ond cysgu a bwyta yn ei ystafell am ddeuddydd, a hanner disgwyl i'r drws gael ei chwalu â dyrnhwrdd ar doriad gwawr, mewn ymateb i'r hyn a wnaethai i Mr Williams yr wythnos cynt. Yn y diwedd, daeth o hyd i'r dewrder a'r cryfder angenrheidiol i fynd i'w 'gweld'. Yna, treuliodd y deuddydd canlynol yn eistedd wrth y bedd, yn sgwrsio'n dawel, hel atgofion, chwerthin a chrio – ac ymddangos fel gwallgofddyn i unrhyw un a ddaeth o fewn hanner canllath iddo, mae'n siŵr.

Cyn ffarwelio â'i wraig, ar ôl cael y golau gwyrdd gan Jac, addawodd iddi y byddai'n dod o hyd i Owain ac yn sicrhau bod eu mab yn ddiogel. Ac er mai nod y daith hon i Andalucía oedd dod o hyd i Owain, nid ei fab oedd amlycaf yn ei gof yr eiliad honno chwaith. Julia oedd seren y sioe, ac roedd dychwelyd i'r rhan o Sbaen lle buont ar eu mis mêl yn artaith ychwanegol i Danny. Ac er bod yr awyrenfa wedi newid tu hwnt i'w ddychymyg, cofiai sefyll wrth ddesg debyg i un Hertz er mwyn llogi car, ei wraig wrth ei ochr gyda'r baban yn ei bola'n dechrau dangos a'r wên ar ei hwyneb yn llawn balchder diamheuol. Er gwaethaf holl helynt y blynyddoedd ers hynny, gallai Danny gofio'r bythefnos a dreuliodd yma yng nghwmni Julia gydag eglurder annisgwyl. Fe droeon nhw eu cefnau ar y Costa del Sol a dringo'r mynyddoedd mewn SEAT Leon chwim, ar hyd heolydd troellog tawel gyda fwlturiaid griffon yn cylchdroi uwch eu pennau. Arhoson nhw mewn gwesty ar glogwyn mewn pentref o'r enw Benarrabá am ddwy noson, gan fwyta gazpacho, nofio, caru a chrwydro'r llethrau diffaith a rhyfeddu at dawelwch a llonyddwch y lle. Yna, ymlaen at ddinas Ronda a'i thalwrn teirw hynafol a Puente Nuevo, y bont enwog can medr o uchder sy'n cysylltu'r hen ddinasgaer Fwraidd â'r ddinas newydd dros geunant dwfn El Tajo. Gwrthododd Julia fynd yn gwmni i Danny at waelod y cwm, gan ddefnyddio ei 'chyflwr' fel esgus, felly aeth Danny ar ei ben ei hun, yn chwysu peints wrth ddringo'r 231 o risiau ar y ffordd yn ôl i fyny. Gyda'r syched yn hollysol a'r coesau jeli'n bygwth ei lorio, daeth o hyd i Julia mewn caffi yn Plaza Duquesa de Parcent, sgwâr bach yng nghysgod yr eglwys gadeiriol, yn eistedd o dan barasól yn yfed Orangina, gyda gwydraid o San Miguel rhewllyd yn aros amdano. Am wraig dda! meddyliodd wrth eistedd i lawr. Nid oedd cwrw erioed wedi blasu cystal. Cofiodd wylio cannoedd o fflamingos pinc yn glanio ar La Laguna de Fuente de Piedra wrth iddi fachlud un noson; pensaernïaeth berlaidd palas yr Alhambra yn Granada; a simneiau clai pentref Capileira ym mynyddoedd Las Alpujarras, oedd yn atgoffa Danny o blaned Tatooine, er nad oedd Jawas na Jedis ar gyfyl y lle. Treuliodd y pâr priod bedwar diwrnod olaf y gwyliau yn nhref arfordirol Nerja, yn torheulo a gloddesta tan ei bod hi'n bryd troi am adref; y dyfodol yn llawn cyffro ac addewidion, oedd yn debycach heddiw i rhyw jôc filain.

Ar ôl stwffo'i gorff a'i gyhyrau i'r Ford Ka cyfyng roedd Jac, neu un o aelodau eraill y gang, fwyaf tebyg, wedi'i logi ar ei gyfer, anelodd Danny tua'r dwyrain, am Nerja rhyw awr i ffwrdd ar hyd traffordd yr A7. Wrth gwrs, gallai fod wedi talu i gael car mwy o faint, ond penderfynodd beidio â gwneud er mwyn cadw'r holl arian oedd ganddo ar gyfer y gwir argyfyngau oedd yn siŵr o fod o'i flaen. Roedd wedi gwagio ei gyfrif banc cyn gadael Cymru, er mwyn peidio â chodi arian o dwll yn y wal mewn gwlad dramor a hysbysu unrhyw un o'i symudiadau. Erbyn iddo gyrraedd cyrion Nerja roedd hi'n tynnu am chwech y nos. Penderfynodd fynd yn syth at eiddo busnes Gareth Edwards, er nad oedd yn ffyddiog y byddai'r lle ar agor. Roedd rhywbeth yn dweud wrth Danny ei fod yn cwrso cysgodion, ond roedd *rhaid* iddo fynd yn ei flaen, yn bennaf achos nad oedd rheswm arall ganddo dros fyw.

Gyda'r satnav yn arwain y ffordd, cyrhaeddodd Danny ei gyrchfan heb unrhyw drafferth. Ystad ddiwydiannol arall, ddigon tebyg i'r rhai yr ymwelodd â hwy yng ngogledd-orllewin Lloegr yr wythnos cynt. Y prif wahaniaeth oedd bod yr haul yn tywynnu a'r awyr yn las yma, oherwydd roedd yr adeiladau'n dawel a difywyd, yn ôl y disgwyl. Eisteddodd Danny yn y car yn syllu ar ddail palmwydden aeddfed yn dawnsio'n araf ar yr awel. Ai dyma oedd diwedd y daith? Agorodd y drws a chamu o'r car, y gwres yn llethol hyd yn oed yr adeg yma o'r dydd. Diolch i'w gyfnod o dan glo, nid oedd Danny wedi profi haul fel hyn ers blynyddoedd maith, ac er mai mis Mawrth oedd hi, roedd de Sbaen fel y Sahara a'r chwys yn llifo o groendyllau ei gorff cyn iddo gyrraedd cysgod y fynedfa. Wrth iddo gyrraedd, codwyd calon Danny wrth weld bod yr eiddo o leiaf *yn* safle busnes gweithredol. Craffodd trwy wydr y drysau dwbl a gweld derbynddesg, cyfrifiadur, ffôn a chadeiriau lledr i ymwelwyr yn y cyntedd. Wrth ochr y fynedfa, darllenodd arwydd di-fflach gydag enw'r cwmni ('GE Seguridad') arno. Bingo! meddyliodd. Doedd dim angen TGAU mewn Sbaeneg i ddehongli'r enw. Dychwelodd at y car, ei obeithion wedi cael hwb. Byddai'n dod 'nôl ben bore. Taniodd y car a gyrru am ganol y dref, er mwyn dod o hyd i lety rhad, cyn ailafael yn ei gyrch ar ôl noson dda o gwsg.

. . .

Daeth Danny o hyd i ystafell lân a di-ffws mewn gwesty bach gwely a brecwast oedd yn cael ei redeg gan gwpwl o Swydd Efrog o'r enw Babs a Ken. Ar wahân i'r clo digidol ar y drws, roedd Danny'n falch iawn o weld nad oedd unrhyw gyfarpar gorfodernaidd yn yr ystafell. Dim tŷ bach dwrlif laser na theledu di-ffrâm yn ymddangos o'i flaen o nunlle pan fyddai'n clicio'i fysedd neu'n taro rhech. Os rhywbeth, roedd y lle'n hen ffasiwn. Byseddodd ddoili celfydd ar y bwrdd bach wrth ochr y gwely. Roedd y gwesty bach ar hewl gefn dawel ar drothwy'r hen dref, ac yn wrthgyferbyniad llwyr â'r man lle yr arhosodd Danny a Julia ar eu mis mêl. Pedair noson yng ngwesty Riu Monica, llety mwyaf moethus y dref, os nad y rhanbarth ar y pryd, gyda golygfeydd godidog dros Fôr y Canoldir o bron bob ystafell. Ond wrth gyrraedd ei wâl ar ôl diwrnod hir a braidd yn rhwystredig, gorweddodd Danny ar ei wely a gadael i gwsg ei gymryd am orig fechan. Law yn llaw â'r hen Huwcyn, aeth Danny ar siwrne ryfedd i fyd y breuddwydion, lle roedd Owain yn ordew ac yn ei arddegau, yn siarad trwy uchelseinydd oedd wedi'i ludo at ei wefusau. Roedd Julia'n gwthio'i gadair olwyn ar dywod sych, gan stryffaglu i symud o gwbl wrth larpio'n syth o'r ddwy botel Bombay Sapphire oedd yn ymwthio o'i brest yn lle bronnau; a Justine ac Alfie'n llechu yng nghysgodion y delweddau, yn gwawdio Danny ac yn ei herio i ddod ar eu holau. Doedd dim sôn am Noa i gychwyn, ond pan welodd Danny'r bychan yn rhuthro tuag ato ar gefn lyncs Iberaidd cynddeiriog, ag ewyn hufen-wyn heintus yn diferu o geg y bwystfil, eisteddodd i fyny ar unwaith, ei lygaid yn pefrio yn y tywyllwch a synau min nos Nerja yn galw ei enw trwy ffenest agored ei ystafell wely.

Cododd ar ei draed yn araf a cheisio gwaredu'r delweddau o'i ben. Cofiodd 'nôl at ddyddiau gwell y gorffennol – barbeciws yn yr ardd a throchi traed ar draeth Porthcawl. Dyna'r ffordd roedd Danny eisiau cofio'i deulu – nid fel erchyllbethau'n llechu yn nyfnderoedd ei isymwybod. Euogrwydd oedd wrth wraidd yr artaith, wrth gwrs, ac atseiniai'r geiriau olaf a ddywedodd Julia wrtho yn ei ben fel mantra milain.

Golchodd ei wyneb a'i geseiliau, a gwisgodd ddillad mwy addas ar gyfer yr hinsawdd hon – pâr o siorts taclus a chrys-T cotwm gwyrdd golau oedd yn glynu at ei gyhyrau fel cling ffilm dros sborion cinio dydd Sul. Allan â fe i'r nos, yn y gobaith o glirio'i ben, ond roedd atgofion yn ei aros ym mhob twll a chornel, a Julia'n gydymaith iddo wrth iddynt droedio hen lwybrau yng nghwmni ei gilydd. Anelodd yn syth am y Balcón de Europa, golygfan ar gopa clogwyn yn edrych mas i'r môr. Yn wahanol i ganol dydd, roedd y lle'n dawel heno, ar wahân i grŵp o bobl ifanc yn eistedd ar fainc gyfagos yn yfed gwin o focs. Tawelodd eu twrw wrth weld y cawr yn cerdded heibio. Pwysodd Danny ar y rheiliau dur a syllu i lawr ar y tonnau yn torri ar y traeth, rhyw ganllath o dan ei draed. Gwyliodd gwpwl yn cerdded law yn llaw ar y tywod, eu silwét yn swyno Danny ac yn torri ei galon yr un pryd. Unwaith eto, meddyliodd am Julia. Trodd ei gefn ar yr olygfa ac anelu am fwrlwm canol y dref, yn y gobaith y byddai rhywbeth yno a fyddai'n ei helpu i anghofio am ei wraig.

Wrth grwydro'n ddall ar hyd strydoedd coblog yr hen dref, daeth Danny ar draws tafarn y Three Cliffs, gyda'r ddraig goch yn y ffenest a bwrdd du ar y pafin yn dweud 'Croeso' mewn llythrennau bras. Heb feddwl ddwywaith, camodd i mewn a gwenu am y tro cyntaf erstalwm wrth glywed llais Bryn Terfel yn canu'n isel yn y cefndir. Ar wahân i'r barmon, dim ond tri pherson arall oedd yno: hen foi â 'sgwyddau crwm yn magu peint wrth y bar a chwpwl ifanc yn sibrwd yn gariadus wrth y bwrdd yn y gornel bellaf. Roedd y waliau'n llawn lluniau – tirluniau o Gymru ac ardal Bro Gŵyr yn benodol, ambell ffoto o enwogion Cymreig oedd wedi ymweld â'r bar dros y blynyddoedd, ynghyd â lluniau o randoms llwyr oedd yn byw yn yr ardal, fwyaf tebyg, ac yn mynychu'r bar yn rheolaidd.

"Noswaith dda," cyfarchodd Danny'r barmon, yn y gobaith o glywed ychydig o Gymraeg.

"Alright, butt," daeth yr ateb, mewn acen gref rywle i'r gogledd o Gaerffili. Bedwas efallai, neu hyd yn oed Bargoed neu'r Coedduon. "What can I get ew?"

"Pint of SA, please," archebodd Danny, gan synnu braidd fod y chwerw enwog ar gael fan hyn.

Wrth i'r barmon arllwys y ddiod, edrychodd Danny o gwmpas y bar. Roedd Cymru fach yn cael ei chynrychioli ym mhobman – o'r diodydd cadarn (chwisgi, jin a fodca o ddistyllfa Penderyn, gwirod hufennog Merlyn, a Toffoc o Ynys Môn) a'r cwrw (chwerw Brains a Felinfoel, a lager Wrecsam ar tap, a chwrw Pen Llŷn mewn poteli), i'r bwyd (Welsh rarebit a chawl cennin), y gerddoriaeth ar y stereo a'r lluniau ar y waliau. Teimlai Danny'n gartrefol yma, hyd yn oed os nad oedd y barmon mewn hwyl i sgwrsio gyda fe am gartref.

Gyda'r peint yn setlo o'i flaen, daliodd un o'r delweddau ar y wal lygad Danny. Craffodd a phwyso tua'r llun. Doedd dim amheuaeth pwy oedd y cochyn meddw oedd yn syllu arno o'r ffrâm. Alban Owen. Cyn-dditectif yng Ngerddi Hwyan. Nid oedd Danny wedi meddwl amdano ers blynyddoedd lawer, ond cofiodd iddo 'ymddeol' i Sbaen ar ôl marwolaeth ei bartner, Efrog Evans.

"Is this bloke a local?" gofynnodd i'r barmon, gan gyfeirio at Alban.

"Big Al? Yeah. Used to be at least, like. Haven't seen him in a while, mind. Why d'you ask?"

"I used to work with him, that's all, back in south Wales."

"I could tell you was a coppa as soon as you walked in, like."

Nodiodd Danny ei ben, heb wadu'r geiriau, yn y gobaith o gael mwy o wybodaeth.

"He's a top bloke, fair play. A proper nutta after a few beers, like."

Nid fel 'na roedd Danny'n ei gofio, ond ni ddywedodd unrhyw beth i'r gwrthwyneb.

"You don't happen to know where he lives, do you? I'd love to surprise him while I'm out here."

Ym mhrofiad Danny, roedd dau fath o berson i'w cael pan ddeuai at siarad â heddweision: y cyntaf yn dweud dim a chau ei geg, fel arfer achos bod ganddo rywbeth i'w guddio; a'r ail yn ymddiried yn llwyr yn y gyfraith ac yn siarad fel pwll y môr, fel arfer achos nad oedd ganddo unrhyw beth i'w guddio. Yn ffodus, roedd y barmon yn perthyn i'r ail gategori.

"I don't know his address, like, but he's got a place up in

the mountains, just north of Frigiliana. I went there once for a barbie a few years back. It's on a main road, the MA-5105, and his house is called Eeffrog Niwid, after his mate what died, or so he told me anyway, like. He was pretty pissed at the time, mind…"

"Do you mean *Efrog Newydd*?"

"That's what I said, aye. It's about six, seven miles past Frigiliana, on the way to Torrox. It's basically a big loop, up to the mountains and back down to the coast. The name's on the gate by the side of the road. Can't miss it, if you're lookin for it, 'at is, like…"

"That's great. I'll definitely give him a knock while I'm here…"

Trodd y barmon at yr hen ddyn oedd yn dal i eistedd yn dawel wrth y bar, ei wydr yn wag a'i lygaid yn debyg. Heb ofyn, dechreuodd arllwys peint o Felinfoel iddo, felly trodd Danny at y ffenest, ac enwau Alban ac Efrog yn atseinio yn ei ben. Eu helyntion nhw oedd cychwyn cwymp Danny; achos marwolaeth Efrog ac 'ymddeoliad' Alban oedd y catalyddion i'r ymchwiliad ddaeth â gyrfa Danny gyda'r heddlu i ben. Er hynny, nid oedd yn ddig am y peth bellach. Yn wir, byddai wrth ei fodd yn gweld Alban eto.

Ar ôl pedwar peint pellach yng nghwmni Jason y barmon, roedd pen Danny'n troelli a'r gwely'n ei alw o bell. Roedd arno eisiau cyrraedd pencadlys GE Seguridad am ddeg o'r gloch y bore canlynol, felly dim ond un peth oedd amdani, sef gadael.

Camodd o'r bar ar ôl dweud 'nos da', ond cafodd sioc ei fywyd wrth weld Julia ei hun yn cerdded heibio iddo, rhyw ddeg llath o'i flaen ochr arall y ffordd. Craffodd ei lygaid gan wybod mai'r cwrw oedd yn chwarae triciau arno, ond pan edrychodd eto, gwelodd ei wraig yn troi'r gornel a diflannu o'r golwg. Roedd hi'n mynd i'r un cyfeiriad â Danny, felly brasgamodd ar ei hôl, ei phresenoldeb yn ei wneud yn hapus, mewn cydweithrediad â'r cwrw, wrth gwrs.

Diflannodd Julia i'r wybren cyn i Danny gyrraedd y gwesty. Ymbalfalodd i fyny'r grisiau at ei wely, a chysgu'n drwm yn ei ddillad tan y bore wedyn, gan chwysu fel winwnsyn ar wres isel heb freuddwydio am ddim byd am y tro cyntaf mewn amser maith.

17

Er gwaetha'r pen tost cefndirol oedd yn amhosib ei ddifodi, hyd yn oed gyda help 400g o ibuprofen, dwy dabled co-codamol, tri gwydr o sudd oren ffres, dau bot o goffi cryf a phedwar wy wedi'u potsio ar dost grawn cyflawn, teimlodd Danny effeithiau digamsyniol yr adrenalin yn gwibio o gwmpas ei gorff wrth iddo agosáu at bencadlys busnes Gareth Edwards. Ar ôl noson o gwsg difreuddwyd a digyffro, roedd yn barod amdani ac yn teimlo'n fwy cadarnhaol heddiw nag oedd e'r diwrnod cynt. Gwyddai fod gan Julia rywbeth i'w wneud â'r ffordd yr oedd yn teimlo; yn wir, ystyriai'r ffaith ei fod wedi gweld ei 'hysbryd' ar y ffordd adref o far y Three Cliffs yn arwydd ei fod ar y trywydd cywir.

Gyrrodd yn araf ar hyd strydoedd cul a phrysur y dref, a diolchodd ei fod yn gwisgo sbectols haul oherwydd, fel arall, byddai'r gwyngalch oedd yn gorchuddio bron pob adeilad yn Nerja yn siŵr o'i ddallu a gwneud y cur yn ei ben yn waeth o lawer. Gadawodd i'r satnav arwain y ffordd, a throdd ei feddwl at yr adeg pan aeth ef a Julia ar goll wrth gyrraedd Granada, a gorfod tynnu at ochr y ffordd a dibynnu ar fap er mwyn iddynt ffeindio'u ffordd. Roedd y dyddiau hynny wedi hen fynd, a system fordwyo loerennol yn rhan annatod o bob car bellach.

Crwydrodd ei feddyliau yn ôl at y noson cynt. Fflachiodd wyneb Alban Owen o flaen ei lygaid. Gwenodd wrth gofio'r ffotograff o'i hen ffrind yn hongian ar wal y dafarn. Atseiniodd cyfarwyddiadau Jason y barmon at gartref Alban yn ei feddwl.

Bwriadai Danny fynd i'w weld cyn dychwelyd adref. Siglodd ei ben ac ochneidio ar hynny. *Adref.* Doedd dim cartref ganddo. Tonnodd y tristwch trwyddo. Dychwelodd ar unwaith i'r ardd gefn ar ddiwrnod cynnes o haf. Aroglodd y cig yn coginio ar y barbeciw a'r hufen haul ar ei fysedd wrth iddo'i rwbio i gefn ei wraig. Gwyliodd Owain ac Alfie'n cicio pêl, a Justine yn magu Noa yng nghysgod y parasól. Tu ôl i'r sbectolau tywyll, llenwodd llygaid y cawr cyhyrog â dagrau, ond cyn i'r diferyn cyntaf dorri'n rhydd clywodd lais y satnav yn datgan ei fod wedi cyrraedd pen ei daith.

Parciodd y car rhyw ganllath o safle GE Seguridad. Diffoddodd yr injan. Gwyliodd. Yn ystod yr awr gyntaf, ni welodd Danny unrhyw un yn cyrraedd nac yn gadael yr adeilad. Roedd y busnesau bob ochr yn brysur, gyda cherbydau a phobl yn mynd a dod yn gyson, ond nid dyna oedd yn digwydd yng nghwmni Gareth Edwards. Yfodd Danny o'r botel ddŵr oedd ganddo wrth i'r amheuon ymgasglu a throelli yn ei ben. Gwyliodd am awr arall gyda'r un canlyniad. Dim byd, hynny yw. Neb mewn, neb mas. Roedd wedi gweld y math yma o beth nifer o weithiau o'r blaen yn ystod ei amser gyda Heddlu Gerddi Hwyan, ac roedd wedi gwastraffu oriau lu mewn ceir anghyfforddus yn gwylio eiddo gwag. Ffasâd oedd y lleoliad hwn. Sefydliad i dwyllo'r awdurdodau. Chwyddodd yr amheuon fwy fyth. A oedd yn cwrso ysbryd arall?

Camodd o'r car, y crys cotwm yn glynu at ei gyhyrau a'r haul uwchben heb gwmni ar gefndir glas. Nid oedd wedi gweld cwmwl ers cyrraedd Sbaen. Cadwodd at y cysgodion a mynd i weld a oedd unrhyw beth wedi newid yn nerbynfa GE Seguridad ers y noson cynt. Yn ôl y disgwyl, roedd y lle'n edrych yn union yr un fath.

Penderfynodd droi at y busnesau cyfagos i weld a allai unrhyw un ei gynorthwyo.

"Hola," gwenodd dynes ifanc arno o'r tu ôl i'r dderbynddesg

yn y busnes gwerthu a thrwsio peiriannau argraffu drws nesaf.

"Hola," atebodd Danny, ac ychwanegu "Habla usted inglés?" cyn i'r ferch gael cyfle i yunganu gair arall yn ei mamiaith.

"Sí. Yes. A little. I learn in school and from watching movies..." Roedd ei balchder yn amlwg, a'r twang Americanaidd yn eglur o'r ffordd y dywedodd hi air olaf y frawddeg.

Gwenodd Danny, yn llawn rhyddhad. "Good, good, bueno." Gyda'i fawd, ystumiodd at yr adeilad drws nesaf. "When does this business, GE Seguridad, open?"

Gwyliodd Danny ei hwyneb yn graff, fel y cafodd ei hyfforddi i wneud flynyddoedd ynghynt. Lledaenodd ei llygaid y mymryn lleiaf a diflannodd y wên ar unwaith. Ar ben hynny, diflannodd ei gallu i siarad Saesneg hefyd.

Cododd y ferch y ffôn a siarad yn llym â rhywun ar y pen arall. Yr unig air a ddeallodd Danny o'r sgwrs oedd 'seguridad'.

"One moment, por favor."

Nid oedd Danny'n siŵr beth oedd newydd ddigwydd, ac ni chafodd yn hir i ystyried y peth chwaith, achos agorodd y drws i'r dde o'r dderbynfa ac ymddangosodd dyn yn ei chwedegau o'i flaen, ei wallt hir du wedi'i fritho gan dresi llwyd, a'i overalls gwyn yn gwneud i'w groen brown ymddangos bron yn ddu.

Cafodd Danny ei dywys allan gan y gŵr, y gwres yn llethol ar ôl oerfel croesawgar y cyntedd. Edrychodd Danny o'i gwmpas; roedd bwrlwm y bore fel petai wedi pylu. Nid oedd unrhyw un o amgylch bellach, ar wahân iddo fe a'i ffrind newydd.

"Señor..." dechreuodd Danny, gan nodi'r olwg betrusgar ar y dyn, ei lygaid yn saethu 'nôl a 'mlaen tuag at bencadlys GE Seguridad. "I'm looking for Gareth Edwards, the man who owns this business..."

"I know nothing." Cododd y dyn ei 'sgwyddau a thanio sigarét, ei ddwylo'n crynu fymryn.

"I haven't asked you anything yet, señor!"

189

"You have to leave, señor. I know nothing," ailadroddodd, ei lygaid yn dal i saethu i bob cyfeiriad.

"I just want to talk to him. Do you know where he lives?"

"I know nothing."

Clywodd Danny'r bwystfil yn udo yn naeardy anghysbell ei isymwybod. Daeth yn agos at afael yng ngwddf yr hen ddyn er mwyn tagu'r gwir ohono. Ar unwaith, tywysodd y reddf e'n ôl at ystafell ymweld y carchar a'r tro diwethaf iddo weld ei wraig, ac roedd hynny'n ddigon i'w atal.

"Fuck!" ebychodd Danny, gan droi ar ei sodlau a gadael yr hen señor yno, yn smocio yn yr heulwen.

Cerddodd heibio mynediad GE Seguridad at y busnes ar yr ochr arall, ond roedd y drws ar glo, er i Danny weld degau o bobl yn mynd a dod yn ystod y bore. Trodd a gweld bod yr hen ddyn wedi diflannu, a theimlodd y rhwystredigaeth yn gafael ynddo unwaith yn rhagor. Dychwelodd i'r car ac yfed o'r botel ddŵr. Dyrnodd yr olwyn deirgwaith. Anadlodd yn ddwfn mewn ymdrech i ymbwyllo. Caeodd ei lygaid ac ymhen munud neu ddwy roedd wedi dofi'r bwystfil.

Ystyriodd yr hyn oedd newydd ddigwydd – yr ofn yn llygaid y dderbynwraig wrth glywed enw Gareth Edwards, llygaid yr hen ddyn yn saethu 'nôl a 'mlaen at y fynedfa a'r ffordd roedd yr ystad wedi tawelu mewn amrantiad, a hynny'n hollol ddireswm.

Gyda'r trywydd yn ddiffaith mwyaf sydyn, dim ond un peth oedd amdani nawr. Taniodd Danny'r injan a gadael yr ystad yn waglaw unwaith yn rhagor. Gyrrodd heb gymorth y satnav, nes iddo weld arwydd am Frigiliana ar y twmpath troi cyntaf iddo ddod ar ei draws. Anelodd tua'r gogledd, a gobeithio y byddai ei hen ffrind, Alban Owen, yn rhoi croeso cynhesach iddo nag a gafodd gan gymdogion GE Seguridad y bore hwnnw.

• • •

Gyda geiriau Jason wedi'u hysgythru ar ei gof, gyrrodd Danny ar hyd yr MA-5105 i gyfeiriad Frigiliana, pentref prydferthaf Sbaen yn ôl pamffled a ddarllenodd yn nerbynfa ei westy gwely a brecwast y diwrnod cynt.

"It's about six, seven miles past Frigiliana, on the way to Torrox… The name's on the gate by the side of the road. Can't miss it, if you're lookin for it, 'at is…"

Wrth agosáu at y troad i Frigiliana, gwasgodd Danny fotwm bach y cloc mesur milltiroedd digidol ar y dash a'i ailosod ar sero. Yna, heb ruthro, gyrrodd y car ar hyd y ffordd fynyddig droellog, gydag un llygad ar yr hewl a'r llall ar y mesurydd. Gwiriodd bob postyn giât ar ôl pasio pum milltir, ond roedd Jason yn llygad ei le, chwarae teg, achos roedd clwyd 'Efrog Newydd' 6.3 milltir tu hwnt i Frigiliana. Tynnodd Danny'r car at ochr y ffordd. Roedd llethrau llychlyd y mynyddoedd yn codi'n fygythiol i'r gogledd, a'r diffyg coed yn gwneud iddo deimlo'n anghyfforddus. Roedd y glwyd wedi'i gosod yn ôl o ochr y ffordd, a ffens ddur, dal a chadarn yr olwg, yn rhedeg i'r ddau gyfeiriad, gydag weiren bigog fel coron ar ei phen.

O'r car, trwy bâr o finocwlars, gallai Danny weld y dreif caregog tu hwnt i'r glwyd yn arwain i fyny'r llethr at dŷ to fflat wedi'i wyngalchu, rhyw chwarter cilometr i ffwrdd. Camodd o'r cerbyd a cherdded at y glwyd, yn y gobaith y byddai rhyw ffordd o gyfathrebu â'r tŷ er mwyn hysbysu Alban ei fod yno. Gwiriodd y pyst, heb lwc. Unwaith eto, teimlodd y bwystfil yn berwi, a'r tro hwn, ffrwydrodd mewn rhwystredigaeth a chicio'r glwyd mor galed ag y gallai. Roedd yn disgwyl gwingo mewn poen ar ôl gwneud peth mor ffôl, ond yn hytrach, pendiliodd y glwyd ac agor led y pen. Gorfoleddodd Danny. Bach o lwc, o'r diwedd. Ar ôl un pengaead ar ôl y llall, efallai fod y rhod yn dechrau troi. Ar ôl i'r glwyd stopio siglo, gwthiodd Danny hi i'r eithaf a gwneud yr un peth â'r hanner arall. Dychwelodd i'r car. Taniodd yr injan a llywio'r cerbyd yn araf ar hyd y dreif mewn ymdrech i beidio â difrodi'r car ar y cerrig mân llac a llychlyd.

Dechreuodd gyffroi wrth ddychmygu wyneb Alban pan fyddai'n ei weld mewn munud. Byddai croeso cynnes yn codi ei galon ar ôl yr holl rwystredigaethau diweddar.

Yn araf bach, gyrrodd y car o gwmpas troad eang, y dibyn wrth ei ochr yn ddigon i achosi pendro. Roedd y tŷ rhyw ganllath i ffwrdd yn awr, ond nid oedd modd mynd ymhellach achos roedd Land Rover hynafol yr olwg yn rhwystro'i lwybr. Ni feddyliodd Danny unrhyw beth am hynny, yn bennaf achos nad oedd ganddo'n bell i fynd cyn cyrraedd cartref Alban, ond pan gamodd o'r car er mwyn gorffen y daith ar droed, clywodd glec aflafar yn atseinio oddi ar lethrau'r dyffryn, a theimlodd yr aer uwch ei ben yn cael ei hollti a phing bwled yn bwrw yn erbyn cragen y car. Fel acrobat anferthol, taflodd Danny ei hun tu ôl i'r cerbyd, ei galon ar ras a'i feddyliau'n ceisio dal i fyny. Cleciodd y gwn eilwaith, ac yna eto ac eto ac eto. Doedd unman gan Danny i fynd – petai'n codi o'r lle roedd e, byddai'n siŵr o gael ei ladd, ac nid oedd y dibyn serth yn opsiwn chwaith. Penderfynodd aros yn yr unfan, gan obeithio y byddai Alban yn ymddangos mewn munud, er mwyn datrys y dryswch. Ynghyd â chlecian y gwn a'r atseiniau dilynol, gallai Danny glywed cerrig mân yn crensian o dan y traed oedd yn rhuthro i'w gyfeiriad. Arafodd y traed wrth agosáu at y car a stopiodd y saethu. Clywodd lais merch yn gweiddi yn Sbaeneg ond ni ddeallodd Danny'r un gair. Roedd yr helwyr mor agos fel y gallai Danny eu harogli nhw. Clywodd lais gwrywaidd yn galw, eto yn Sbaeneg, a'r llais gwreiddiol yn ei ateb. Yna, ymddangosodd y gynnau o amgylch cefn y car, a phwyntio'n syth at ben Danny, un o bob ochr iddo. Cododd ei olygon a dod wyneb yn wyneb â dwy fenyw – un yn ei chanol oed a'r llall yn ei harddegau. Gwenodd Danny arnynt, ond ni chafodd fawr o groeso. Gwaeddodd y fenyw hynaf dros ei hysgwydd, i gyfeiriad y gŵr oedd yn prysur agosáu, tra cadwodd y ferch ifanc y reiffl yn pwyntio'n syth at ben moel Danny, ei dwylo'n llawer mwy cadarn na rhai'r hen ddyn y bore hwnnw.

"Habla usted inglés?" mentrodd Danny, ond ni ddywedodd y menywod yr un gair, dim ond aros i'r dyn ymuno â nhw, a phan gyrhaeddodd o'r diwedd, ni theimlodd Danny ddim byd ond rhyddhad wrth weld Alban yn sefyll o'i flaen.

"I speak-a los English," atebodd hwnnw, gan edrych ar Danny'n ddrwgdybus, ei wallt moron gwyllt yn tonni dros ei 'sgwyddau'n flêr a'r stetson lychlyd ar ei gopa yn amddiffyn ei sgalp moel oddi wrth belydrau'r haul uwchben.

"Ti dal yn gallu siarad Cymraeg 'fyd?"

Lloriwyd Alban gan y cwestiwn, ond â'r cyn-heddwas ar y cynfas a'r dyfarnwr yn cyfri'n araf at wyth, gwawriodd y gwir arno o'r diwedd a lledaenodd gwên fawr ar hyd ei wyneb.

"Dangerous Danny Finch!" ebychodd, gan osod y gwn i bwyso yn erbyn y car ac estyn llaw i godi'r cawr o'i gwrcwd.

● ● ●

Ymhen deng munud roedd Danny ac Alban yn eistedd ar deras cysgodol Efrog Newydd, yn syllu ar yr olygfa odidog yr holl ffordd i lawr at Fôr y Canoldir, ac yn yfed cerveza lleol ac yn sgwrsio am holl bethau Gerddi Hwyan – diswyddiad Danny a helyntion ei deulu ar ôl hynny, marwolaeth Crandon, apwyntiad Aled Colwyn, brad Kingy a nifer o bethau eraill roedd Danny bron wedi anghofio amdanynt. Roedd Rosa, gwraig Alban, a'i lysferch, Maria, wedi diflannu i rywle er mwyn rhoi cyfle i'r dynion ddal i fyny, fwyaf tebyg, er bod 'na hen ddyn musgrell o amgylch y lle hefyd, yn syllu ar y Cymry o bell, heb ddod o fewn ugain llath iddynt. Roedd Danny'n ysu am wybod pam roedd Alban a'i deulu'n saethu ato, ond roedd Alban yn llawn cwestiynau, ac yn mynnu gwybod beth roedd Danny'n ei wneud yn Andalucía. Esboniodd Danny ei fod ar drywydd ei fab, Owain, a bod ei ymdrechion wedi ei arwain i dref Nerja a Gareth Edwards, y dyn oedd wedi ei fabwysiadu.

Wrth glywed yr enw, trodd croen brown Alban mor wyn â welydd ei gartref.

"Gareth Edwards? Ti'n fuckin jocan!"

"Nadw, pam?"

Gwenodd Alban gan ysgwyd ei ben moel, oedd ar ddangos erbyn hyn ac wedi'i orchuddio gan frychni haul; gwyliodd Danny fadfall yn dringo'r wal tu ôl iddo, cyn diflannu i hollt fel hud a lledrith.

"Gareth Edwards yw'r rheswm o'n i'n saethu atot ti nawr."

"Sa i'n deall."

"Na, sdim disgwyl i ti. Gwranda nawr, Danny bach, Gareth Edwards sy berchen y gornel fach yma o Sbaen. Cyrsiau golff, gwestai, country clubs, bwytai, security, spas. You name it. Mae'n gangster's paradise 'ma, reit?"

"Reit. Ond pam ti'n chwarae cowbois, 'te?"

"Wel, ma fe hefyd yn ymwneud â gynnau, cyffuriau a phethe fel 'na."

"You name it, reit?"

"Reit! A ma fe moyn darn o 'musnes i, neu'n busnes *ni* ddylwn i ddweud, ond so ni'n fodlon gwerthu."

"Reeiit…" Yfodd Danny o'r botel wrth aros i Alban ymhelaethu.

"Ma'r boi eisiau 60 y cant o'r busnes, sy'n chwerthinllyd, ac ma'i goons e'n galw heibio bob hyn a hyn i geisio 'mherswadio i, hence y saethu."

"Reeeiiit…"

"Sdim trafodaeth, t'wel. Jyst ffigwr. Take it or leave it. A sa i'n fodlon neud un peth na'r llall…"

"Digon teg. Rhaid i ddyn gael egwyddorion."

"Gwir, ond falle byddi di'n newid dy diwn pan weli di beth yw'r busnes."

"Nawr fi'n intrigued, Alban."

"Dere, 'de."

Arweiniodd Alban y ffordd i mewn i'r tŷ ac i lawr i'r seler, er nad oedd Danny wedi gweld unrhyw le tebyg i hwn o'r blaen. Tu ôl i ddrws dur gyda chlo digidol gor-gymhleth yr olwg roedd ogof maint cadeirlan yn ymestyn i grombil y mynydd. Syllodd Danny trwy'r ffenest fach yn y drws, gydag Alban yn esbonio nad oedd modd mynd i mewn ar hyn o bryd oherwydd bod yr hinsawdd y tu fewn yn fregus tu hwnt a'r cannoedd o filoedd o fadarch psilocybin oedd yn tyfu yno yn debygol o gael eu difa petaent yn camu trwy'r porth.

Trodd Danny a gweld Rosa a Maria yn brysur wrth eu gwaith yn y swyddfa strôc labordy oedd wedi'i lleoli drws nesaf i'r ogof. Gallai weld yr hen ddyn yn eistedd o flaen cronfa o sgriniau teledu ar y wal; y delweddau o'r byd tu allan yno i rybuddio'r herwyr hyn o unrhyw fygythiad allanol. Wrth ochr y sgriniau roedd cwpwrdd gwydr yn llawn gynnau.

"O'n i'n meddwl bod cyffuriau'n gyfreithlon ers blynyddoedd," meddai Danny, gan gofio darllen hynny yn y *Rough Guide* yn ystod ei fis mêl.

"Ma'r rhan fwya'n gyfreithlon, ti'n iawn, fel ma'n nhw yn y mwyafrif o wledydd erbyn hyn, ond dim *pob* math chwaith. Ac yn sicr ddim ar y raddfa hyn. Yr hen ddyn yw'r brêns, 'fyd. Wel, fe a Rosa, ta beth. Ond Sancho ddechreuodd yr holl beth 'nôl yn y saithdegau. Ma 'da ni fonopoli ar y farchnad leol a dyna pam ma Señor Edwards eisiau darn. Ond dyma etifeddiaeth Maria, a no way bod fuckin Gareth Edwards' y byd 'ma'n mynd i gael gafael arno fe…"

"Beth chi'n neud gyda'r madarch, 'te?"

"Allforio'r rhan fwya, ond ma digon o gontacts gyda'r hen ddyn yn lleol 'fyd. Rhwydweithiau sy'n mynd 'nôl degawdau.

Fuck all i neud gyda fi. 'Na gyd fi'n neud yw helpu lle galla i a cheisio cadw mas o ffordd yr hen ddyn. So fe erioed wedi cymryd ata i. Moyn i Rosa briodi Sbaenwr. Fuckin fascist! Ond fi'n reit handi gyda gwn erbyn hyn, so dw i'n foi da i gael o gwmpas y lle pan ma heavies Gareth Edwards yn cnocio ar y drws. Ond ma'n nhw'n boen tin, fi'n dweud wrthot ti. Sa i'n siŵr pa mor hir allwn ni barhau fel hyn, 'na'r gwir."

"Fi'n methu credu mai dyma'r boi sy 'di mabwysiadu Owain."

"Ma hynny *yn* gyd-ddigwyddiad a hanner, ti'n iawn. Ond ma'r bychan yn siŵr o gael bywyd da – ma digonedd o arian 'da fe, sdim dowt am hynny."

"Dim arian yw popeth, Al."

"Ti'n iawn 'to, Danny boy, ond ma fe'n fuckin helpu!"

Gwenodd Danny wrth glywed hynny. Roedd Alban heddiw'n wahanol iawn i'r ditectif y gallai Danny ei gofio yn gweithio yng Ngerddi Hwyan. Roedd yr Alban hwnnw yn byw yn y cysgodion, yn bennaf oherwydd ei berthynas hirdymor â'r cyffur heroin, ond hefyd achos iddo golli ei unig ferch mewn damwain drychinebus a hithau'n rhyw wyth mlwydd oed. Gallai Danny gofio'r sibrydion amdano, ond roedd e'n dditectif da ac, yn wahanol i rai o aelodau eraill y sgwad, doedd e erioed wedi trin Danny mewn ffordd amharchus.

"Beth ti'n bwriadu neud, 'te?"

"Sa i'n gwbod," atebodd Danny, gan ddilyn Alban yn ôl i fyny at y gegin. "Ma popeth wedi newid nawr, ar ôl clywed y gwir am Gareth Edwards. Fi 'di bod yn cwrso'r diawl ers wythnos – Llundain, Manceinion, Warrington. I ddechrau, o'n i jyst moyn gweld Ows, ti'n gwbod. Neud yn siŵr fod e'n iawn, yn hapus. Ond nawr, wel—"

"Os mai *gweld* y bachgen ti moyn…" torrodd Alban ar ei draws gyda gwên, "fi'n gwbod ble i ddechrau."

"Ble?"

"Ei dŷ fe, wrth gwrs. Ble ti'n meddwl, y fuckin wombat?"

Gwenodd Danny a dilyn ei ffrind yn ôl i'r teras a'i galon yn llawn gobaith unwaith yn rhagor a photel ffres o San Miguel yn ei law.

18

Fel atsain o'i orffennol pell gyda Heddlu Gerddi Hwyan, ac
fel artaith annioddefol i ddyn o'i faint, cafodd Danny ei hun
unwaith eto yn eistedd yn ei gar Dinky Toy am oriau maith
yn gwylio eiddo Gareth Edwards yng nghanol tref Nerja, heb
weld unrhyw beth o werth, hyd yn hyn. Roedd rhaid iddo
ymddiried yn Alban fod yr adeilad yn perthyn i'r dyn ei hun,
ac er nad oedd unrhyw dystiolaeth hyd yma o fywyd tu ôl i'r
muriau, doedd dim dewis gan Danny ond dilyn y trywydd.
Daeth yma ben bore, gan gyrraedd rhyw funud neu ddwy wedi
saith, drymwyr ei ben yn bangio fel tase Ginger Baker a Lars
Ulrich wedi symud mewn, ar ôl llond bol o gwrw a gwin yng
nghwmni Alban y noson cynt.

Roedd wedi dihuno mewn gwely jyst cyn chwech, er nad
oedd unrhyw gof ganddo o gyrraedd ei wâl. Cododd, cachodd,
cyfogodd, yna daeth o hyd i Alban yn y gegin yn yfed coffi cryf
ac yn darllen copi treuliedig o un o nofelau Robert A. Heinlein
yng ngolau gwan y bore bach. Gallai Danny ddarllen enw'r
awdur, ond roedd y teitl tu hwnt iddo oherwydd ei fod yn
Sbaeneg. A chwarae teg iddo hefyd, roedd Alban wedi gwneud
picnic i Danny fynd gyda fe ar ei gyrch. Brechdanau, tortillas,
bisgedi, ffrwythau, creision, dwy litr o ddŵr a fflasg o goffi
melys. Cyffyrddodd y weithred â chalon Danny ac roedd ei
ddiolchiadau'n daer ac yn ddidwyll. Doedd neb wedi gwneud
dim o'r fath iddo ers blynyddoedd lawer, ac roedd caredigrwydd
Alban, ynghyd â'r croeso cynnes a roddodd i Danny neithiwr,
wedi gwneud gwyrthiau i hwyliau tywyll y cyn-garcharor, gan

godi ei galon a rhoi cipolwg iddo ar y daioni oedd yn perthyn i'r natur ddynol.

Nid oedd Alban yn fodlon dod yn gwmni i Danny, oherwydd ei hanes cythryblus gyda Gareth Edwards, ond addawodd y byddai'n gwneud pob dim i'w helpu petai Danny'n penderfynu gweithredu mewn unrhyw ffordd. Nid oedd Alban yn credu am eiliad y byddai Danny'n hapus dim ond yn 'gweld' ei fab, er na ddangosodd hynny i'r cawr chwaith.

Gyda'i ben ar ogwydd oherwydd cyfyngder y car a maint ei gorff, gwiriodd Danny'r cloc ar y dash a gweld ei bod hi'n tynnu at unarddeg o'r gloch. Pan gyrhaeddodd bedair awr yn ôl, y gobaith oedd y byddai yma mewn da bryd i weld Owain yn gadael am yr ysgol, un ai ar droed, ar feic neu mewn cerbyd o ryw fath. Ond roedd hi'n dawel yn y fila drefol, oedd wedi'i hamgylchynu gan goed trwchus a wal uchel wedi'i gwyngalchu. Ni welwyd car yn cyrraedd nac yn gadael, na'r un enaid byw chwaith, ac roedd y camerâu cylch cyfyng oedd i'w gweld wrth y fynedfa, ac ar hyd y wal i bob cyfeiriad, yn ddigon i atal Danny rhag ceisio edrych yn agosach.

Bwytaodd y tortilla wrth geisio rheoli'r rhwystredigaeth. Anadlodd yn ddwfn. Yfodd goffi. Os dysgodd unrhyw beth yn y carchar, amynedd oedd y peth hwnnw. Ysai am weld Owain. Ac er y gwyddai nad oedd Alban neithiwr, na Kingy cyn hynny, yn credu mai gweld ei fab oedd ei unig amcan, ar hyn o bryd byddai hynny'n ddigon. Ar ôl hynny, pwy a ŵyr, ond am nawr, byddai ei weld hanner milltir i ffwrdd yn ddigon i lenwi a bodloni ei galon. Bellach, roedd Owain yn cynrychioli gobaith i Danny. Gobaith am beth, nid oedd yn gwybod, er nad oedd y diffyg sicrwydd yn ei boeni ar hyn o bryd. Ar ben hynny, ei fab oedd yr *unig* gysylltiad oedd ganddo â Julia – rywffordd, roedd Owain yn ymgnawdoliad ohoni, a thrwyddo fe roedd Julia yn dal i fod, yn dal i fyw.

Gwyliodd yr eiddo am awr arall, cyn i'w bledren fynnu ei

sylw. Gadawodd y car am ddeng munud, gan bisio mewn tŷ bach cyhoeddus ar y promenâd ger y traeth, ond braidd y gwelodd donnau'r môr heddiw, mor bendant oedd ei ffocws. Dychwelodd at y cerbyd ac eistedd yno tan bump, heb weld dim na neb yn cyrraedd nac yn gadael.

Dychwelodd at Alban a'i deulu yn ddigalon y noson honno, ond roedd yn ôl o flaen yr eiddo cyn saith y bore canlynol, yr hangover ddim cweit mor wael heddiw, oedd yn rhyfedd o beth o ystyried yr holl win a yfodd eto'r noson cynt.

Erbyn deg y bore roedd wedi chwysu'r alcohol dros sêt y gyrrwr, diolch i'r haul cynnes oedd bron yn ei ddallu wrth adlewyrchu oddi ar y waliau gwyn oedd yn ei amgylchynu. Toc wedi deg, gwyliodd dair menyw yn agosáu at yr eiddo, yn gwasgu'r intercom ar y glwyd ac yn siarad drwyddo i gael mynediad. Glanhawyr, dyfalodd Danny, ond o leiaf roedd y ffaith iddynt gyfathrebu â'r tu fewn yn cadarnhau bod yna rywun gartref.

Gwyliodd yr eiddo am weddill y dydd, gan weld y tair menyw yn gadael tua dau o'r gloch y prynhawn. Ond ar wahân iddyn nhw, roedd y lle mor dawel a difywyd â mynwent unwaith yn rhagor. Ystyriodd Danny ei opsiynau. Wel, ei *opsiwn*. Gallai wasgu'r intercom a byrfyfyrio, ond roedd posibilrwydd na fyddai pwy bynnag a atebai yn siarad Saesneg, felly beth oedd pwynt gwneud hynny? Ni fyddai ond yn tynnu sylw ato'i hun. Y peth olaf roedd Danny eisiau oedd codi ofn ar y teulu cefnog, rhag ofn y byddent yn diflannu ar awyren breifat i ben draw'r byd a'i adael ef yn Andalucía, ar ei ben ei hun. Byddai hynny'n ymateb eithafol, wrth gwrs, ond byddai un o swyddogion diogelwch Gareth Edwards yn dod allan i 'gael sgwrs' gyda Danny, o leiaf, a doedd hynny ddim yn apelio chwaith. Yn ôl Alban, roedd pedwarawd ffyddlon yn gwarchod y bòs a'i deulu drwy'r amser.

Yr unig opsiwn oedd ganddo, felly, oedd aros. A dyna beth

wnaeth Danny, ac am ddeng munud i dri ar y trydydd diwrnod o gael ei stwffio i'r car fel tiwna mewn tun, agorodd y glwyd ddur anferthol yn araf ar ei rholeri a gwyliodd Danny gar sgleiniog drudfawr – Bentley, roedd bron yn sicr – yn hwylio heibio iddo ar hyd y lôn, y ffenestri tywyll yn datgelu dim, ond greddfau Danny'n tanio yr un pryd yn union ag injan ei gar.

Dilynodd y car yn araf ar hyd strydoedd cul a phrysur Nerja, ei galon yn gwibio ond ei ben yn ei atgoffa i beidio ag achub y blaen ar ei obeithion. Wedi'r cyfan, doedd dim syniad ganddo pwy oedd yn y Bentley; efallai mai Mrs Edwards oedd ynddo, ar ei ffordd i'r spa, neu i chwarae tenis neu rownd o golff.

Ar gyrion y dref, trodd y Bentley tua'r gorllewin ger twmpath troi llychlyd, a dilyn yr N-340, sef y ffordd arfordirol, i gyfeiriad Punta Lara, Punta de Torrox a Los Lanos tu hwnt. Gyda Môr y Canoldir ar yr ochr chwith a thyrau tal y gwestai a'r rhandai twristaidd ar y dde, gwnaeth Danny ei orau glas i gadw i fyny â'r car pwerus, oedd yn her a hanner ac ystyried maint cymharol injans y ddau gerbyd. Roedd litr a hanner y Ka yn crynu ac yn gweryru wrth geisio dal i fyny â thair litr y Bentley, oedd yn gwibio'n ddiymdrech ar hyd y ffordd.

Ar ôl pasio Los Lanos, nepell o El Morche, trodd y Bentley tua'r gogledd a gyrru'n ofalus ar hyd ffordd dawel, droellog nes cyrraedd cul-de-sac eang a chlwyd arall, atalfa ddiogelwch yn yr achos yma. Roedd yn llai bygythiol o lawer nag un Casa Edwards, er nad oedd modd dweud yr un peth am y ddau swyddog oedd ar ddyletswydd yn y caban bach wrth ochr y glwyd godi, yn gwirio'r ceir wrth iddynt gyrraedd i gasglu eu plant ar ddiwedd diwrnod arall.

Roedd enw ac arwyddlun yr ysgol, sef Colegio Alborán, yn cael eu harddangos yn falch ar arwydd lliwgar i'r dde o'r fynedfa, a thrwy'r coed tal, ar ben pellaf dreif hir, unionsyth, gydag ystlysau glaswelltog gwyrddach nag unrhyw lawnt a welodd Danny erioed, gallai weld adeilad mawreddog a graenus – wedi'i wyngalchu, wrth gwrs – a maes parcio llawn ceir, yno i gasglu'r disgyblion. Doedd dim bws ysgol ar gyfyl y lle; nid oedd cludiant o'r fath yn ffordd ddigon da o fynd adref i'r rheiny oedd yn mynychu'r sefydliad hwn.

Gwiriodd Danny'r cloc. Chwarter wedi tri. Doedd dim golwg o'r plant yn y pellter eto, felly trodd y car a'i barcio yn yr un man, ond yn wynebu'r ffordd arall, rhag ofn y byddai angen iddo ddilyn y Bentley yn y man ac er mwyn osgoi ceisio gwneud troad triphwynt yn y traffig anochel fyddai'n tagu'r ardal maes o law. Gafaelodd yn ei finócs, camu o'r car ac anelu am y coed a guddiai'r ffens derfyn oedd yn amgylchynu'r campws. Roedd ceir yn dal i gyrraedd a'r swyddogion yn brysur wrth eu gwaith. Ni welodd neb Danny'n diflannu i'r prysgwydd a chadwodd draw oddi wrth y ffens, gan guddio tu ôl i'r coed aeddfed nes cyrraedd y man perffaith, oedd yn cynnig golygfa ddirwystr o'r maes parcio a'r ysgol tu hwnt.

Pwysodd ei ysgwydd anferth ar foncyff trwchus a chodi'r binocwlars. Yn gyntaf, daeth o hyd i'r Bentley heb fawr o drafferth, yn bennaf oherwydd mai dim ond un car o'r fath oedd yn y maes parcio. Un Bentley mewn môr o Fercs, Beamers a Land Rovers. Roedd y crach yr un peth ym mhobman, meddyliodd Danny gyda gwên. Roedd dyn canol oed trwsiadus yn pwyso ar y car yn smocio sigarét. Ai Gareth Edwards oedd hwn? 'Annhebygol' oedd ei gasgliad, yn bennaf oherwydd y flat-top ar ei gopa, ond hefyd oherwydd nad oedd pobl fel Señor Edwards, os oedd y sibrydion yn wir, yn gyrru i unman eu hunain. *Cael* eu gyrru o le i le roedd pobl fel 'na'n ei wneud. Gyrrwr neu was bach oedd hwn, a dim byd arall, wedi dod i gasglu plant ei fòs er mwyn mynd â nhw adref.

Craffodd Danny ar y dyn; y binócs yn ei alluogi i arogli mwg y Marlboro, bron. Yna, gyda bonllef, agorodd drysau'r ysgol ac allan daeth haid o blant a phobl ifanc, eu llygaid i gyd yn saethu o un car i'r llall wrth geisio dod o hyd i'w ffordd adref. Trodd

Danny ei olygon at y don lasoediol, yn y gobaith o weld wyneb unigryw ei fab – y das o wallt melyn a'r geg pig hwyaden. Roedd Danny'n sicr y byddai'n adnabod Owain, er nad oedd wedi ei weld yn y cnawd cyhyd, ond ni chafodd fawr o gyfle i graffu. Tywyllodd y byd mewn clic camera, diolch i'r tonnau trydanol a daranodd trwy ei gorff o wn taser y swyddog diogelwch oedd wedi stelcian trwy'r tyfiant ar ei drywydd, ac ergyd filain y baton i gefn ei ben a ddilynodd hynny.

Dihunodd Danny yn araf bach, ei amrannau'n codi fel llenni theatr diffygiol, ac yntau yng nghanol y llwyfan, lleisiau dieithr i'w clywed yng nghysgodion yr esgyll. Y peth olaf y gallai ei gofio oedd y rhuthr o blant yn gadael yr ysgol, ond roedd y boen aruthrol yn ei ben a'r ffaith bod ei law chwith wedi'i maglu i'r gadair mewn gefynnau dur yn awgrymu'n gryf ei fod mewn trafferth. Trafferth mawr. Gan gadw'i ben yn ei blu mewn ymdrech i ymddangos fel petai dal yn anymwybodol, agorodd ei lygaid y mymryn lleiaf er mwyn cael gwybod lle roedd e. Gwelodd ddesg, oergell, cadeiriau plastig, cypyrddau, teledu wedi'i ddiffodd, cyfrifiadur, sgrin yn dangos delweddau o'r byd tu allan (y fynedfa, y maes parcio, y ffens derfyn, y coed lle ymosodwyd ar Danny), calendr a drws yn arwain at doiled. Roedd yr ystafell mor debyg i'w hen gaban yn warws Pete Gibson nes i Danny feddwl am eiliad ei fod 'nôl yng Ngerddi Hwyan. Gallai weld dau gysgod yn siarad gyda'i gilydd ym mhen draw'r ystafell. Ceisiodd ganolbwyntio ar y geiriau, ond nid oedd yn deall rhyw lawer. Yna, clywodd y ffôn ar y ddesg yn cael ei godi o'i grud a botymau'n cael eu gwasgu. Deallodd y gair nesaf yn iawn – "policía" – ond prin ddim o'r sgwrs a ddilynodd, ar wahân i un gair a'i llenwodd â phryder pur: "pedófilo".

Daeth y sgwrs ffôn i ben a gallai Danny glywed y cloc yn tician yn ei ben. Doedd e ddim eisiau bod yma pan fyddai'r heddlu'n cyrraedd. Sut gallai esbonio beth roedd e'n ei wneud wrth ffens yr ysgol, heb balu twll a phlymio i mewn iddo? Nid oedd yn awyddus i'r awdurdodau gael gafael ar ei ddogfennau chwaith – ei basbort a'i drwydded yrru – er mai eilaidd oedd y pryder hwnnw ar hyn o bryd. Byddai dweud y gwir wrth yr awdurdodau – ei fod yn chwilio am ei fab – yn datgelu'r twyll yn ei waith papur. Doedd dim dewis ganddo felly; roedd rhaid iddo ddianc, roedd rhaid iddo ddiflannu. A hynny ar unwaith. Meddyliodd am ffrwydro o'r gadair a synnu'r swyddogion, yn y gobaith y byddai'r magl yn malu'r gadair wantan a hynny'n rhoi digon o gyfle iddo gyrraedd pen draw'r caban cyn i'r taser gael ei danio unwaith yn rhagor, a chyn i'r batonau wneud difrod pellach iddo hefyd. Ond doedd hynny'n fawr o opsiwn a dweud y gwir, a theimlodd Danny'r anobaith yn dechrau ei feddiannu. Roedd mor agos at gyflawni ei amcan, byddai cyrraedd diwedd y daith ar drothwy ysgol Owain yn ffordd greulon iawn o ddod â'r antur i ben.

Yna, gwyrth. Un fach. Ond roedden nhw i gyd yn cyfrif. Camodd un o'r swyddogion yn agos at Danny. Aroglodd gyfuniad o bersawr rhad a chwys; un cyffredin iawn yn y rhan yma o'r byd. Gwelodd Danny'r gwn taser yn hongian ar ei wregys, ynghyd â chwiban, baton, fflachlamp, chwistrell bupur a set o allweddi. Estynnodd y swyddog a gafael yn llaw gaeth Danny, er mwyn gwirio curiad ei galon a gwneud yn siŵr ei fod e'n dal ar dir y byw. Wrth iddo wneud, gafaelodd Danny yng ngarddwrn y swyddog â'i law gaeth a'i frawychu i'r fath raddau fel nad oedd modd iddo wneud dim am yr hyn ddigwyddodd nesaf, sef dwrn Danny'n bwrw'i arlais â'r fath nerth fel y byddai'n wyrth tasai'n dihuno eto cyn wythnos i ddydd Llun. Gafaelodd Danny yn y gwn taser a diolch nad oeddent wedi newid rhyw lawer o ran eu dyluniad a'u swyddogaeth ers ei amser gyda Heddlu Gerddi Hwyan. Roeddent yn dal i edrych fel teganau Tonka o'r wythdegau, a chyn i'r swyddog arall hyd yn oed godi o'i sedd er mwyn helpu ei gyfaill roedd Danny wedi anelu a thanio'r taser i'w gyfeiriad, y bachau ar ben arall y gwifrau yn gafael yn nefnydd ei grys cotwm gwyn a'i gorff yn dirgrynu'n wyllt a chwympo i'r llawr mewn tomen o blyciadau trydanol.

Yn y pellter, uwchben taranu ei waed yn rhuthro trwy ei gorff a rhwng ei glustiau, clywodd Danny seirenau. Doedd dim modd gwybod ai wylo ceir heddlu oedden nhw, ond doedd e ddim yn bwriadu aros i ffeindio mas. Estynnodd y goriadau o wregys y swyddog anymwybodol ac agor y gefynnau. Cyn ei heglu hi o 'na, mewn eiliad o eglurder annisgwyl, cipiodd Danny gap a siaced swyddogol y swyddogion oddi ar fachyn wrth ochr y drws. Gwisgodd a chamu o'r caban, cloi'r drws ar ei ôl er mwyn arafu ymdrechion yr heddlu pan fyddent yn cyrraedd, a cherdded â'i ben yn isel yn ôl at ei gar, gan obeithio na fyddai'r camerâu cylch cyfyng yn gallu darllen y rhif cofrestredig.

Taniodd yr injan a gyrru'n hamddenol – er bod ei galon yn carlamu a'r adrenalin yn llifo fel lafa trwy ei wythiennau – yn ôl ar hyd yr un ffordd ag y daeth yn gynharach. Pasiodd ddau gar heddlu'n rasio i gyfeiriad yr ysgol, nid nepell o'r gyffordd â'r N-340. Gwiriodd y cloc – roedd hi'n bum munud ar hugain wedi pump.

. . .

Roedd Danny'n eistedd tu allan i eiddo Gareth Edwards yng nghanol Nerja eto'r bore canlynol, ond y tro hwn roedd wedi dod yn un o geir Alban, hen groc o Ford Focus. Roedd y Ka wedi'i barcio mewn garej ar eiddo'i hen ffrind, rhag ofn bod yr heddlu lleol yn chwilio amdano yn dilyn helynt y diwrnod cynt. Yn ogystal â chuddio'r car, roedd Danny wedi llosgi'r cap a'r siaced a ddygodd o'r caban, ac roedd Alban ei hun wedi rhoi tri phwyth yn y briw dwfn ar gefn ei ben, ar ôl golchi'r cnawd amrwd â gofal a thynerwch annisgwyl. Cynigiodd Alban gau'r graith agored gan ddefnyddio glud meddygol, fel oedd yn arferol y dyddiau hyn, ond mynnodd Danny ar y pwythau. Roedd yn hoff o greithiau, pob un â'i stori. Er iddo losgi cap y swyddog diogelwch, roedd Danny'n gwisgo cap pêl-fasged LA Lakers a fenthycodd gan Alban ar ei ben y bore 'ma. Roedd yn anghyfforddus tu hwnt, yn enwedig oherwydd y briw ar gefn ei ben, ond roedd unrhyw fath o guddliw yn gymorth ar ôl yr hyn ddigwyddodd.

Gwyliodd y fila am deirawr heb weld unrhyw arwydd o fywyd, cyn gorfod mynd i bisio, ac yna am ddwy awr arall cyn penderfynu mynd i brynu cinio o siop gyfagos. Wrth y cownter yn y siop roedd Danny, yn aros ei dro tu ôl i hen wreigan gefngrwm oedd yn gwisgo llawer gormod o haenau a hithau mor braf tu allan, pan welodd gatiau'r eiddo'n llithro ar agor yn araf a'r Bentley'n gadael a gyrru'n syth i'w gyfeiriad. Gadawodd Danny ei nwyddau yn y man a'r lle a rhedeg yn ôl at ei gar, gan danio'r injan wrth i'r Bentley droi i'r dde rhyw ddau gan llath i lawr yr hewl. Sgrialodd ar ei ôl, gan igam-ogamu trwy'r traffig ac arafu unwaith iddo ddal i fyny â'i darged o fewn hanner milltir.

Wrth ddilyn, roedd cwestiynau di-rif yn atseinio yn ei ben. Pwy oedd yn y car? Ble oedd e'n mynd? Beth oedd cynllun Danny pan fyddent yn cyrraedd pen eu taith? Beth pe na byddai'n gweld Owain eto heddiw? Beth petai e *yn* gweld Owain heddiw? Ond rhai rhethregol oeddent i gyd ar hyn o bryd, ac felly ymlaen â fe ar drywydd y Bentley, curiadau ei galon yn gyson am nawr.

Cyn gadael y dref, arhosodd y Bentley tu fas i floc o randai trwsiadus a thaclus yr olwg. Arhosodd Danny yn ôl yn ddigon pell i beidio â denu sylw, a gwyliodd wrth i ddwy fenyw ifanc, yn eu hugeiniau cynnar man pellaf, adael yr eiddo yn tynnu ces dillad bach ar olwynion bob un, a neidio i gefn y car, wrth i'r un gyrrwr ag a welodd y diwrnod cynt roi eu cesys yn y bŵt.

Yn hytrach na dilyn yr arfordir, anelodd y Bentley am y gogledd y tro hwn, i gyfeiriad cartref Alban. Wrth agosáu at yr eiddo, dechreuodd yr adrenalin bwmpio trwy ei gorff. O wybod yr hanes oedd rhyngddynt, dryswyd Danny'n llwyr gan y daith. Ond yn hytrach na dod i stop yn, neu ger, Efrog Newydd, ymlaen yr aeth y Bentley, a chalon Danny'n dychwelyd i'w rhythm arferol ymhen ychydig. Cofiodd Danny mai cylchdaith oedd y ffordd hon, yn arwain i fyny'r dyffryn am Frigiliana a thu hwnt, ac yna i lawr yr ochr arall at dref Torrox.

Gyda Môr y Canoldir o'i flaen yn y pellter unwaith eto, a Torrox ychydig yn agosach i lawr y cwm, trodd y Bentley oddi ar y ffordd a diflannu trwy glwyd fawr ddur, a gaeodd yn llyfn ar ôl i'r car fynd trwyddi. Gyrrodd Danny yn ei flaen am oddeutu chwarter milltir, nes dod o hyd i gilfan ar ochr y ffordd. Parciodd yn y llwch ac eistedd am eiliad yn ystyried ei opsiynau. Yn ôl y disgwyl, nid oedd llawer ganddo. Yr unig un o bwys oedd bod yn rhaid iddo gael pip agosach ar yr eiddo, yn y gobaith o weld Owain ei hun, neu Gareth Edwards o leiaf. Roedd y boi 'ma mor gyfrwys â chadno, a'i deulu wedi'u hynysu a'u gwarchod rhag y byd, tu ôl i ffensys tal, clwydi cloëdig a ffenestri tywyll eu ceir. Ond, ac ystyried yr hyn oedd gan Alban i'w ddweud amdano, dyna'r unig ffordd y gallai rhywun fel Gareth Edwards fodoli.

Camodd Danny o'r car, y binócs yn dynn yn ei afael. Edrychodd i gyfeiriad y glwyd ar y gorwel, a dilynodd ei lygaid y ffens derfyn oedd yn ymestyn yn bell i ddau gyfeiriad, ac oedd wedi'i chuddio gan brysgwydd tenau, tal. Cafodd ôl-fflach i'r diwrnod blaenorol, a chododd ei law at gefn ei ben wrth i'r atgof wneud i'w graith ddychlamu. Yna croesodd y ffordd dawel a dechrau dilyn y ffens ar droed, i ffwrdd oddi wrth y fynedfa, i'r de i gyfeiriad y dref. Ymhen rhyw chwe chan llath, trodd y ffens oddi wrth y ffordd ac aeth Danny yn ei flaen, gan frwydro wrth i'r llystyfiant llychlyd dewychu.

Doedd dim i'w weld ar ochr arall y ffens, dim ond twmpath hir o bridd glaswelltog yn rhedeg yn gyfochrog iddi, fel Clawdd Offa saith troedfedd o daldra yn ei atal rhag gweld yr eiddo tu hwnt. Er nad oedd unrhyw beth i'w weld yn y cyffiniau, roedd y crics, y cicadas a sioncod y gwair yn eu hanterth, yn cwyno ar Danny wrth iddo gymryd pob cam. Cerddodd yn ei flaen gan geisio anwybyddu eu galwadau atseiniol amhersain, tan i'r ffens droi unwaith eto ar ongl sgwâr, ac yna eisteddodd Danny yng nghysgod y coed i gael ei wynt ato ac i feddwl beth y dylai wneud yn awr. Roedd tri opsiwn ganddo'r tro hwn. Yn gyntaf, gallai barhau â'i daith drafferthus o amgylch y perimedr, ond go brin y byddai'n gweld dim byd o bwys, diolch i ddiogelwch eithafol Señor Edwards. Yn ail, gallai geisio dringo dros y ffens, palu oddi tani neu geisio torri twll ynddi ryw ffordd er mwyn ysbïo ar y preswylwyr o gopa'r twmpath yr ochr draw, ond gwyddai'n reddfol nad oedd hynny'n syniad da – roedd absenoldeb weiren bigog ar ben y ffens yn awgrymu'n gryf y byddai unrhyw gyffyrddiad yn achosi i larwm ganu ac i'r cafalri ddod ar frys i archwilio'r mater. Yn olaf, a'r unig opsiwn dilys wedi meddwl am y peth, gallai ddringo coeden yn y gobaith o weld dros y twmpath.

Edrychodd i fyny o'i eisteddle ar y ludwydden lychlyd uwchben, ei changhennau cryf yn ail perffaith i estyll ysgol. Cododd, a rhoi'r binócs rhwng ei ddannedd, gan nad oedd llinyn iddo allu eu hongian o amgylch ei wddf na phoced digon mawr ganddo i'w dal. Yna, gwiriodd gryfder y canghennau cyn gwneud unrhyw beth arall, a dringo'n ofalus i fyny'r goeden, y boncyff yn gwegian o dan ei bwysau. Yn ffodus, oherwydd ei daldra, nid oedd angen i Danny ddringo'n uchel iawn er mwyn gweld dros y ffens a'r twmpath. Yn anffodus, yr unig beth y gallai ei weld o'r goeden benodol hon oedd cefn adeilad dinod; rhyw fath o sied neu storfa. Dychwelodd ar hyd ei lwybr i gyfeiriad y car a dewis coeden debyg o ran maint a ffurf ymhen rhyw ganllath. Gan ailadrodd ei ddull dringo yn union, tynnodd ei hun i fyny, ond yr un oedd y canlyniad. Ac er nad oedd sied yn atal yr olygfa y tro hwn, yr unig beth oedd i'w weld o'r goeden hon oedd gerddi – glaswellt crin a choed palmwydd sychedig yr olwg, wedi'u plygu gan yr elfennau dros ddegau o flynyddoedd, ac ystyried eu maint. Lawr â Danny unwaith yn rhagor, gan ddiawlo'i lwc a gobeithio na fyddai'n rhaid iddo ddringo deg coeden cyn cael cipolwg ar Casa Edwards. Gorfoleddodd pan gyrhaeddodd yr uchder angenrheidiol ar y goeden nesaf a chwibanu wrth weld cartref teulu mabwysiedig ei fab. Doedd dim angen cymorth sbectol ar yr arth goala gawraidd hon i werthfawrogi graddfa'r lle, a doedd dim angen chwaeth crachfonheddwr i werthfawrogi ei hyfrytwch chwaith. Ar gefnlen fynyddig fawreddog, safai tŷ gweddol newydd yr olwg, er nad oedd ei alw'n 'dŷ' yn gwneud cyfiawnder â fe chwaith. Roedd e'n anferth, gyda balconi lled cyfan ar y llawr cyntaf, drysau gwydr yr un maint oedd ar agor fel consertina ar y llawr gwaelod, a dwy adain ar y naill ochr i'r prif adeilad gyda ffenestri o'r llawr i'r nenfwd, yn disgleirio fel haenau o ddiemwntau yn haul y prynhawn. Cododd Danny'r binócs ac edrych trwy'r ffenestri. Yn yr adain orllewinol gwelodd biano cyngerdd a thelyn ar lwyfan isel mewn un gornel; gwerth llyfrgell o lyfrau ar hyd y wal gefn; a soffas, cadeiriau moethus, bwrdd coffi a theledu anferthol yn y gornel arall. Ystafell fwyta ffurfiol oedd yn yr adain ddwyreiniol, gyda bwrdd digon o faint i eistedd dros ugain o bobl yn gyfforddus a darluniau drudfawr yn hongian ar y wal. Roedd canol y tŷ, tu ôl i'r drysau consertina, yn llawn teganau lliwgar a chyfarpar magu plant, yn ogystal â chadeiriau cyfforddus ac ymarferol. Roedd y drysau consertina yn ymagor ar deras marmor a phwll nofio ugain medr o hyd; ac o flaen y teras, lefel yn is, i lawr grisiau o ddeunydd tebyg oedd mor llydan â'r pwll, roedd cwrt tenis, orendy ar yr ochr chwith iddo a thŷ deulawr hunangynwysedig i westeion ar y dde. Rhwng y cwrt tenis a'r twmpath o flaen y ffens derfyn, tua phedwar can llath i ffwrdd, tyfai gwair crimp a mwy o goed palmwydd. Gallai Danny ddychmygu'r olygfa odidog o'r teras, dros Torrox ac i lawr i'r môr, ac ar ei draws at ogledd Affrica tu hwnt.

Trwy'r binócs, gwyliodd Danny'r tŷ yn llawn gobaith. Ymddangosodd y merched a welodd yn cael lifft yn y Bentley yn gynharach yng nghwmni dau blentyn ifanc – merch tua wyth mlwydd oed a bachgen tua deuddeg, oedd yn rhy ifanc i fod yn Owain yn anffodus. Roedd y pedwar yn gwisgo dillad nofio, ac i mewn â nhw i'r pwll, y merched yn troedio'n ofalus a'r bachgen yn bomio i'r pen dwfn. Defnyddiodd Danny'r binócs i graffu trwy bob ffenest yn y gobaith o weld ei fab, ond nid oedd golwg o Owain yn unman. Digalonnodd. Tonnodd y siom drwyddo a chododd y rhwystredigaeth unwaith yn rhagor. Parhaodd i wylio'r eiddo am hanner awr arall, tan i'r gair 'pedófilo' ddechrau atseinio yn ei ben. Daeth i lawr o'r goeden yn ofalus a dychwelodd at y car yn barod i roi'r gorau i'w ymdrechion am heddiw a mynd adref at Alban i feddwi'n dwll eto ar y teras haul.

Eisteddodd tu ôl i'r olwyn a syllu i'r gwagle, ei feddyliau ar ras ond yn gwbl ddigyfeiriad. Yr unig beth y gallai feddwl ei wneud oedd dod yn ôl yma eto yfory, a drennydd, a dringo'r un goeden yn y gobaith y byddai Owain yn ymddangos rhyw ddydd. Ac er nad oedd hynny'n swnio fel llawer o hwyl, dyna'n union y byddai'n ei wneud hefyd. Roedd Owain mor agos fel y gallai Danny bron glywed llais aneglur ei fab. Cipiodd hynny Danny'n ôl i Erddi Hwyan, at y bwrdd brecwast a'r sgyrsiau amhrisiadwy gydag Ows, oedd bellach fel aur ar ben draw enfys ei atgofion. Sychodd ei lygaid â'i law, a thrwy'r niwl emosiynol gwelodd fachgen ar feic yn dod i'w gyfeiriad, yn stryffaglan i fyny'r rhiw o gyfeiriad y dref islaw.

Gwyddai Danny ar unwaith ei fod yn gwylio'i fab, er bod

Owain wedi newid a phrifio a datblygu yn ystod ei absenoldeb. Roedd ei geg cwac yn llawer llai amlwg rywffordd, ond doedd dim gwadu bod ganddo lygaid ei fam a phrydliw ei dad. Ond erbyn i Danny lwyddo i reoli ei emosiynau, roedd Owain yn pasio'r car ar ochr arall yr hewl, ar y ffordd adref o rywle – tŷ ffrind, fwyaf tebyg, neu hyd yn oed gariad efallai. Pwy a ŵyr? Parlyswyd Danny gan y sioc o weld ei gig a'i waed ac, ar yr eiliad olaf, trodd Owain ei ben ac edrych yn syth i'w gyfeiriad. Er i'w llygaid gwrdd am eiliad neu ddwy, nid oedd Danny'n credu i'r bachgen ei adnabod, ac ymlaen â fe am adref, y chwys yn diferu oddi ar ei dalcen a dim syniad ganddo ei fod newydd basio ei dad geni.

19

Gyda'r gatiau'n cau tu ôl iddo, pedlodd Owain ar hyd y dreif tarmacadam troellog tua'r tŷ, ei galon yn dechrau llenwi â llawenydd unwaith yn rhagor. Roedd wedi bod yn aros am y diwrnod hwn ers cyn cof. Roedd ei dad wedi dod o hyd iddo.

Parciodd ei feic yn y garej a rhedeg gweddill y ffordd, y syndod o weld Danny'n eistedd mewn car ar y ffordd tu allan i'w gartref yn araf symud o'r neilltu wrth i realiti'r sefyllfa ddod i'r amlwg. Roedd wedi breuddwydio am gael clywed llais ei dad unwaith yn rhagor, llais roedd Owain wedi'i anghofio dros y blynyddoedd, ei gofleidio'n dynn, chwerthin yn ei gwmni, ac roedd y ffantasïau yma ar fin cael eu gwireddu. Rhedodd ar hyd y teras, heibio'r pwll nofio lle roedd ei frawd a'i chwaer yn cael gwersi nofio yng nghwmni Carmen a Gabriela, trwy'r drysau consertina oedd ar agor led y pen y prynhawn 'ma ac i mewn i'r gegin gefn, lle daeth o hyd i'w deulu – Rhian wrthi'n paratoi swper a Gareth yn eistedd ar stôl dal wrth yr ynys gwarts anferth yn yfed coffi du ac yn siarad gyda'i wraig. Trodd y ddau i edrych arno pan ffrwydrodd trwy'r drws yn fyr ei anadl ac yn wyllt ei wedd.

"Be sy, Ows?" gofynnodd Rhian o ganol y cig amrwd, y menig latecs am ei dwylo yn gwneud i'r weithred ymddangos yn amheus rywffordd.

"M-m-m-ma…" ceciodd, wrth frwydro i anadlu fel y dylai.

"Iesu, Ows, anadla'n ddwfn a dechrau eto," awgrymodd Gareth, wrth sipian ei goffi a chraffu ar ei fab yn llawn cariad.

Gwyddai hwnnw'n iawn beth oedd wedi ei gynhyrfu, ond nid oedd am ddatgelu hynny wrtho; roedd y bachgen yn llawer rhy gyffrous a Gareth yn mwynhau gweld ei ymateb. Pwy oedd e i gipio'r gwynt o'i hwyliau? Cawsai ei hysbysu o bresenoldeb Danny Finch yn Andalucía rai dyddiau ynghynt, diolch i'r rhwydwaith eang oedd ar waith ganddo yn yr ardal. Roedd rhaid i ddynion fel fe wybod popeth oedd yn digwydd yn ei ymerodraeth, yn enwedig dyfodiad mor dyngedfennol ag un Danny.

Ar ôl anadlu'n ddwfn ddeg gwaith, i mewn trwy ei drwyn ac allan trwy ei geg, roedd Owain, o'r diwedd, yn barod i ddatgelu tarddiad ei gyffro. "Ma Dad 'ma!" ebychodd.

"Ble?" Gwnaeth Gareth sioe o edrych o gwmpas y gegin.

"Ha ha!" oedd ymateb nawddoglyd Owain. "Dim *fan hyn* fan hyn, obviously, ond tu fas, mewn car. Weles i fe jyst nawr, ar y ffor 'nôl o dŷ Juan…" Ynganodd y geiriau'n eglur, ei anallu i siarad yn iawn wedi'i adfer diolch i gymorth ariannol a chefnogaeth ysbrydol ei deulu dros gyfnod o flynyddoedd.

"Wedon ni wrthot ti y bydde fe'n dod, yn do fe," gwenodd Rhian.

Gwnaeth Gareth yr un peth. Yna rhoddodd ei goffi i lawr, codi ar ei draed a chamu at Owain i'w gofleidio'n dynn. Gyda phen y bachgen wedi'i gladdu yng nghotwm ei grys, edrychodd ar ei wraig a gweld deigryn yn llithro i lawr ei boch. Teimlodd hithau ei gŵr yn syllu arni, a gwenodd arno; y rhyddhad a'r llawenydd yn brwydro gyda'r galar oedd wedi pylu dros y blynyddoedd, ond na fyddai byth yn diflannu'n gyfan gwbl.

. . .

Gyda'r haul yn machlud dros y môr mewn coelcerth o goch ac oren, eisteddodd Danny ac Alban ar deras Efrog Newydd yn yfed cwrw oer ac yn sgwrsio am yr hyn ddigwyddodd y prynhawn hwnnw.

"*So*, beth ti'n dweud, Dan, yw mai bollocks llwyr oedd yr holl nonsens 'na y diwrnod o'r blaen am jyst eisiau *gweld* dy fab?"

"Dim ar y pryd, na. Ond nawr, wel, ma pethe wedi newid…"

"Shwt?"

"Ti'n gwbod *shwt*, fi newydd ddweud wrthot ti."

"Naddo. 'Na gyd ti 'di dweud yw bod ti 'di gweld Owain ar ei feic heddiw. Ond sa i'n deall shwt ma hynny wedi newid *unrhyw* beth."

"'Drych… mae'n anodd esbonio, OK… ond nawr 'mod i wedi'i weld e…"

"Ti eisiau ailgydio yn eich perthynas, 'na beth ti'n ddweud?"

"Wel. Ie. Sort of. Fi moyn siarad gyda fe, o leiaf. Ond sa i 'di meddwl am yr ochr ymarferol eto…"

"Nag wyt, yn amlwg! Ti'n disgwyl cerdded mewn i'r tŷ 'ma, cartref Gareth Edwards o bawb, a dechrau o'r newydd, jyst fel 'na?"

"Wel, pan ti'n dweud hi fel 'na…"

"Yn union, so hi mor straightforward â ti'n meddwl. A nath e ddim hyd yn oed dy adnabod di."

"Sa i'n gallu bod yn gwbl siŵr o hynny…"

"Ond nath e ddim stopo ac aros a dod draw i ddweud 'helô'?"

"Naddo."

Cymylodd hwyliau da Danny. Roedd y gwir yn anodd i'w dderbyn. Doedd *gweld* Owain fel y gwnaeth rai oriau ynghynt yn sicr ddim yn ddigon, ond sut gallai ddod i gyswllt â'r crwt fel arall?

"Falle gallen i gael swydd yn yr ysgol 'na?" awgrymodd Danny, gan feddwl yn uchel a gwneud i Alban biffian chwerthin ar y syniad.

"Ti o ddifri? Ar ôl beth ddigwyddodd i ti fyn'na ddoe?"

"Pwynt da," gwenodd Danny, gan gofio'r grasfa a roddodd i'r swyddogion diogelwch. Cododd ei law at gefn ei ben wrth i'r atgofion wneud i'r graith ddychlamu. "Beth am gael swydd gyda Gareth Edwards ei hun? Gyrrwr, garddwr, athro nofio neu hyfforddwr tenis neu tae kwon do?"

Ysgydwodd Alban ei ben yn araf. "Sa i'n gwbod shwt fath o bolisi recriwtio sy 'da fe, ond fi'n reit sicr bod angen geirda wrth rywun ma fe'n adnabod ar unrhyw un ma fe'n ei gyflogi. A phwy yn y rhan yma o'r byd sy'n mynd i roi reference i ti, Dan? *Fi*?"

"Dim ond un dewis arall sy 'na, 'te." Gwenodd Danny ar ei ffrind yn ddrygionus.

"Beth?"

"Mewn â fi, full-on commando style. Belt bwlets rownd fy 'sgwyddau a rocket launcher lan tin Gareth Edwards!"

Chwarddodd y ddau ar hynny, er mai dim ond hanner jocian oedd Danny. Ar wahân i barhau i wylio'r eiddo a dilyn y teulu yn y gobaith o gysylltu â'i fab yn ddamweiniol-ar-bwrpas rhywbryd, pa ddewis arall oedd ganddo?

. . .

Fel pob noson yn Casa Edwards, Gareth oedd yr olaf i fynd i'r gwely, ond cyn ymuno â'i wraig yn y brif ystafell wely aeth i gael pip ar y plantos. Roedd ei ddau epil ieuengaf yn chwyrnu'n braf yn eu gwlâu, a golau gwyrdd y llusernau lleuad yn rhoi naws hudolus i'w hystafelloedd.

Camodd o ystafell Mari gan gau'r drws yn dawel ar ei ôl. Gwelodd olau'n fframio'r porth i ystafell Owain, a phan agorodd y drws daeth o hyd iddo'n eistedd i fyny yn ei wely yn tapio'n wyllt ar sgrin ei lechen, o dan oruchwyliaeth hapus ei rieni geni, oedd yn gwenu arno'n barhaus o'r llun mewn ffrâm ar y bwrdd bach wrth ochr y gwely. Gwyddai Gareth fod Ows yn cadw dyddiadur digidol a gallai ddychmygu beth roedd wedi ei sgwennu heddiw.

"Mae'n hwyr, Ows, fi ar y ffordd i'r gwely fy hun."

"Fi methu cysgu."

"Sgwn i pam?!"

Gwenodd Owain, ac eisteddodd Gareth ar erchwyn y gwely.

"Ti'n meddwl bydd e'n dod 'nôl eto?"

"Fi'n reit ffyddiog y bydd e."

"Ond beth os na…?"

"Ows, ma fe 'di dod yn rhy bell i droi 'nôl nawr, nag wyt ti'n meddwl?"

"Falle. Fi jyst moyn…" Tawelodd ei eiriau wrth i'w ddychymyg danio. Cafodd ei gipio'n ôl i draeth Porthcawl ei blentyndod, lle gallai bron flasu hufen iâ Bae Trecco; gwelodd fflach o goch cwt cadno yn diflannu i gysgodion ei ben; a theimlodd gynhesrwydd cariad ei rieni geni tuag ato fe a thuag at ei gilydd, er nad oedd wedi gweld yr un o'r ddau ers blynyddoedd lawer. Tan heddiw. Roedd ymddangosiad Danny wedi ei lenwi â gobaith, ond ni fyddai byth yn anghofio'r tywyllwch a ddilynodd ddedfryd ei dad.

"A fi 'fyd," meddai Gareth. "Ond ma'n amser cysgu nawr, iawn?"

"Ma'n teimlo fel Nadolig neu rywbeth."

Synnodd y sylw Gareth rhyw fymryn. "Do'n i ddim yn meddwl bod ti'n credu yn Siôn Corn ers blynyddoedd!" tynnodd arno gyda gwên.

"Shut up!" daeth yr ateb amddiffynnol. "A dim dyna'r pwynt anyway. Fi… fi… o, sa i'n gwbod… mae'n anodd esbonio… ond fel 'na fi'n teimlo, 'na gyd… Ti'n gwbod, excited… fel y noson cyn Nadolig…"

Am un oedd wedi gweld, profi a goroesi cymaint yn ystod ei fywyd, byddai'r ffordd roedd Owain yn mynegi ei hun o hyd yn synnu Gareth. Nid bachgen swrth a phrin ei eiriau mohono, ac roedd hynny'n ei lenwi â balchder.

"Fi'n siŵr fod Danny'n teimlo'r un peth."

Aeth Gareth i'w wely, gan adael Owain yn y tywyllwch, er mai artaith oedd yr ymdrech i fynd i gysgu i'r ddau ohonynt y noson honno.

· · ·

Dihunodd Danny ym mherfeddion nos. Gwasgodd y botwm ar y lamp fach wrth ochr ei wely, ond ni thaniodd y bwlb. Power cut, meddyliodd. Roedden nhw'n rhan annatod ac anhwylus o fywyd yn Andalucía, hyd yn oed heddiw. Dyma'r ail ers iddo fe gyrraedd. Agorodd ddrôr ac estyn fflachlamp. Gwiriodd ei oriawr. Hanner awr wedi tri. Cododd ac aeth i bisio, a dal golwg o'i hun yn y drych dros y sinc ar ôl iddo sychu'i blân hi. Fflachiodd wyneb ei fab yn y gwydr, yn syllu arno o ddimensiwn arall a'u llygaid yn cwrdd mewn dau fydysawd cyfochrog. Roedd Rioja neithiwr fel growt tywyll ar deils gwyn ei ddannedd unionsyth, felly brwsiodd nhw'n drylwyr er mwyn gwaredu gwaddodion y gwin. Yna, eilliodd y blew oddi ar ei wyneb. Roedd arno eisiau edrych ar ei orau pan fyddai'n gweld ei fab eto. Roedd jôc fach y noson cynt – sef mynd i mewn i eiddo Gareth Edwards er mwyn rhyddhau ei fab o grafangau'r gangster – wedi tyfu a thyfu yn ei ben nes ffrwydro'n dân gwyllt gwallgof a'i ysgogi i godi o'r gwely gydag un peth ar ei feddwl. Owain. Ei fab. Ei unig reswm dros fyw. Heb Ows, doedd ganddo ddim byd. A ffwcio Gareth Edwards; Danny oedd tad Owain, ac roedd ganddo hawl i'w weld ac i ddod i'w adnabod unwaith yn rhagor. Doedd dim sail gyfreithiol i'w gred, wrth gwrs, ond nid oedd Gareth Edwards yn parchu awdurdod fel roedd hi, a doedd gan Danny ddim byd i'w golli, a phopeth i'w ennill.

Wedi gwisgo, aeth ar flaenau ei draed yng ngolau fflachlamp tua'r islawr, gan weddïo bod Sancho wedi mynd i'w wely erbyn hyn a gadael llwybr clir at y cwpwrdd gynnau ar wal y labordy. Yn nhywyllwch yr ogof, anelodd Danny'n ofalus am yr arfdy ac agor un o'r drysau yn araf bach mewn ymdrech i beidio â gwneud sŵn. Yn sefyll yn y cwpwrdd, yn hongian o fachau, roedd detholiad o reiffls oedd yn golygu dim i Danny, a chwe gwn llaw. Nid oedd Danny'n gwybod rhyw lawer am arfau mewn gwirionedd, felly gafaelodd mewn dau reiffl barel-dwbl a dau bistol rhannol awtomatig. Gwiriodd eu mêc a'u model a gafael mewn bocsys o fwledi cyfatebol o'r silff. Rhoddodd y bwledi a'r pistolau yn ofalus mewn gwarfag, rhoi'r gwarfag ar ei gefn a sleifio'n ôl i fyny'r grisiau oer ceudyllol, â'r bwriad o ddianc i'r nos ar drywydd ei fab. Ond pan oedd ag un llaw ar fwlyn y drws cefn, oedd yn arwain allan o'r gegin i'r teras a'r gerddi a'r garejys tu hwnt, daeth llais o'r cysgodion i roi cyd-destun i'w gynllun gwallgof.

"Lle ti'n mynd, Clint?" gofynnodd Alban yn gysglyd o'i gadair wrth y stof.

Trodd Danny a chraffu i'r tywyllwch, cyn tanio'r fflachlamp a phwyntio'r pelydryn i gyfeiriad y llais. Gwelodd Alban yn lled-orwedd o dan flanced liwgar, yn dal i wisgo dillad y diwrnod cynt.

"Fi'n mynd i nôl Owain…"

"Ti'n mynd i *nôl* Owain? Wyt ti off dy ben, neu be?"

"Falle. Ond rhaid i fi neud *rhywbeth*, Al. A sdim byd 'da fi i golli fel ma hi…"

"Ar wahân i dy fywyd."

"Wel, ie, ma hynny, ond pa fath o fywyd sydd 'da fi tra bod Owain yn byw gyda'r pen bandit ei hun?"

"Fuckin hel, Danny, ti 'di mynd o *weld* y bachgen i *siarad* gyda'r bachgen i herw-fuckin-gipio'r bachgen mewn llai na dau ddeg pedwar awr!"

"So hynny'n hollol wir. Sdim cynllun 'da fi mewn gwirionedd, ond rhaid i fi neud *rhywbeth*, Al. Fi 'di aros ac aros am—"

"Am beth? Gei di dy ladd, mwya tebyg, mỳn!"

"Os felly."

"*Os felly*?! 'Na ni? Dyna dy ateb?! Iesu, Danny, ti 'di colli hi'n lân, neu beth?"

Ar hynny, cododd Alban o'r gadair ac anelu am y grisiau, yn gafael mewn fflachlamp ei hun. "O leiaf ti 'di dewis amser da i ni fynd amdani. Ma power cuts yn tueddu i bara oriau yn Andalucía. Gyda lwc, allwn ni ddringo'r ffens 'na heb ddenu sylw neb…"

"Beth yw'r 'ni' 'ma, Al? Sa i'n disgwyl i ti ddod gyda fi o gwbl."

"Fi'n gwbod hynny, ond fel wedes di'r noson o'r blaen, helyntion fi ac Efrog… wel, Efrog yn bennaf, ond ti'n deall be sy 'da fi… oedd dechrau'r holl ymchwiliadau mewnol… Ni oedd y dominos cynta, a fi'n teimlo'n gyfrifol am beth ddigwyddodd i ti o ganlyniad. Sneb yn haeddu'r hyn sy 'di digwydd i ti, Dan…"

Nid oedd Danny'n cofio dweud unrhyw beth o'r fath wrth Alban, achos yr holl win a chwrw, mae'n siŵr, ond roedd yn falch iawn bod Alban yn mynd i ddod yn gwmni iddo. O leiaf roedd e'n gyfarwydd â thrin gynnau.

"Ma euogrwydd yn emosiwn cryf, so cer i'r car, ond paid mynd hebddo fi. Bydda i nôl nawr…"

"Lle ti'n mynd?"

"Bydd angen bach mwy o firepower arnon ni na'r shotguns 'na, gw'boi. A' i i nôl yr AK. Falle ga i gyfle i gael pow-wow gyda Mr Edwards hefyd am yr holl hasl ma fe a'i fois wedi bod yn rhoi i ni…"

"O's bolt cutters 'da ti 'fyd?" gofynnodd Danny, a gweld Alban yn nodio'i gadarnhad cyn diflannu i dywyllwch y daeardy.

Gwenodd Danny wrth adael y tŷ a chamu i'r fagddu. Byddai'n dechrau goleuo toc, felly roedd angen siapo. Yn wir, roedd y cyffro'n codi ac yn agos at gyrraedd y pwynt berw, a'r addewid o weld Owain bron yn ddigon i wneud i Danny fynd i hôl ei fab heb Alban.

. . .

Adeilad hunangynhaliol oedd swyddfa pencadlys swyddogion diogelwch Gareth Edwards, a hwnnw ger y brif fynedfa i'r eiddo i'r gogledd o Torrox ac yn cynnwys dwy ystafell wely â dau wely sengl yr un, cegin, lolfa, campfa a dwy ystafell ymolchi. Ar y wal o sgriniau teledu cylch cyfyng gwyliodd un o'i filwyr ffyddlon ddau ffigwr tywyll yn troedio'n drafferthus trwy'r prysgwydd trwchus ar ffin yr eiddo yng ngolau gwan y bore cynnar. Roedd generadur gan yr ystad er mwyn delio â'r toriadau pŵer anghyfleus ac afreolaidd, ond nid oedd y ffens derfyn ar yr un gylched â gweddill yr eiddo, felly nid oedd y tonnau trydan yn llifo drwyddi ar hyn o bryd. Trodd y gŵr yn gysglyd at ei gyfaill, oedd yn hepian ar y soffa gerllaw, a'i daro'n ysgafn â bodiau ei draed. Roedd dau swyddog arall, y shifft golau dydd, yn chwyrnu yn y gwlâu, ond byddai'n rhaid eu dihuno nhw hefyd mewn munud. Cododd yr ail swyddog a chraffu ar y sgrin. Cododd y ffôn a gwasgu dau fotwm. Arhosodd am ateb.

"Beth sy'n digwydd?" gofynnodd Mrs Edwards yn gysglyd wrth ei gŵr ar ôl iddo ddod â'r alwad fer i ben.

"Ma fe 'ma," atebodd gan ochneidio.

"Yn barod?" Eisteddodd Rhian i fyny yn y gwely, ei llygaid yn disgleirio. "Gwell i ti ddihuno Owain."

"Sdim angen," atebodd llais o gyfeiriad y drws.

. . .

Yng nghanol y llystyfiant cras a chrawcio parhaus y côr o bryfed brodorol dan draed, ac wrth i dywyllwch y nos ddechrau pylu uwch eu pennau, daeth Danny ac Alban i stop yn reit agos at y ludwydden a ddringodd y cawr er mwyn gweld Casa Edwards y diwrnod cynt.

"Hon o'dd hi, fi bron yn siŵr. 'Drych, ti'n gallu gweld fy olion yn y gwair lawr fan hyn, lle games i lawr o'r goeden…"

"Ac ma'r tŷ reit o'n blân ni?" Pwyntiodd Alban yr AK i gyfeiriad y ffens a'r twmpath tu hwnt.

"Ydy."

Cerddodd Alban yn syth at y ffens a phwyso'i glust mor agos ati ag y gallai, heb ei chyffwrdd. Caeodd ei lygaid a gwrando. Gwyliodd Danny fe'n gwneud, gan ddechrau poeni mwyaf sydyn am chwit-chwatrwydd eu cynllun. Ac roedd hynny'n chwerthinllyd ynddo'i hun, achos doedd dim cynllun ganddyn nhw! Yr unig beth oedd yn eu gwthio nhw yn eu blaenau oedd anobaith bywyd Danny a'r difrod echrydus roedd wedi'i ddioddef ar hyd y blynyddoedd, ynghyd â natur heriol Alban a'i hoffter o antur a saethu gynnau. Un clwyf anferth oedd Danny bellach, yn gwaedu'n ddireolaeth dros fryn a dôl ei fywyd. Owain oedd y dŵr a'r sebon, y Savlon, y pwythau a'r ôl-ofal a fyddai'n gwneud pob dim yn iawn unwaith eto. Dyna'r gobaith, beth bynnag, ond doedd dim syniad gan Danny beth fyddai'n ei ddisgwyl ar ochr arall y ffens.

"So hon yn fyw, Dan," meddai Alban, gan gydio yn y ffens â'i ddwylo cadarn er mwyn profi ei bwynt.

"Bant â ni, 'te!" Camodd Danny ato, y torrwr bolltiau trwm yn ei afael.

Ddwy funud yn ddiweddarach roedd yr herwfilwyr ar eu ffordd, yn eu cwrcwd trwy'r twll yn y ffens ac ar eu boliau i ben y twmpath, lle daethant i stop er mwyn craffu ar eu targed. Roedd y tŷ'n dywyll, yn dawel ac yn ddifywyd, ond gyda'r wawr yn dechrau torri dros fynyddoedd Sierra Nevada i'r dwyrain, roedd angen symud yn gyflym er mwyn… er mwyn…

Dyma lle gwawriodd ffwlbri'r perwyl ar Danny go iawn. Beth yn y byd oedden nhw'n ei wneud? Torri mewn? Herwgipio? Beth wedyn? Y peth gorau i'w wneud fyddai troi am 'nôl a dychwelyd at y cynllun gwreiddiol, sef cymryd ei amser, aros am gyfle i gysylltu ag Owain yn y byd go iawn. Doedd dim sicrwydd y byddai'r bachgen yn ei gofio hyd yn oed, a pham yn y byd y byddai arno eisiau gadael y fath fywyd am un yng nghwmni ei dad, aderyn carchar heb wreiddiau, heb gyfoeth, heb gartref? Gwawriodd hunanoldeb y cyrch a'r cynllun ar Danny. Edrychodd ar Alban a gweld gwyn llygaid ei ffrind yn y gwyll bron â borsto o'i ben wrth weld y fath foethusrwydd. Roedd golwg orffwyll arno, a chyn i Danny gael cyfle i ddatgan ei fod wedi newid ei feddwl ac eisiau troi am 'nôl, roedd Alban ar ei ffordd unwaith eto, i lawr y twmpath, yn cadw'n isel at y ddaear, a thrwy'r gwair sych a'r coed palmwydd tal, i gyfeiriad y cwrt tenis oedd wedi'i nythu'n hapus rhwng yr orendy ar y chwith a'r gwesty hunangynhaliol ar y dde.

Gan regi o dan ei anadl, aeth Danny ar ei ôl, ac ymhen dim roedd y ddau ohonynt yn pwyso'u cefnau ar wal ddeheuol y gwesty wrth y cwrt tenis, eu hanadliadau fel mwg yn ffresni'r bore bach.

"Nawr beth?" gofynnodd Danny, gan mai Alban oedd yn arwain y cyrch, doedd dim amheuaeth o hynny bellach. Yn wir, roedd hi'n dechrau gwawrio ar Danny mai eilbeth oedd ei fwriad ef i ddod o hyd i'w fab ym meddwl ei ffrind, ac efallai mai gwir bwrpas y cyrch oedd taro bargen a dod i gytundeb gyda Gareth Edwards.

"Lan y grisiau a mewn i'r tŷ. The element of surprise, Danny boy, bydd dim syniad 'da nhw beth sy'n digwydd…"

"That's it?"

Gwenodd Alban ar yr anghrediniaeth amlwg yn ymateb ei ffrind.

"Beth ti'n awgrymu? Aros fan hyn? Troi am 'nôl? Edrych pa mor agos y'n ni, Dan. Gewn ni ddim cyfle fel hwn byth eto. Dere."

Tynnodd Alban y balaclafa dros ei wyneb a diflannu rownd y gornel. Gwnaeth Danny yr un modd, gan geisio anwybyddu'r teimlad fod rhywbeth mawr ar fin mynd o'i le, rhywbeth na fyddai modd ei wrthdroi unwaith iddo ddigwydd.

Ar waelod y grisiau a arweiniai at y teras a'r pwll a chefn y tŷ, arhosodd Alban i Danny ddal i fyny.

"Ewn ni lan i dop y grisiau i gael pip iawn, Dan," sibrydodd Ditectif Owen, ac yn araf bach esgynnodd y ddau y grisiau ar eu boliau, gyda'r gynnau yn eu gafael. Ond wrth iddynt gyrraedd y brig ac ymestyn eu pennau gorchuddiedig dros y grib er mwyn gweld beth oedd tu hwnt, gwawriodd y bore mewn amrantiad wrth i lifoleuadau llachar foddi'r teras a dallu Danny yn y man a'r lle. Caeodd ei lygaid yn reddfol a thynnu ei ben yn ôl i lawr. A phan agorodd nhw eto, doedd dim golwg o Alban yn unlle.

"Danny!"

Clywodd ei enw'n cael ei alw o gyfeiriad y tŷ.

"Dere mas i ni gael dy weld di."

Cafodd Danny ei ddrysu'n llwyr gan dôn groesawgar y cyfarchiad, ac yn araf bach gwthiodd ei ben tuag at y teras er mwyn gweld pwy oedd yn aros amdano. Gareth Edwards, meddyliodd, ond pan laniodd ei lygaid ar darddle'r llais, cafodd sioc ei fywyd o weld pwy ydoedd. Roedd y blynyddoedd wedi bod yn hynod o hael i hwn, ond doedd dim amheuaeth pwy oedd unig aelod y pwyllgor croesawu.

ALFIE!

Gwenodd hwnnw'n gynnes a chroesawgar wrth weld Danny'n codi ar ei draed yn araf, y syndod yn amlwg ar ei wep unwaith iddo ddiosg y balaclafa. Yn araf a braidd yn ansicr i gychwyn, ond yna'n fwy penderfynol gyda phob cam, cerddodd Danny tuag ato, y syndod yn troi'n atgasedd a'i lygaid yn bolio â chynddaredd waedlyd. Roedd Alfie, wrth gwrs, yn disgwyl yr union ymateb hwn. Ond cafodd y pedwar swyddog diogelwch, oedd gerllaw ond allan o'r golwg, orchymyn i beidio â gwneud dim. Am nawr, o leiaf.

Wrth weld Alfie'n sefyll yno o'i flaen, anghofiodd Danny bopeth am Owain a pham ei fod yma, ac aeth yn syth amdano. Yn ffodus i bawb, gollyngodd ei reiffl a'i adael ar ben y grisiau. Doedd dim angen meddwl o gwbl mewn gwirionedd. Greddf anifeilaidd a gydiodd ynddo. Greddf farbaraidd a chynhenid. Dyma'r dyn, dyma darddle cylch dieflig bywyd Danny; dyma'r rheswm am ei ddedfryd oes a dyma ddiafol ei freuddwydion. Roedd Danny wedi dychmygu'r foment hon gymaint o weithiau dros y blynyddoedd, ac roedd yn gwybod yn iawn beth i'w wneud.

Safodd Alfie yno, ei freichiau ar agor led y pen, fel petai'n disgwyl i Danny ei gofleidio, ond diflannodd y wên pan ddyrnodd y cawr ei nemesis, gan ei hyrddio i'r pwll, y gwaed yn gadael ei geg fel enfys unlliw o sgarlad tywyll. Dilynodd Danny fe i'r pwll, gafael yn ei wallt a'i dynnu i fyny am aer. Glaniodd talcen Danny ar ochr ei ben, gan wneud i lygad chwith Alfie chwyddo cyn i'r dwrn nesaf gysylltu. Yna, peidiodd y pwnio wrth i Danny newid tactegau a gwthio pen Alfie o dan y dŵr.

Cyfrodd Danny i ddeuddeg cyn i'r cafalri gyrraedd. Pedwar dyn cyhyrog, gan gynnwys gyrrwr y Bentley, yn rhedeg ar draws y teras yn anelu pistolau at Danny ac yn gweiddi cyfarwyddiadau mewn cybolfa o Sbaeneg a Saesneg. Ond nid dyna beth wnaeth iddo stopio ceisio lladd Alfie. Ar yr un pryd, gwelodd y drysau consertina'n agor ac Owain ac ysbryd Julia yn ymddangos o'i flaen, y ddau'n erfyn arno i ollwng Alfie, ac yna'n neidio i'r pwll heb oedi a cherdded yn araf tuag atynt trwy'r dŵr.

"Gad e i fod, Dad!" gwaeddodd Owain, ac roedd clywed y gair diwethaf hwnnw yn ddigon i'w ddarbwyllo.

Ffrwydrodd Alfie i fyny pan deimlodd afael Danny'n llacio a llarpiodd yr aer yn chwantus, gan lenwi ei 'sgyfaint i'r eithaf. Helpodd Justine fe at ochr y pwll, a dyna lle gorffwysodd, gyda'i gefn at Danny, oedd bellach yn fôr o ddagrau diolch i gofleidio anystywallt ei fab. Doedd yr un o'r ddau'n gallu siarad, ond roedd llygaid Owain yn adrodd cyfrolau, a Danny braidd yn gallu credu'r croeso.

Helpodd yr horythiaid y bòs a'i wraig o'r pwll nofio, ac eisteddodd y ddau ar gadeiriau hamddena cyfagos yn anadlu'n ddwfn ac yn gwenu i gyfeiriad yr ymosodwr a'i fab. Aeth un o'r swyddogion diogelwch i estyn tywelion i bawb, a dringodd Owain allan. Arhosodd Danny yn y dŵr, ei lygaid yn saethu o wyneb ei fab at wyneb Justine, oedd mor debyg i Julia bellach roedd hi'n anodd credu nad ei wraig oedd yn eistedd o'i flaen, ac yna at wyneb briwiedig Alfie, oedd yn dal i wenu arno er iddo geisio'i ladd lai na munud ynghynt.

"Paid bod yn grac 'da Alfie, Dad," plediodd Owain, ei lais yn gwbl eglur. "Mae e wedi neud ei ore i neud pethe'n iawn i ti. Mae Alfie wedi gweithio'n galed yn barod ar gyfer…"

"Ar gyfer dy ailddyfodiad," ychwanegodd Alfie, pan dawelodd Owain yng nghanol y frawddeg, y tywel oedd o amgylch ei 'sgwyddau a'i ben yn gwneud iddo edrych fel mynach.

"Chi 'di bod yn fy *nisgwyl* i?" Roedd Danny wedi drysu'n llwyr.

"Bob dydd ers i ti gael dy ryddhau o'r carchar," atebodd Alfie, cyn codi ac arwain y ffordd i mewn i'r tŷ.

Cafodd Danny ddillad sych gan un o'r swyddogion diogelwch – yr un mwyaf o'r pedwar, ac roedd y deunydd yn dal yn dynn amdano – ac ymhen deng munud roedd y teulu bach yn eistedd o amgylch yr ynys yn y gegin yn yfed te wrth i'r gwir gael ei ddatgelu'n araf wrth eu gwestai.

"O'n i'n siŵr y byddet ti wedi anghofio amdana i erbyn hyn, Ows," meddai Danny, ei ddwylo anferth yn twymo'n araf o amgylch mŵg draig goch.

"So Justine ac Alfie wedi gadael i hynny ddigwydd. 'Drych ar y wal tu ôl i ti!"

Trodd Danny yn ei gadair a synnodd wrth weld oriel o ffotograffau mewn amryw o fframiau cyfarwydd. Cafodd ei gipio'n ôl i fore'r digwyddiad ar doriad gwawr yn eu cartref yng Ngerddi Hwyan, a'r holl luniau oedd wedi diflannu o'r landin a'r grisiau. Gwelodd ei hun yn ddyn ifanc, yn wên o glust i glust, gwaed yn gorchuddio'i dalcen a gweddill ei gorff yn sgleinio o chwys, yn gafael yn dynn yn nhlws cic-baffio cenedlaethol Cymru; Julia'n gorwedd mewn gwely ysbyty, gydag Owain yn hepian yn gegagored ar ei bron; Justine ar ei diwrnod cyntaf yn yr ysgol uwchradd; Noa ac Ows mewn parti pen-blwydd; Julia a fe ar ddiwrnod eu priodas. Bu bron iddo ddechrau crio, gan fod yr emosiynau croes mor bwerus ar hyn o bryd, ond trodd yn ôl at y triawd oedd yn ei wynebu, pob un yn wên o glust i glust ac yn wirioneddol falch o'i weld. Daethai yno i nôl ei fab, neu o leiaf i'w weld, er mor abswrd oedd y cynllun hwnnw o ystyried y peth nawr; yna daeth wyneb yn wyneb â'r Diafol a hanner ei ladd yn y pwll nofio; a nawr, eisteddai fel yr Ail Ddyfodiad, ei ddisgyblion arswydlon wedi bod yn aros iddo ddychwelyd ers amser maith, ac yn fwy na hynny, wedi paratoi ar ei gyfer trwy adeiladu ymerodraeth yn ei absenoldeb a fyddai'n ei wasanaethu'n ddiamod tan ddiwedd ei oes.

Dechreuodd yr esboniad gyda'r brad, a blacmêl Pete Gibson, nad oedd modd i Alfie ei ochrgamu a'i osgoi. Byddai Danny wedi gwneud yr un peth yn yr un sefyllfa, mae'n siŵr, gan fod rhyddid personol yn nwydd sylfaenol mor werthfawr i'r mwyafrif. Rhif un oedd yn cael blaenoriaeth yn y fath sefyllfaoedd, gyda lles y rheiny sy'n agos atoch, hyd yn oed, yn cael ei neilltuo. Gwyddai Danny'n iawn sut fath o ddyn oedd Pete hefyd, felly nid oedd yn amau geiriau Alfie. Ar ben hynny, gallai ddychmygu faint o boen y byddai gadael wedi'i achosi i Justine, felly doedd dim gwadu'r gwir o gwbl yn yr achos hwnnw. Doedd dim dewis ganddo, *ganddynt*; rhaid oedd gwneud er mwyn gallu dianc.

Esboniodd Alfie iddo gadw llond bag llaw o arian parod ffug a chyffuriau yr oedd i fod i'w gadael yn nhŷ Danny a Julia i'r heddlu ddod o hyd iddynt, ynghyd â'r gynnau a'r amffetaminau, a'i fod wedi eu rhoi ar waith fel sylfaen ei ymerodraeth. Dechreuodd ar lawr gwlad, yn prosesu a gwerthu cyffuriau brwnt i bobl debyg; cyn defnyddio'r cysylltiadau a wnaeth ar hyd y ffordd i ehangu ei orwelion a symud i farchnadoedd eraill. Gan ddechrau yn Essex, cyn symud i Warrington ac yna i Sbaen, roedd portffolio Alfie bellach yn cynnwys clybiau golff, gwestai moethus, bwytai sêr Michelin, cychod pleser a nifer o fentrau eraill o raddfeydd cyfreithiol amheus, er na fanylodd ymhellach o flaen Owain y bore yma. Byddai Danny'n clywed y gweddill maes o law, mewn preifatrwydd. Roedd y cyfoeth cysylltiedig wedi talu am driniaethau di-rif i Owain, ac edrychodd Danny ar ei fab golygus, ei geg ychydig yn gam o hyd, ond ganwaith gwell nag y cofiai. Roedd Danny'n ysu am wybod sut aeth Alfie a Justine ati i fabwysiadu Ows, ond byddai'n rhaid i hynny aros am nawr. Gwyddai fod unrhyw beth yn bosib gyda'r cysylltiadau cywir a digon o arian ac, o edrych o amgylch eu cartref, roedd hi'n amlwg nad oeddent yn brin o geiniog neu ddwy.

Soniodd Alfie am yr euogrwydd affwysol a deimlai am yr hyn a wnaeth i Danny, a'r ymdeimlad o anghyfiawnder cysylltiedig. Cyfeiriodd at y cyfnod ar ôl marwolaeth Julia, pan hwyliodd perthynas Alfie a Justine yn agos iawn at y creigiau. Am fisoedd, beiai Justine ei gŵr am yr hyn a ddigwyddodd i'w mam, ac roedd hynny'n anodd i Alfie. Wedi'r cyfan, er mai fe oedd wrth wraidd yr hyn ddigwyddodd, nid fe oedd yn haeddu'r bai i gyd, a derbyniodd Justine hynny yn y pen draw.

Nid Julia oedd yn haeddu marw, nid Danny oedd yn haeddu pydru mewn cell ac nid Alfie oedd yn haeddu cael ei alltudio i ebargofiant. Pete Gibson oedd y bwgan mwyaf, a gwawriodd ar Danny ei fod wedi anelu ei ddigofaint at yr unigolyn anghywir ar hyd y blynyddoedd. Yr euogrwydd hwn a ysgogodd Alfie, a Justine, i gadw Danny a Julia'n fyw i Owain ar ôl iddo ailymuno â'r uned deuluol. Roedd eu lluniau ym mhobman, yn hongian ym mhob ystafell. Ni wyddai Danny sut gallai ddechrau diolch iddynt. Fel teulu, roeddent wedi bod yn aros am y diwrnod hwn ers blynyddoedd, ac roedd hynny'n gwneud i Danny deimlo'n arbennig rywffordd, ac er ei fod gannoedd o filltiroedd o Gymru fach, gwyddai ei fod wedi cyrraedd adref.

"Ni 'di adeiladu teyrnas i ti, Dan; i ni gyd." Roedd y sgwrs yn dirwyn i ben nawr, a'r amser i ddechrau byw eto ar fin cychwyn. "Rhywle braf a thawel i ti ymddeol. Sdim angen i ti neud dim byd byth eto, oni bai bod ti eisiau, wrth gwrs. In fact, gei di neud beth bynnag ti moyn. So arian yn ystyriaeth hyd yn oed. Ffatri breuddwydion, Danny. Ffatri blydi breuddwydion. Gei di fyw fel brenin fan hyn am weddill dy oes, yn gwylio dy fab a dy wyrion yn tyfu…"

Ni ddywedodd Danny unrhyw beth mewn ymateb i hynny. Roedd ei emosiynau wedi diddymu ei allu i yngan yr un gair. Ond roedd Alfie'n adnabod Danny bron yn well nag roedd e'n ei adnabod ei hun, gan eu bod nhw mor debyg i'w gilydd, a gwyddai mai dyna'r union beth roedd ar Danny ei eisiau o fywyd; yr unig beth o bwys iddo oedd teulu.

Toc wedi wyth, ymddangosodd Noa a Mari wrth ddrws y gegin, yn wallt gwyllt a llygaid pwfflyd i gyd; y fechan yn dal doli'n dynn, a'r bachgen yn methu stopio syllu ar y gwestai. Roedd hi'n rhyfeddol eu bod nhw wedi cysgu trwy'r cyfan, a'r ddau'n rhy swil i ddweud dim wrth Danny eto, er ei bod hi'n gwbl amlwg eu bod nhw'n gwybod yn iawn pwy oedd y cawr oedd yn eistedd wrth yr ynys yn yfed te.

Aeth Justine â'r ddau i wisgo, a throdd Owain at Alfie, gan ofyn yn llawn cyffro, "Allwn ni ddangos e i Dad nawr?"

"Dangos beth?"

"Dere," meddai Alfie, gan arwain y ffordd allan o'r tŷ ac ar draws y teras, lle roedd garddwr yn trin dŵr y pwll, a gwaed Alfie wedi hen ddiflannu erbyn hyn; i lawr y grisiau at y gwesty wrth y cwrt tenis. Ar y wal wen wrth ddrws ffrynt y bwthyn deulawr roedd arwydd yn dweud 'Tŷ Danny'.

"Beth yn y byd yw hwn?" gofynnodd y cawr.

"Beth ti'n meddwl yw e, Dan?! Mae'n reit amlwg, weden i!"

Chwarddodd Owain ac Alfie ar hynny, ac agorwyd y drws gydag allwedd sgleiniog, newydd sbon. Camodd Alfie o'r ffordd ac ystumio i Danny gamu dros y rhiniog, ei riniog, yn gyntaf. Gwnaeth Danny hynny'n union, a chyrraedd lolfa gyfforddus, y dechnoleg ddarlledu ddiweddaraf ar flaen ei fysedd a'r ystafell wedi'i dodrefnu'n syml a chwaethus gan Justine, heb os. Ar y llawr gwaelod roedd cegin fach, ystafell amlbwrpas gyda pheiriant golchi a sychu dillad – er nad oedd Danny'n gallu dychmygu defnyddio'r sychwr yn y rhan yma o'r byd – a thoiled bach o dan y grisiau. Lan stâr roedd 'na ystafell wely anferth, en suite cyfatebol, balconi â golygfeydd godidog a swyddfa fach yn cynnwys cyfrifiadur ffugwyddonol yr olwg, desg a chadair droelli gyfforddus.

Roedd Danny'n fud.

Ymunodd Alfie ac Owain gyda fe hefyd ym mro'r diffyg geiriau, yn enwedig pan ddychwelon nhw lawr stâr a dod wyneb yn wyneb ag Alban Owen yn dal AK-47 wedi'i anelu'n syth at wyneb Alfie.

Synnodd Alban at ymateb y tri, gan iddynt chwerthin yn ei wyneb. Camodd Danny ato a rhoi llaw ar ysgwydd ei gyfaill.

"Rho'r gwn lawr, Alban, sdim byd 'da ti i boeni amdano…"

"Sa i'n deall," atebodd, gan barhau i bwyntio'r gwn at wyneb 'Gareth Edwards'.

"Na fi chwaith, a dweud y gwir. Ond gad i fi dy gyflwyno i Owain, fy mab, ac Alfie, fy mab-yng-nghyfraith."

Camodd Alfie ato gan gynnig ei law, ynghyd â gwên groesawgar. Gyda golwg syn ar ei wep, gafaelodd Alban ynddi a'i hysgwyd.

20

Chwe mis yn ddiweddarach, roedd Danny wedi hen ymgartrefu yn Andalucía, a bellach yn dilyn rhyw fath o rwtîn dyddiol. Yn ystod yr wythnos, beth bynnag. Rhoddodd Alfie'r cyfle iddo ymuno â fe yn gofalu am asedau ymerodraeth Gareth Edwards, ond er bod rhai syniadau'n apelio, gwrthod wnaeth Danny yn y diwedd, oherwydd mai ei fab a'i wyrion fyddai ffocws ei fywyd a'i fodolaeth o nawr ymlaen. Doedd fawr o ddiddordeb gan Danny mewn dim, ar wahân i feithrin perthynas glòs a chadarn gydag Owain, Noa a Mari. Ar ôl colli mas ar gymaint o'u plentyndod, roedd e'n benderfynol o chwarae rhan ganolog yn ystod y blynyddoedd ffurfiannol oedd i ddod. Fe oedd bws ysgol a gyrrwr tacsi plant yr aelwyd nawr, felly byddai ei ddiwrnod – o ddydd Llun i ddydd Gwener – yn cychwyn am hanner awr wedi chwech, pan fyddai'r larwm yn canu a Danny'n codi o'i wely, edrych allan at Fôr y Canoldir, tu hwnt i Torrox a rhyw saith milltir i lawr y llethrau, a dilyn ei orchwylion arferol.

Roedd ei gyfnod yn y carchar wedi'i droi'n gaethwas i drefn, ac roedd pob diwrnod yn cychwyn gyda phot o goffi ffres, a fyddai'n setlo yn y cafetière tra byddai Danny'n cael golchad clou yn y gawod. Ar ôl gwisgo byddai'n yfed un mẁg o goffi melys allan ar y balconi, gan sawru a gwerthfawrogi ei fywyd newydd. Roedd pob carcharor yn breuddwydio am baradwys yn ystod ei amser dan glo, ond ni fyddai llawer ohonynt yn cael byw'r ffantasi ar ôl cael eu traed yn rhydd. Gwyddai Danny hynny, a gwyddai hefyd ei fod mewn dyled oes i Alfie a Justine am sicrhau bod ganddo gartref dros y môr a theulu'n aros amdano. Teulu oedd yn rhoi cyd-destun i fywyd dyn, dyna oedd casgliad Danny, a dyna pam y bu'n teimlo mor anobeithiol ac ar goll ar ôl cael ei garcharu. Roedd e'n credu ei fod wedi cael ei ddiosg, ei neilltuo a'i anghofio. Collodd bopeth am gyfnod, ond cafodd rhan bwysig o'i fywyd ei hadfer bellach. Ar ôl myfyrio am ychydig, byddai'n bwyta brecwast syml – creision ŷd neu ddau ddarn o dost – ac yn yfed ail gwpan o goffi, cyn gadael ei dŷ bach twt ac anelu am y plas, lle byddai'r triawd sanctaidd yn aros amdano, yn eu dillad ysgol, gyda boliau llawn a digon i'w ddweud, fel arfer. Byddai Justine yma drwy'r amser, ac Alfie yn amlach na pheidio, yn ddibynnol ar ba agwedd o'r busnes roedd e'n delio â hi. Yn ffodus, roedd rhan helaeth o'i ddiddordebau – boed yn gyfreithlon neu beidio – yn Andalucía, felly anaml iawn y byddai'n rhaid iddo adael ei deulu am gyfnod hir. Fel roedd hi'n digwydd heddiw, roedd Alfie dramor, wedi bod yn yr Almaen, ac yna ymlaen i Lundain, ers dydd Mawrth. Ond byddai adref yn hwyrach y diwrnod hwnnw, mewn pryd i dreulio'r penwythnos gyda'i deulu.

Oherwydd cyfrinachedd eu hunaniaeth, roedd Alfie a Justine yn ofalus iawn o ran y bobl oedd yn gweithio iddynt a'r rheiny oedd yn cael mynediad i'w byd. Roedd swyddogion diogelwch Alfie yn ffyddlon iddo a'r pedwar wedi bod yn ei gyflogaeth ers blynyddoedd bellach. Roedd e'n eu talu nhw'n dda iawn, oedd wastad yn annog teyrngarwch. Dysgodd hynny amser maith yn ôl, gan nad oedd Pete Gibson yn gyflogwr hael, ac edrychwch beth ddigwyddodd yn y fan 'na. Justine oedd yn rhedeg yr aelwyd ac, ar wahân i ambell dasg – garddio neu lanhau, er enghraifft – roedd hi'n gwneud popeth, a hyd yn oed yn rhedeg busnes hynod broffidiol ar ben hynny, sef oriel gelf fwyaf dethol Nerja, tra'i bod hi'n cerflunio a phaentio yn ei hamser sbâr. Byddai Julia wedi bod mor falch ohoni, a manteisiai Danny ar bob cyfle i'w hatgoffa o hynny.

Ar ôl y 'bore das' a'r gwiriadau munud olaf – gwaith cartref, pecyn cinio neu arian cinio, cit pêl-droed, pêl-rwyd, bale, tenis, hoci neu athletau – byddai Danny a'r plant yn ffarwelio â Justine ac yn mynd i'r garej i estyn y Jeep. Dyna roedd Danny'n galw'r cerbyd, er mai Humvee chwe litr anferth ydoedd; yr *unig* gerbyd, yn ôl Alfie, oedd yn gweddu i ddyn o faint Danny. Doedd Danny ddim yn argyhoeddedig i gychwyn, ond erbyn hyn roedd wrth ei fodd. Byddai'r plant yn cymryd eu tro i eistedd yn y sedd flaen, a thro Mari oedd hi heddiw. Doedd hi byth yn stopio siarad, ac roedd hi'n gallu hudo Danny yn gwbl ddiymdrech. Gyda'i chwrls tyn, ei thrwyn smwt a'i sicrwydd o fodolaeth hud a lledrith yn y byd, câi Danny ei swyno ganddi bron yn ddyddiol. Wrth fynedfa'r ysgol a'r caban bach, byddai Danny'n cynnal sgwrs fer bob tro gyda'r swyddogion diogelwch oedd ar ddyletswydd – fel arfer, y ddau y rhoddodd gweir iddynt pan ddaeth yma gyntaf. Dŵr o dan y bont oedd y digwyddiad hwnnw nawr, diolch i ddylanwad pellgyrhaeddol Gareth Edwards a'r cildyrnau hael a ddosbarthwyd i'r dioddefwyr.

Ar ôl ffarwelio â'r plantos, byddai Danny'n llenwi ei amser mewn amryw ffyrdd: trwy gadw'n heini un ai yn y gym neu ar droed, yn rhedeg yn y mynyddoedd neu ger y môr, neu'n cerdded ym mynyddoedd yr Alpujarras yng nghwmni'r fwlturiaid, yr ibecs a'r lyncs, neu ei atgofion gan amlaf. Roedd hefyd yn hoff o nofio, ac yn aml yn gyrru i fyny ac i lawr yr arfordir yn chwilio am draethau gwag, dibobl, oedd yn bethau prin yn y rhan hon o'r byd. Roedd ysbryd ei wraig yn gydymaith cyson iddo, ac roedd hynny'n destun cysur i Danny. Cadw'n brysur oedd y peth pwysig; llenwi'r oriau er mwyn osgoi pendroni ac ymgodymu â'r hyn a fu. Roedd y gorffennol yn llawn edifeirwch i Danny, wrth reswm, ac er ei bod yn bwysig dysgu gwersi ar hyd y daith, doedd hynny ddim mor bwysig â chofio byw tra bod cyfle. Roedd wedi tin-droi am ddegawd yn y carchar, a doedd dim diddordeb ganddo wneud hynny nawr ei fod yn rhydd. Weithiau byddai'n mynd â negeseuon ar ran Alfie yn yr ardal, yn mynd i weld Alban a hyd yn oed yn helpu Justine o gwmpas y lle. Ond sut bynnag y byddai Danny'n treulio'i ddydd, byddai'n casglu'r plant o'r ysgol yn brydlon, gan eu tywys i ba bynnag weithgaredd oedd ganddynt ar y diwrnod dan sylw. Tae kwon do oedd dosbarth heddiw, gyda'r tri ohonynt yn ymarfer, ac Owain, fel ei dad, yn rhagori ar y gamp. Yn un ar bymtheg oed, roedd e eisoes wedi cyrraedd lefel y gwregys du, ddwy flynedd cyn i Danny gyflawni'r un peth yn ystod ei blentyndod a mynd ymlaen at gamp cic-baffio a'r bencampwriaeth genedlaethol a ddilynodd. Gwyliodd am ddeng munud, gan gyfnewid ambell air â'r rhieni eraill, cyn derbyn neges destun gan Alban yn datgan ei fod yn y Three Cliffs am yr awr nesaf, tra bod ei wraig yn siopa yn y dref. Roedd y bar rownd y gornel fel roedd hi'n digwydd, felly aeth Danny'n syth yno, lle daeth o hyd i Alban yn eistedd wrth y bar yn sipian peint a darllen y *Western Mail.* Nid oedd Danny wedi gweld copi caled, copi papur, o unrhyw gyhoeddiad o'r fath ers iddo adael y carchar. Ar wahân i farbwrs ac ambell dafarn neu gaffi gwasgaredig, yr unig bobl oedd yn dal i ddarllen papurau newydd oedd carcharorion. Mynnwyd sylw Danny ar unwaith gan y ffoto ar y dudalen flaen a'r pennawd cysylltiedig, 'Birthday Card Riddle of Murdered Gangland Master'. Wrth weld ei ffrind yn cyrraedd, gosododd Alban y clwt yn daclus ar y bar, i Danny gael ei weld yn iawn.

"'Drych pwy gafodd ei haeddiant," meddai Alban gyda gwên.

"Pete blydi Gibson," atebodd Danny gyda hanner gwên, cyn mynd ati i ddarllen yr erthygl wrth yfed ei beint o Brains, gan wybod ar unwaith beth oedd natur 'busnes' Alfie ym Mhrydain Fawr yr wythnos honno…

DIOLCHIADAU

I fy nheulu cyfan, am fod mor gefnogol ac amyneddgar;

I Dewi Prysor, Steffan Dafydd a Sion Ilar;

I Al Te, ceidwad yr archif;

Ac i Lefi, Meleri, Nia a phawb arall yn y Lolfa,
am eu gwaith a'u cefnogaeth barhaus;

Hoffwn hefyd gydnabod cefnogaeth ariannol
Cyngor Llyfrau Cymru.

£8.95

£8.95

£8.95

£7.95

£7.95

FFYDD GOBAITH CARIAD
LLWYD OWEN

y Lolfa

£7.95

FFAWD CYWILYDD A CHELWYDDAU
LLWYD OWEN

y Lolfa

£7.95

Am restr gyflawn o lyfrau'r Lolfa, mynnwch
gopi am ddim o'n catalog
neu hwyliwch i mewn i'n gwefan

www.ylolfa.com

lle gallwch archebu llyfrau ar-lein.

TALYBONT CEREDIGION CYMRU SY24 5HE
ebost ylolfa@ylolfa.com
gwefan www.ylolfa.com
ffôn 01970 832 304
ffacs 832 782